BÄRBEL BÖCKER

Zirkus Mortale

BLUTSBANDE Dele Sanchi, eine junge Guatemaltekin, kommt nach Köln, und sie kennt nur ein Ziel: Den Menschen zu finden und kennenzulernen, der ihr in ihrem Leben am meisten bedeutet, ihre Tochter Luz. Dele verdient ihren Lebensunterhalt zunächst als illegale Aushilfe beim Zirkus, doch während sie im Zirkuszelt Brezeln verkauft und putzt, ahnt sie nicht, dass sie beobachtet wird und in größter Gefahr schwebt: Nur knapp entgeht sie einem Mordanschlag. Dann wird sie auch noch selbst von der Polizei des Mordes verdächtigt – an der Adoptivmutter ihrer Tochter, die tot am Ufer eines Kölner Sees liegt. Deles Situation scheint ausweglos. Doch dann stößt TV-Redakteur und Hobbydetektiv Florian Halstaff im Rahmen der Recherche für die nächste Sendung auf unglaubliche Zusammenhänge …

Bärbel Böcker, geboren in der Volkswagenstadt Wolfsburg, studierte an der FU Berlin; sie ist Sinologin, Publizistin und Germanistin. In den 80er-Jahren hielt sie sich zu Studienzwecken mehrfach in Südostasien auf. Nach ihrer Rückkehr arbeitete sie als Redaktionsmitglied für die Wirtschaftsfachzeitschrift »China-Handel«.

Seit Mitte der 90er-Jahre ist Bärbel Böcker Mitinhaberin einer Kölner Film-Fernseh- und Videoproduktions GmbH. Sie lebt in Köln Rodenkirchen, wo auch die Wiege ihres Protagonisten Florian Halstaff steht.

Bisherige Veröffentlichungen im Gmeiner-Verlag:
Mit 50 hat man noch Träume (2011)
Henkersmahl (2010)

BÄRBEL BÖCKER

Zirkus Mortale

Kriminalroman

GMEINER *Original*

Personen und Handlung sind frei erfunden.
Ähnlichkeiten mit lebenden oder toten Personen
sind rein zufällig und nicht beabsichtigt.

Besuchen Sie uns im Internet:
www.gmeiner-verlag.de

Im Ehnried 5, 88605 Meßkirch
Telefon 07575/2095-0
info@gmeiner-verlag.de

1. Auflage 2012

Lektorat: Claudia Senghaas, Kirchardt
Herstellung: Julia Franze
Umschlaggestaltung: U.O.R.G. Lutz Eberle, Stuttgart
unter Verwendung eines Fotos von: © schnee von gestern / photocase.com
Druck: GGP Media GmbH, Pößneck
Printed in Germany
ISBN 978-3-8392-1304-9

Danke Roncalli

SONNABEND, 23. JULI

Schon als junges Mädchen hatte sie vom Tod etwas lernen wollen. Beinahe jeden Tag war sie in das Hospiz spaziert, hatte die Hand Todgeweihter gehalten und in ihr Antlitz gesehen. Bleich, eingefallen, manchmal von einem irren Leuchten durchstrahlt, hatten sie sie angeschaut, die Beinahe-Toten, und sie hatte eine eigentümliche Kraft aus ihrem Blick gezogen. Ihr Händedruck war kühl gewesen, und die Ausdünstung ihrer Körper hatte sie an den Lehm erinnert, den sie in ihrer Kindheit geformt hatte: eckig und rund und manchmal auch oval.

Jetzt hatte sie selbst den Tod vor Augen. Warum nicht, dachte Dele, warum nicht, und langsam zog sie sich hinauf auf das Geländer der Brücke. Der Mann, der hinter ihr stand, bewegte sich nicht, aber sie konnte den bohrenden Blick in ihrem Rücken spüren und sie wusste, dass er sie keine Sekunde aus den Augen ließ. Wenn sie nicht freiwillig sprang, würde er sie stoßen.

Ihre Arme waren muskulös, die kurzen Beine trainiert, doch das würde ihr nicht helfen. Unter ihr floss schnell, wie von unsichtbarer Hand getrieben, der Strom.

Sie hatte alles verloren, ihre Heimat, das Kind, ihre Würde und nun gleich auch noch ihr Leben. Ihre Füße balancierten auf dem schmalen Metall, das im Licht des Mondes silbern glänzte. Plötzlich spürte sie seine Hand, dann einen Ruck, und schon begann der Fall. Ein dunkler Wirbel rasender Augenblicke, die vor ihr zerbarsten. Tosend, mit einem Knall.

Um sie herum ein Meer von Grün, ihr Geist taumelte unter einer hohen Woge.

Plötzlich war das Bild ganz klar, zum Greifen nah. Sie sah das Mädchen vor sich: Die dunklen Augen, ihr zaghaftes Lächeln. Deles Brust wurde weit. In Zeitlupe kämpfte sie sich an die Oberfläche, und auf einmal wurde es licht um sie herum. Sie konnte den Himmel ahnen. Vögel zwitscherten, und sie spürte die warmen Strahlen der Sonne auf ihrer Haut. Um sie herum tanzten Fische.

Plötzlich zog es sie wieder nach unten, und sie verspürte nackte Angst. Todesangst. Jetzt war da nur noch dieser Schemen, der sie auf den Grund zu ziehen schien. Je mehr sie sich wehrte und je näher sie ihm kam, desto diabolischer starrte er sie an. Sein Gesicht … eine Fratze. Die Arme … Tentakeln.

Das Piepen eines medizinischen Apparates, das immer lauter wurde, drang an ihr Ohr, es dröhnte und tat weh. Plötzlich vernahm sie einen leisen Ruf und mühsam öffnete sie die Augen. Gesichter beugten sich über sie, jemand sprach sie aus weiter Ferne an. Sie konnte die Nervosität um sich herum spüren und sie nahm leise Befehle wahr. Irgendjemand gab ihr eine Spritze. Ihr Körper spannte sich vor Anstrengung, sie wollte etwas sagen, doch so sehr sie sich auch darum bemühte, kein Wort kam über ihre Lippen.

MITTWOCH, 29. JUNI
DESSELBEN JAHRES

Die Sonne stand im Westen und goss goldenes Licht über den See. Kriminalhauptkommissar Marko Rössner ging mit entschlossenen Schritten den Waldweg entlang, irgendwo über ihm in den Bäumen summten Bienen. Kein Lufthauch regte sich. Sein Hemd klebte auf der Brust, seit Tagen schon ächzte die Stadt unter der Hitze. Er hatte seinen Wagen auf einem der Waldparkplätze abgestellt, froh, noch ein wenig allein sein zu können und die Gedanken zu sammeln, bevor er auf die Kollegen traf. Als er die Biegung des Weges hinter sich gelassen hatte, tauchte ein Pulk von Menschen auf. Es waren wie erwartet die Beamten des ersten Einsatztrupps, auch Kollegen von der Spurensicherung, die eifrig hin und her wuselten, und an ihren kupferfarbenen Haaren erkannte er die Staatsanwältin. Hinter den rotweißen Absperrbändern, die bewegungslos zwischen den Pfosten hingen, reckten einige Neugierige die Köpfe. Polizeiwagen und ein Leichenwagen standen herum, das ganze Equipment, das bei einem Leichenfund zur Stelle war. Eigentlich hatte er heute endlich einmal früher Feierabend machen wollen, doch ein Blick auf sein Handy machte ihm klar, dass daraus nichts werden würde.

Rössner registrierte, dass jemand von der Spurensicherung Bodenproben nahm, ein anderer klaubte etwas auf und steckte es in einen Plastikbeutel.

»Was Interessantes gefunden?«, rief er hinüber.

»Zigarettenkippen und Kaugummi, aber davon gibt

es hier mehr als genug«, kam die Antwort, und Rössner nickte. Es war Sommer, und am *Decksteiner Weiher* waren um diese Zeit viele Menschen unterwegs.

Er dachte an die unterschiedlichen Leichenfundorte, die er im Laufe seiner Tätigkeit als Kriminalhauptkommissar in Köln gesehen hatte und an die Arbeit der Spurensicherung, die unendlich viel Akribie erforderte. Er dachte an die Toten, die er inspiziert hatte, oft schrecklich entstellt. Bilder von Verbluteten, manchmal bereits Verwesten, die sich in sein Hirn gebrannt hatten. Er fragte sich, wie schlimm die Leiche diesmal aussehen würde.

Seine Augen glitten über das glitzernde Wasser des Sees, und einen Augenblick überlegte er, wie es wäre, einfach hinein zu steigen. Den Staub und den Schweiß der letzten Stunden abzuspülen, und die Augen vor dem, was ihn erwartete, einfach zu verschließen. Im kühlen Nass zu versinken, den Atem anzuhalten, und mit schnellen Schwimmbewegungen erst am gegenüberliegenden Ufer wieder aufzutauchen.

Er liebte seine Arbeit, und die Tatsache, dass er in seiner beruflichen Laufbahn bis auf einen einzigen alle Fälle gelöst hatte, erfüllte ihn mit Stolz. Doch manchmal gab es Tage, so selten sie auch waren, an denen es ihm etwas ausmachte, Leichen zu begutachten. Heute war so ein Tag. Ermordete boten nie einen schönen Anblick, ganz gleich, ob sie erwürgt, erhängt, erschlagen, erstochen oder erschossen worden waren.

»Habt ihr schon was?«, rief er Josef Ingler von der Spurensicherung zu, einem stämmigen Mann mittleren Alters, sie kannten sich seit Jahren.

»Jede Menge Eindruckspuren rund um den Fundort, Reifenspuren nur vorn am Parkplatz. Wir haben Abdrücke genommen«, rief er zurück. »Sonst leider nichts, was auf den Täter hinweist.« Er zuckte bedauernd mit den Schultern.

Marko Rössner nickte zum Zeichen, dass er verstanden hatte. Je näher er der Leiche kam, desto unruhiger wurde er. Inzwischen war er mit Ingler auf Augenhöhe. Er blieb stehen und schirmte die Augen gegen das Sonnenlicht ab.

»Wir nehmen gleich noch jeden Busch und Baum einzeln unter die Lupe«, sagte der Mann von der Spurensicherung. »Vielleicht haben wir Glück und finden ein paar Textilspuren.« Der Beamte sah mit prüfendem Blick in den Himmel. »Wenigstens ist heute kein Regen angesagt, das erleichtert die Arbeit.«

»Viel Erfolg.« Rössner betrat den schmalen Trampelpfad, der ihn am Gehölzrand entlang zur Toten führte. Die Staatsanwältin, eine Frau Anfang 40 mit bereits herben Zügen, die von der Bitterkeit ihres Berufslebens zeugten, und ein junger Polizeibeamter, der zur ersten Einsatztruppe gehörte und den Tatort mit abgesperrt hatte, sahen mit unbeweglicher Miene zu, wie der Rechtsmediziner die Leiche untersuchte, außerdem machte sich ein Mitarbeiter von der Spurensicherung an ihr zu schaffen.

Dr. Sinzig sah auf und grüßte knapp. Rössner war noch nicht ganz bei ihnen angekommen, da warnte er ihn bereits: »Du hältst besser die Luft an, wenn du draufschaust.«

Der Kriminalhauptkommissar straffte sich, dann hatte er die Tote erreicht, und als er erfasst hatte, welcher Anblick sich ihm bot, zuckte er unwillkürlich zurück. Ihr Gesicht war bis zur Unkenntlichkeit zertrümmert, es bestand nur noch aus einem einzigen blutverkrusteten Haufen aus Fleisch und Knochen, auf dem Fliegen klebten. Die blonden Haare umrahmten sternförmig das, was einmal ein Gesicht gewesen war, und sie wirkten so skurril wie fehl am Platz.

»Selbstmord scheidet mit hoher Wahrscheinlichkeit aus«, sagte der Rechtsmediziner trocken, und der Kriminalhauptkommissar musste wider Willen grinsen.

»Außerdem ist auf sie geschossen worden«, erklärte Dr. Sinzig ungerührt und fügte hinzu: »Zweimal. Ob ihr Gesicht vorher oder nachher zertrümmert wurde, kann ich erst nach der Sektion sagen.«

Der Kriminalhauptkommissar spürte, wie trotz der mehr als 33 Grad Außentemperatur eine Gänsehaut von seinen Fußspitzen bis zu seiner Kopfhaut kroch. Es war immer so. Wurde er zu einer Leiche gerufen, war sein erster Impuls, zu flüchten. War er jedoch vor Ort, packte ihn der Jagdinstinkt, und je grauenvoller ein Toter oder eine Tote zugerichtet waren, desto verbissener begann er, an dem Fall zu arbeiten.

Er beugte sich dicht über die Leiche. Arme und Beine waren weit vom Körper abgespreizt. Die Haltung wirkte unnatürlich.

»Ihr Mörder muss das so arrangiert haben«, sagte Sinzig, und der Kriminalhauptkommissar fragte sich, ob er Gedanken lesen konnte.

»Wo sind die Einschüsse?«, wollte er wissen.

Der Rechtsmediziner zeigte auf eine Stelle unterhalb ihrer Brust. »Dieser Schuss hier hat ihre Lunge erwischt, der zweite ging mitten ins Herz. Das war wahrscheinlich der tödliche.«

Rössner fuhr sich mit der Zunge über die Lippen.

»Es sind Steckschüsse, keine Durchschüsse », meinte der Rechtsmediziner.

»Und die Tatwaffe?«

Der junge Polizist schüttelte den Kopf. Rössner wandte sich wieder der Toten zu, sie war mittelgroß und schlank und trug ein leichtes, auffallend elegantes Sommerkleid, dessen Gelb von dunklen Blutflecken durchtränkt war. Auch die dunkelblauen Mokassins an ihren Füßen zeigten, dass die Frau viel Geld für Kleidung ausgegeben hatte.

»Kampfspuren?« Fragend sah Rössner den Rechtsmediziner an.

»Hämatome an beiden Unterarmen.« Dr. Sinzig wies auf die Stellen.

Rössner begutachtete die violettfarbenen Flecken. »Wie lange ist sie schon tot?«

»Seit 18 bis 20 Stunden etwa. Genaueres nach der Obduktion.«

Der Kriminalhauptkommissar rechnete. »Also ist sie gestern Abend zwischen 22 und 24 Uhr gestorben.«

Der Rechtsmediziner nickte. »Die Frau war gut in Form, hat mit Sicherheit Sport getrieben.«

»Wissen wir, wer sie ist?« Diese Frage galt dem jungen Kollegen.

»Ja. In ihrer Handtasche befand sich ein Personalausweis.« Die Antwort kam schnell. »Sie heißt Sabrina Delson, Alter: 38, und sie wohnte in der Kirchberger Straße, nicht weit von hier. Einmal über den Militärring, und dann in eine Seitenstraße …« Mit dem Arm deutete er in die Richtung.

»Wer hat sie gefunden?«, fragte Rössner.

»Ein Rentner, das heißt sein Hund«, gab der junge Beamte zur Antwort. »Der Mann wartet schon auf Sie. Sie wollen ihm doch ein paar Fragen stellen?«

Rössner zeigte keine Reaktion, mit unbeweglicher Miene

sah er dem Mann von der Spurensicherung dabei zu, wie er sich an den Fingernägeln der Toten zu schaffen machte, um Hautpartikel oder etwaige Fremdkörper sicherzustellen.

»Gibt es Zeugen? Hat irgendjemand etwas gesehen oder gehört?« Sein durchdringender Blick und die schneidende Stimme ließen den jungen Kollegen erstarren.

»Nein. Bislang hat sich niemand bei uns gemeldet.« Er schlug die Augen nieder.

Rössner strich sich über sein spärliches Haar, dabei stellte er fest, dass es feucht war. Obwohl er erst 42 Jahre alt war, waren seine Haare bereits mausgrau. Er tröstete sich damit, dass wenigstens seine Figur jugendlich wirkte, und er achtete darauf, dass dies auch so blieb. Dreimal wöchentlich stieg er in den Boxring, außerdem ernährte er sich gesund, und das Ergebnis war ein drahtiger Körper sowie eine hervorragende Kondition. »Wurde sie hier ermordet?«, fragte er und wandte sich dabei an den Rechtsmediziner.

Dr. Sinzig, der sich gerade die Latexhandschuhe abstreifte, antwortete: »Der Blutmenge nach zu urteilen, die den Boden tränkt, ist das wahrscheinlich.«

»Ihre Handtasche, in der wir den Personalausweis gefunden haben, ist übrigens genauso dunkelblau wie ihre Schuhe«, meldete sich der junge Polizist zu Wort. Rössner sah ihn irritiert an, und er erläuterte: »Papiere, Kosmetiktäschchen und diverse andere Sachen sind drin, das Portemonnaie fehlt allerdings.«

Der Kriminalhauptkommissar dachte einen Moment nach. Er verwahrte den Personalausweis normalerweise im Portemonnaie, doch vielleicht handhabten Frauen es anders. Seltsam war es in jedem Fall, dass das Portemonnaie weg, aber der Personalausweis vorhanden war.

Als habe er seinen Gedanken erraten, erläuterte der

Kollege: »Er steckte in einem Handtaschenseitenfach, der Reißverschluss war zugezogen.

Rössner nickte. »Autoschlüssel? Handy?«

»Nein.«

»Wohnungsschlüssel?«

»Ja.«

»Ist sie verheiratet gewesen?«

»Ja.«

Der Kriminalhauptkommissar nickte, und die Zufriedenheit seiner Miene hatte zur Folge, dass der junge Polizist sich entspannte, jedoch leicht errötete.

Rössner räusperte sich. Dass sie keine Autoschlüssel gefunden hatten, musste nicht viel zu bedeuten haben. Wahrscheinlich war Sabrina Delson überhaupt nicht mit dem eigenen Wagen gekommen. Ihr Handy und das Portemonnaie hatte wahrscheinlich der Mörder an sich genommen. Was ihn allerdings wunderte, war die Tatsache, dass ihre teure Handtasche zurück geblieben war. Falls es sich um einen Raubmord handelte, hätte der Mörder vermutlich auch Interesse an der Handtasche gehabt. War er gestört worden? Oder war außer dem Mörder noch ein anderer am Tatort gewesen, der die Sachen an sich genommen hatte? Hatte sie ihren Mörder gekannt? War sie zusammen mit ihm hierher gekommen?

»Delson …«, sinnierte er und fragte: »Engländerin?«

»Nein, Deutsche. Sie ist mit einem Amerikaner verheiratet.«

»Habt ihr den Mann schon verständigt?«

»Wir dachten, das übernehmen Sie.« Rössners junger Kollege trat von einem Bein auf das andere und schlug erneut die Augen nieder. Rössner kam plötzlich der Gedanke, dass er nicht den richtigen Beruf ergriffen hatte.

»Immer das Gleiche«, sagte er und in diesem Moment vermisste er seine Mitarbeiterin Sylvia Gerlach, die heute ihren freien Tag hatte. Frauen waren besser dazu geeignet, schlechte Nachrichten zu überbringen als Männer. Jedenfalls machte Sylvia Gerlach das besser als er.

Sein Blick wanderte über das Wasser des Weihers, es schimmerte inzwischen dunkel im Frühabendlicht. Ein paar Enten zogen ruhig ihre Bahn, und ein paar Sekunden gab er sich der Friedlichkeit des Bildes hin, bevor er sich mit einem Ruck erneut dem jungen Kollegen zuwandte. »Wo finde ich den Mann, der sie entdeckt hat?«

»Im *Haus am See,* er wartet auf der Terrasse auf Sie.«

Marko Rössner sah ein letztes Mal auf die Leiche. Für die anderen unhörbar murmelte er ein paar Sätze vor sich hin, so machte er es mit allen Toten. Er wünschte ihnen Frieden und Engel, die sie im Jenseits begleiteten. Dann stapfte er nach einem kurzen Abschiedsgruß davon. Erst würde er mit dem Rentner sprechen und anschließend würde er dem Ehemann die Botschaft überbringen. Und wenn er endlich zu Hause war, würde er sich eine kalte Dusche genehmigen.

FREITAG, 01. JULI

Mit gesenktem Kopf ging Florian Halstaff den vertrauten Weg von der Bahn-Station Rodenkirchen Richtung Auenviertel zum Haus seiner Mutter entlang. Autos glitten an ihm vorbei, ohne dass die Geräusche an sein Ohr drangen, und auch die Menschen, die ihm begegneten, nahm er kaum wahr. Beinahe wäre er mit einem Fußgänger zusammengeprallt. Er war immer noch tief betroffen. Seitdem er am Vormittag in der Redaktion von *Profi Entertainment*, der Filmproduktion, die die semi-aktuelle Talk-Show *Diens-Talk* produzierte und für die er seit einigen Jahren als Redakteur arbeitete, in der Zeitung vom Tod Sabrinas gelesen hatte, konnte er keinen klaren Gedanken mehr fassen. Sabrina war ermordet worden, mit zwei Schüssen getötet, und er fragte sich, was passiert war. Die Polizei bat die Bevölkerung heute in der auflagenstärksten Tageszeitung, dem *Kölner Blick*, um sachdienliche Hinweise, in der Hoffnung, Zeugen zu finden, die sie und ihren vermeintlichen Mörder vor ihrem Tod gesehen hatten.

Sabrina. Noch immer verband er mit ihrem Namen weit mehr als zurückliegende Erinnerungen, obwohl sie sich seit über zehn Jahren nicht gesehen hatten. Immer wieder hatte er in den letzten Jahren an sie gedacht. Manchmal wochenlang nicht, aber dann war ihr Bild kristallklar vor seinen Augen erschienen, und er hatte sich gefragt, ob sie glücklich war. Von seiner Mutter, die wie sie Mitglied im Rodenkirchener Tennisclub war und die sich manchmal mit ihr zu einem Match verabredete, wusste er, dass sie mit einem Amerikaner verheiratet war und eine Tochter hatte.

Mit Interesse hatte er verfolgt, was seine Mutter hin und wieder über sie erzählte, doch manchmal hatte er es auch gar nicht wissen wollen. Drei Jahre waren sie zusammen gewesen, dann hatte sie ihn wegen eines anderen verlassen. Zurückgeblieben war das vage Gefühl, versagt zu haben, was er jedoch außer sich selbst niemandem eingestand.

Als Florian jetzt in die Straße einbog, in der seine Mutter wohnte, gingen ihm Bilder von längst vergangenen Sommertagen durch den Kopf. Fast jedes Wochenende waren Sabrina und er auf dem Fahrrad hinaus gefahren, Richtung Norden, an die Sandbuchten des Rheins. Sie waren immer nur mit *einem* Rad unterwegs gewesen, mit *seinem*. Ihr Rad hatte sie konsequent im Hinterhof des Hauses stehen lassen, wo sie wohnte. Nicht, weil sie unbeweglich, unsportlich oder zu faul gewesen wäre, das nicht. Sie hatte es einfach unendlich viel schöner gefunden, auf seinem Gepäckträger zu sitzen, die Arme um seine Hüften geschlungen, mit den Beinen Balance haltend, ihm ganz nah. Er hatte sie beide das Rheinufer entlang geradelt, hin zu den kleinen Buchten hinter Mühlheim, wo der feine Sand des Rheinstrandes sie bereits erwartete. Sie hatten sich hinein fallen lassen, gelacht, Kirschen gegessen und sich geliebt, wenn sie wochentags allein dort waren. Sie hatten Wein getrunken und über all das geredet, was ihnen wichtig war im Leben. In diesen Stunden hatte die Welt nur aus ihr und ihm bestanden, und als Florian jetzt an Sabrinas Küsse und Umarmungen dachte, konnte er noch immer ihre Wärme spüren.

»Schön, dass du da bist.« Die Stimme Annas, der Haushälterin, riss ihn aus seinen Gedanken. Er musste geklingelt haben, ohne es bewusst wahrzunehmen.

»Komm herein.« Wie immer trug sie eine blütenweiße Schürze und kaum hatte sie ihn begrüßt, machte sie schon wieder auf dem Absatz kehrt. Er blickte auf das breite Band, das über ihrem Hinterteil wie eh und je zu einer ordentlichen Schleife gebunden war. Abrupt drehte sie sich zu ihm um. »Willst du gar nicht wissen, was es zu essen gibt?«

»Rheinischen Sauerbraten?«, fragte er. Seit Jahren gehörte die Frage nach dem Essen dazu. Anna lachte. Dann tauschten sie einen verschwörerischen Blick, denn vor vielen Jahren hatten sie einen Pakt geschlossen. Die Haushälterin tat alles, um zu verhindern, dass seine Mutter, die nie kochen gelernt hatte, ihrem Sohn, wenn er kam, von ihr selbst zubereitete rheinländische Gerichte vorsetzte, und dafür revanchierte Florian sich mit LPs und CDs von Peter Alexander, Annas erklärtem Lieblingssänger.

»Nein, heute gibt es etwas Leichtes«, sagte sie augenzwinkernd und fügte hinzu: »Gnocchi in Salbeibutter mit Tomatenmus. Ich besuche gerade einen italienischen Kochkurs.«

Florian lächelte und drückte Anna an sich. »Toll. Wo ist Mutter?«

»Im Wohnzimmer. Sie nimmt einen Aperitif.«

Als er den Wohnraum betrat, der durch die hohen Decken, das dunkle Parkett, die teuren Möbel und dicken Teppiche wie immer eine Spur zu herrschaftlich auf ihn wirkte, kam Marie-Louise Halstaff ihm entgegen und sie reichte ihrem Sohn wie üblich die Wangen zum französischen Kuss. Seine Mutter brachte das Kunststück fertig, trotz der körperlichen Berührung Distanz zu wahren, denn sie war darauf bedacht, dass er weder ihr Make-up noch ihre Frisur in Unordnung brachte.

»Grüß dich, was darf ich dir anbieten?«, fragte sie und fügte hinzu: »Du schaust mitgenommen aus.«

Florian zuckte mit den Schultern, den Satz kannte er,

aber heute hatte sie vermutlich recht. »Einen Cognac«, antwortete er. Marie-Louise Halstaff runzelte die Augenbrauen, was Florian zum Anlass nahm, mit Nachdruck zu sagen: »Einen *doppelten* Cognac.«

Schweigend griff seine Mutter einen Cognacschwenker aus der Glasvitrine und schenkte ein.

»Sabrina ist tot«, sagte er, nachdem er einen Schluck genommen hatte.

»Ich weiß, ich habe es heute früh in der Zeitung gelesen. Außerdem ist ihr Tod im Club Gesprächsthema Nummer Eins.« Marie-Louises Stimme war nicht anzumerken, ob sie traurig war, allerdings bemerkte er in ihren Augen einen feuchten Glanz. Wie auch sonst war sie darauf bedacht, Haltung zu zeigen und sich Gefühlsregungen so wenig wie möglich anmerken zu lassen. »Komm, lass uns hinaus auf die Terrasse gehen«, schlug sie vor.

Florian folgte ihr nach draußen, wo er sich schwer auf einen der weißen Holzstühle sinken ließ, die um den Esstisch herum gruppiert waren.

»Es heißt, sie sei erschossen worden«, sagte seine Mutter und strich einen Fussel von ihrem hellen Sommerrock. Er verspürte einen leichten Stich und wünschte sich, sie würde nicht so ungerührt reagieren. Sie und Sabrina hatten sich immerhin mehr als 13 Jahre gekannt. »Falls es ein Raubüberfall war …« Sie hielt einen Moment inne. »Muss man sein Opfer denn gleich erschießen? Als Frau kann man sich inzwischen abends nirgends mehr allein hin trauen.«

»Nein.« Florian setzte das Glas an seine Lippen. »Vielleicht war sie ja in Begleitung.«

Marie-Louise machte eine vage Handbewegung. »Weiß dein Journalistenfreund vom *Kölner Blick* mehr als das, was über ihren Tod gedruckt wurde?«

»Eddie Klump?«

»Ja, ich glaube, den meine ich.« Seine Mutter griff sich eine Pistazie aus der Glasschale, die auf dem Tisch stand. Florian fiel auf, dass sie tatsächlich nur eine nahm, und wie so oft irritierte ihn ihre Disziplin.

»Wir haben zusammen telefoniert«, antwortete er und dachte daran, dass er sofort zum Hörer gegriffen hatte, nachdem er die Meldung gelesen hatte.

»Und?« Neugierig sah sie ihn an.

»Er war vor Ort, als sie gefunden wurde. Du weißt, der *Kölner Blick* pflegt gute Kontakte zur Polizei. Ihr Gesicht war bis zur Unkenntlichkeit zertrümmert.«

»Das ist ja grauenvoll.« Seine Mutter sah ihn entsetzt an. Nach einem Moment fragte sie: »Warum haben sie in der Zeitung nichts davon geschrieben?«

»Aus ermittlungstechnischen Gründen vermutlich.«

»Gibt es denn schon einen Verdächtigen?«

»Keine Ahnung.« Florian wiegte den Kopf.

Marie-Louise seufzte, und beide schwiegen eine Weile. Dann sagte sie: »Ich frage mich, was aus Sabrinas Kind werden soll.«

Zum ersten Mal hörte Florian Mitleid in ihrer Stimme, was ihn besänftigte. »Wie alt ist ihre Tochter jetzt?« Interessiert sah er seine Mutter an.

»Zwölf.« Er dachte an den Tag, an dem seine Mutter ihm erzählt hatte, dass Sabrina und Sam ein Kind adoptiert hatten, die Kleine war damals erst wenige Monate alt gewesen.

»Du weißt doch, dass sie keine Kinder bekommen konnte?« Er spürte, dass ihm das Thema unangenehm war. »Ja, du hast es mir irgendwann erzählt.« Als er mit Sabrina zusammen gewesen war, hatte sich die Frage nach einem Baby nie gestellt. Jetzt stellte er sich die Kleine vor, weinte sie gerade oder spielte sie? Kinder trauerten angeblich anders als Erwachsene, sie zeigten ihr Leid nur selten. Nach einer Weile fragte er: »Wann hast du Sabrina das letzte Mal gesehen?«

»Vor zwei Tagen, wir haben morgens ein Doppel zusammen gespielt.«

Florian setzte sich überrascht auf. »Das war der Tag, an dem sie gestorben ist. Was hat sie für einen Eindruck auf dich gemacht?«

»Sie war wie immer, wenn du das meinst. Das heißt ...«

»Ja?«

»Na, vielleicht war sie nicht ganz bei der Sache. Ich meine, sie war ein bisschen unkonzentriert, jedenfalls hat sie schlechter gespielt als üblich.«

»Hast du eine Ahnung, warum?«

»Nein. An manchen Tagen ist man einfach nicht so gut in Form, du kennst das doch. Aber je länger ich darüber nachdenke ...sie machte tatsächlich einen bedrückten Eindruck.«

Florians aufmerksamer Blick veranlasste seine Mutter, weiter zu sprechen: »Vielleicht hat sie sich wieder einmal mit ihrem Mann gestritten. Das kam in letzter Zeit wohl öfter vor«, erklärte sie und griff noch einmal nach einer Pistazie. Während sie die Nuss aus der Schale pulte, schwächte sie ab: »Naja, im Club wird viel geredet.«

Florian saß eine Weile wortlos da. »Irgendetwas wird schon dran sein«, sagte er schließlich. Seine Erfahrung hatte gezeigt, dass Klatsch oft auch ein Körnchen Wahrheit enthielt. Sam Delson, den Amerikaner, mit dem Sabrina verheiratet war, hatte er nicht näher kennen gelernt und er hatte auch nie das Bedürfnis danach verspürt. Im Gegenteil, er hatte es immer vermieden, ihm zu begegnen, und auch wenn er es sich nur ungern eingestand, war Sam der Hauptgrund dafür gewesen, dass Florian in den vergangenen Jahren kaum noch den Tennisclub betreten hatte. Während er selbst zu der Zeit, als Sabrina ihren zukünftigen Mann kennen gelernt hatte, als Taxifahrer arbeitete, um sich sein Journalistik-Studium und die Wohnung zu finanzieren, hatte er, der erfolgreiche Junganwalt, bereits einen Porsche gefahren. Schwarz natürlich, was sonst. Bei diesem Gedanken verzog Florian unwillkürlich das Gesicht. Im Vergleich zu Sam hatte er wie ein armer Schlucker gelebt, aber er war stolz auf seinen Lebensstil gewesen. Unabhängig, selbstbestimmt, frei, so hatten sich die Tage angefühlt. Die Nächte nicht weniger. Das Geld seiner Mutter hatte er verschmäht, bewusst hatte er sich von ihrem großbürgerlichen Lebensstil distanziert. Nach dem Studienabschluss hatte er ein Volontariat beim WDR absolviert, danach war er jedoch einige Jahre mangels fester Anstellung weiterhin Taxi gefahren. Manchmal hatte er nebenbei ein paar Artikel für die regionale Presse geschrieben, allerdings hatte ihm das kaum Geld eingebracht. Die Essen im *Schloss Bensberg* oder bei *Alfredo* hatte er sich zusammen gespart, und da er seit eh und je gerne gut aß, war es ihm das wert gewesen. Ansonsten hatte er bescheiden gelebt, Klo halbe Treppe, und es hatte ihn nie gestört. Nach einigen Jahren, als Sabrina längst in Sams Armen gelegen war, hatte er das Taxifahren aufgegeben. Er wollte endlich mit dem Journalismus Geld verdienen, und zwar so viel, dass er davon leben konnte. Also hatte er klein beigegeben und seine Mutter um Hilfestellung gebeten. Sie war erfreut aktiv geworden und hatte ihre Kontakte spielen lassen, und so hatte sie in die Wege geleitet, dass er die Redakteursstelle bei *Profi Entertainment* erhielt. Seine Mutter und seine Chefin kannten sich, weil Regine Liebermann schon mehrfach Reportagen und Magazinbeiträge über sie produziert hatte, und so manches Mal war Marie-Louise Halstaff auch in der Sendung *Diens-Talk* zu Gast gewesen.

»Sam kam abends oft erst spät heim, außerdem war er häufig wochenlang in den USA«, hörte er seine Mutter sagen. Florian zog fragend die Augenbrauen hoch, und sie erklärte: »Der Hauptsitz seiner Kanzlei ist in Chicago.« Sie seufzte. »Sabrina hat es nicht leicht gehabt mit ihm in letzter Zeit.«

Er runzelte die Stirn. Sabrina war häufig allein gewesen, aber hatte sie sich deswegen auch einsam gefühlt? Er starrte in den Rosenbusch, der direkt neben der Terrasse stand, und betrachtete die roten Blüten. Wie hatte ihr Leben in den letzten Wochen und Monaten ausgesehen? Was hatte sie im Angesicht des Todes empfunden?

Das Leben schrumpfte angeblich in den Stunden und Minuten bevor man starb, auf nicht viel mehr zusammen als auf ein paar Bilder, die sich als Diashow aneinander reihten, und was man mitnahm, war das Grundgefühl, das sich durch die Tage des Lebens wie ein Bodensatz zog. So, wie man im Leben gestimmt gewesen war, so starb man auch. Florian blinzelte. War das wirklich der Fall? Oder war im Anblick des Todes einzig und allein das allerletzte Gefühl ausschlaggebend, das man empfand? Er fragte sich, wie Sabrina im Moment ihres Todes zumute gewesen sein mochte. Hatte sie Panik gehabt? Wut empfunden? Hass verspürt? Ihm wurde eng in der Brust.

»Im Club heißt es, Sam sei kürzlich sogar handgreiflich geworden«, hörte er seine Mutter sagen.

Langsam öffnete er die Flasche Rotwein, die auf dem Tisch stand. »Sie hat ihn sich schließlich ausgesucht«, sagte er in das leichte Knarren des Korkens hinein, und seine Stimme klang bitter, was ihn überraschte. »Du meinst, er hat sie geschlagen?«

»Ja.«

»Aber er ist Anwalt …«

»Na und?« Marie-Louise lachte. »So etwas kommt in den besten Familien vor.« Nach einer Weile stellte sie fest: »Du hast immer noch an ihr gehangen.« Sie strich sich durch das dunkle, halblange Haar und warf ihrem Sohn einen prüfenden Blick zu. Florian überlegte, ob er etwas erwidern sollte, und während er noch darüber nachsann, wurde ihm auf einmal klar, dass seine Mutter Sabrina nie wirklich in ihr Herz geschlossen hatte. Sie hatte sie gemocht, ja, aber sie war ihr vermutlich all die Jahre mit derselben oberflächlichen Freundlichkeit begegnet, mit der sie die meisten Menschen um sich herum bedachte. Im Grunde kreiste sie ausschließlich um sich selbst. Florian seufzte. Es gab Momente, in denen sie sehr warmherzig und teilnahmevoll sein konnte, aber so wunderbar diese Momente waren, so selten waren sie auch. Meine Mutter, dachte er, ein Fluch und ein Segen.

»Sie hat mir immer viel bedeutet«, sagte er schließlich und fügte nach einer kurzen Pause hinzu: »Aber jetzt erlebe ich mit Jana ähnlich intensive Gefühle.«

Marie-Louise Halstaff sah interessiert auf. »Es läuft also gut zwischen euch …«

Florian nickte. Beinahe bereute er, soviel von sich preisgegeben zu haben. Jana, die wie er bei *Profi Entertainment* arbeitete und mit der er bereits seit einigen Monaten zusammen war, war seit langem die erste Frau, mit der er sich wieder mehr als nur gemeinsame Nächte vorstellen konnte. Wenn sie zusammen waren, spürte er eine Vertrautheit, die ihm beinahe unheimlich war. Er hatte sie seiner Mutter längst vorgestellt, und hin und wieder gingen sie gemeinsam essen.

Florian reckte den Kopf. Das Klappern von Geschirr drang aus dem Küchenfenster in den Garten, und ein würziger Geruch von Salbei kitzelte seine Nase, doch immer noch verspürte er keinen Appetit. Die Trauer über Sabrinas Tod hatte jegliches Hungergefühl vertrieben.

»Was macht die Arbeit?«, wechselte Marie-Louise das Thema.

»Nichts Aufregendes«, antwortete er und sagte: »Ich bereite gerade eine Sendung über *Eliteschulen in Deutschland* vor.«

»Ach …«

Mehr gab es dazu auch nicht zu sagen, dachte Florian. »Und was treibst du momentan?«

»Ich habe eine neue Rolle in einem TV-Movie angenommen«, sagte seine Mutter und erklärte: »Ich spiele eine alternde Casinobesitzerin, die nach Jahrzehnten ihrer Jugendliebe wieder begegnet.«

»Schön«, sagte Florian, und er merkte selbst, dass etwas mehr Begeisterung durchaus angebracht gewesen wäre. Anna trat mit einem Servierwagen hinaus auf die Terrasse, und während sie näher kam, stellte er die Frage, die ihm die ganze Zeit über keine Ruhe gelassen hatte: »Meinst du, dass Sam Sabrina umgebracht hat?«

MONTAG, 04. JULI

Florian hatte ein einsames Wochenende verbracht. Am Samstag hatte er die Wohnung nur kurz verlassen, um einkaufen zu gehen, ansonsten hatte er den Tag über klassische Musik gehört, die Raddatz-Biographie über Rilke gelesen und dösend auf der Couch gelegen, seine orange-weiß gestreifte Katze Zicke eingerollt zu seinen Füßen. Immer wieder hatte er darüber nachgedacht, welches Verhältnis Sabrina zu ihrem Mann gehabt haben mochte. Sam hatte sie geschlagen, wenn es stimmte, was seine Mutter erzählte, aber das machte ihn noch nicht zum Mörder.

Er hatte mehrfach versucht, Eddie zu erreichen, in der Hoffnung, dass er inzwischen mehr über ihren Tod wusste, aber sein Freund war weder über Festnetz noch am Handy zu erreichen gewesen.

Was konnte der Auslöser für Sabrinas und Sams Streitigkeiten gewesen sein? Den Erzählungen seiner Mutter nach zu urteilen, war die Beziehung über viele Jahre glücklich gewesen, und er konnte sich nur schwer vorstellen, dass Sabrina bei ihrem Mann geblieben wäre, wenn er sie ernsthaft misshandelt hätte. Doch was wusste er schon von ihrem Leben? Nicht viel. Sie war ihm schlicht und ergreifend abhanden gekommen.

Am Sonntagvormittag hatte er sich dann mit Jana in der Stadt getroffen. Sie waren über den Antiquitätenmarkt in der Nähe des ›*Alter Markt*‹ geschlendert, allerdings war er unkonzentriert gewesen, in Gedanken bei Sabrina, und so hatte sie sich nach zwei Stunden in gereizter Stimmung von ihm verabschiedet. Sie war zu einer Freundin gefahren, und er war müde in seine Wohnung zurückgekehrt. Die mittlerweile feuchtschwüle Hitze und die Erinnerungen an Sabrina machten ihm zu schaffen. Bei weit geöffnetem Fenster, durch das kein einziger Windzug blies, hatte er schließlich alte Fotoalben hervorgekramt und lange in ihnen geblättert: Sabrina mit hochgekrempelten Hosen im Wasser des Rheins, Sabrina auf dem Gepäckträger seines Fahrrads. Dieses Foto, sein Lieblingsfoto, hatte ein Freund geschossen. Sabrina im Bikini am Otto-Maigler-See. Sie beide mit eiförmig verzerrten Gesichtern in den Selbstauslöser seiner Kamera lachend, Sabrina tanzend auf einer Party.

Am Abend war er früh eingeschlafen, und jetzt, als er bei *Profi Entertainment* den PC hochfuhr, fühlte er sich einigermaßen erholt.

Das Thema *Eliteschulen in Deutschland* war nach der Pisa-Studie, die die Republik in Aufruhr versetzt hatte, von allgemeinem Interesse, und mangels brisanterer Themen infolge des typischen Sommerlochs hatte seine Chefin entschieden, es dem WDR, für den sie *Diens-Talk* produzierten, vorzuschlagen, und der hatte zugestimmt.

In den letzten Jahren schickten immer mehr Eltern ihre Sprösslinge auf private Schulen, und sie griffen tief in die Tasche dafür. Florian fragte sich, ob der Ausverkauf des deutschen Bildungssystems bereits begonnen hatte oder ob diese Entwicklung den Beginn eines neuen Bildungssystems kennzeichnete, das sich langsam aber sicher von der Dreigliedrigkeit entfernte. Klaffte demnächst die Schere zwischen bildungsnahen und bildungsfernen Haushalten noch weiter auseinander als bisher? Das waren Fragen, denen sie in der Sendung nachspüren wollten.

Er tippte gerade ein paar Vorschläge für Untertitel der

Sendung herunter, als sich die Tür öffnete und Jana ihren Kopf herein steckte. »Na, heute wieder besser drauf?«, fragte sie und trat ein.

Florian erhob sich sofort. »Viel besser. Tut mir leid, dass ich gestern zu nichts zu gebrauchen war.«

Jana kam um den Schreibtisch herum und gab ihm einen Kuss. Offensichtlich hatte sie ihm verziehen. Während er ihre Wärme spürte und ihr Duft seine Nase kitzelte, ärgerte er sich über sich selbst. Er hätte einen weitaus schöneren Sonntag verbringen können. Auf der anderen Seite betrachtete er den gestrigen Nachmittag als notwendige Vergangenheitsbewältigung.

Jana löste sich aus seiner Umarmung und trat einen Schritt zurück, rasch zog sie einen USB-Memory-Stick aus der Tasche. »Bitteschön. Daten und Fakten über das deutsche Bildungssystem.«

»Super. Danke dir.« Florian wollte sie an sich ziehen, doch Jana schob ihn sanft von sich und legte den Stick auf seinen Schreibtisch. »Es ist ein interessantes Interview mit einem Neurobiologen dabei, der mehr Raum für kreative Persönlichkeitsentwicklung an deutschen Schulen fordert. Angeblich erreicht man die, wenn man Kinder verschiedenen Alters gemeinsam unterrichtet. So lernt eins von dem anderen, und zwar nicht nur den Unterrichtsstoff, sondern auch Sozialverhalten. Die Kids hätten dann generell auch mehr Spaß am Lernen.«

»Du bist ein Schatz. Vielleicht ist der Neurobiologe als Talkgast für die Sendung geeignet. Ich werde mir alles in Ruhe durchlesen.« Florian lächelte sie an und überlegte, ob Jana für ihn auch in Sachen Sabrina recherchieren würde. Als ehemalige Hackerfahnderin der Kölner Kripo war sie bei *Profi Entertainment* für die Pflege des EDV-Systems zuständig, sie recherchierte aber auch für die Redakteure im world wide web und half so bei den Vorbereitungen einer Sendung mit.

Jana roch wie immer leicht nach Bergamotte und Jasmin, und Florian sog die Aromen ein. Dies war der Duft, den er liebte, ihr Duft. Er stellte fest, dass das eng anliegende schwarze Leinenkleid, das sie trug, hervorragend zu ihren ultrakurzen dunklen Haaren passte, und plötzlich verspürte er Lust, nachzuholen, was er am Wochenende versäumt hatte. Jana war schön, und ihre Gesten vermittelten eine große Natürlichkeit. Manchmal schminkte sie sich, doch oft benutzte sie nicht einmal Lippenstift. Florian kannte sie inzwischen gut genug, um zu wissen, dass ihr nicht daran gelegen war, im Mittelpunkt zu stehen, weder in optischer Hinsicht noch was ihre Kompetenz betraf.

Vom Flur drangen Stimmen durch die Tür, und plötzlich flog sie auf. Curt, der Redaktionsleiter, fegte herein. Florian seufzte leise. Er war froh, dass er nicht allzu viel mit ihm zu tun hatte. Curt war zwar sein direkter Vorgesetzter, aber Regine Liebermann, die Chefin von *Profi Entertainment*, die um ihr schwieriges Verhältnis wusste, sorgte dafür, dass Florian möglichst selbständig arbeiten konnte und in erster Linie ihr und nicht ihm Bericht erstattete.

»Wie weit bist du mit der Sendung?«, erkundigte er sich, ohne auch nur einmal gelächelt oder *hallo* gesagt zu haben. Florian vermutete, dass er vor allem in sein Büro gekommen war, um gleich zu Wochenbeginn seine Wichtigkeit zu demonstrieren.

»Guten Morgen erst einmal«, sagte er langsam und lehnte sich in seinem Bürostuhl zurück.

»Morgen«, kam es kurz angebunden zurück.

»Mach doch bitte keinen Stress. Wir haben noch jede

Menge Zeit, die Sendung ist erst in zwei Wochen dran, und um dich zu beruhigen: Das Gerüst für *Eliteschulen in Deutschland* steht.« Florian lächelte ihn bewusst freundlich an. »Außerdem habe ich auch schon drei Talkgäste«, fügte er hinzu. »Passende Schulleiter oder Lehrer aus staatlichen wie privaten Schulen muss ich allerdings noch recherchieren.«

»Das hättest du längst erledigen können«, sagte Curt, und Florian dachte: *Kleiner Wichtigtuer*. Er versuchte jedoch, sich seinen Ärger nicht anmerken zu lassen und holte weiter aus. »Ich glaube, es wäre sinnvoll, wenn wir ein paar Schüler im Publikum platzieren würden, aus staatlichen *und* privaten Schulen natürlich, in einer ausgewogenen Mischung. Was hältst du davon?«

Curt sah ihn skeptisch an. »Finde ich unnötig, die reden doch nur Unsinn. Ich glaube nicht, dass sie die Dimension des Themas auch nur ansatzweise kapieren, also brauchen wir sie auch nicht in der Sendung. Schadet nur der Quote, das garantiere ich dir.«

Florian zog die Augenbrauen hoch. »Das sehe ich völlig anders.« Er warf Jana, die nach wie vor von Curt ignoriert wurde, einen langen Blick zu.

»Ich kann das ja einmal mit Regine diskutieren«, sagte Curt herablassend und fügte hinzu: »Aber mach dir keine allzu großen Hoffnungen. Sie ist bestimmt meiner Meinung, alles andere würde mich wundern.«

Florian spürte, wie sein Blut an den Schläfen zu pochen begann. *Ich kann das ja einmal mit Regine diskutieren.* Für wie wichtig hielt Curt sich eigentlich? »Gib dir keine Mühe«, antwortete er und sagte: »Ich werde es morgen selbst thematisieren, und zwar gleich im großen Kreis in der Redaktionskonferenz.« Er starrte Curt an, und Curt starrte zurück. Ihm fiel auf, wie farblos er aussah. Sein mausbraunes Haar wirkte genauso grau wie die Kleidung, die er trug, und das, obwohl sie beige war.

»Hast du den Ablauf schon fertig?«, wechselte Curt das Thema.

»Ich bin dran.«

»Maile mir doch bitte schon einmal kurz zu, was du hast.«

»Er ist noch nicht aussagekräftig genug, ich werde den Ablauf erst auf der Redaktionskonferenz vorstellen.«

Curt kniff die Augen zusammen. Als die Luft im Raum immer dicker zu werden schien, wandte er sich ab und verließ, ohne Florian oder Jana noch eines weiteren Blickes zu würdigen, gemessenen Schrittes das Zimmer. Allerdings fiel die Tür mit einem lauten Knall ins Schloss.

»Puh, was für ein Ekel. Musst du ihn immer so provozieren?«, lachte Jana.

»Unbedingt.« Florian strich grinsend über sein Kinn, das dringend wieder eine Rasur benötigte, dann wurde er wieder ernst und sagte: »Komm zu mir heute Abend.«

Jana reagierte nicht.

»Ich koche uns etwas, und dann …«

»Nennst du mich Sabrina?« Sie blitzte ihn an.

Florian atmete tief durch. »Natürlich nicht.« Er zog sie an sich und wollte sie küssen, aber sie entzog sich ihm.

»Hör auf. Du weißt, es kann jeden Moment jemand herein kommen.«

»Na und? Jana …«

»Ja?«

»Sabrinas Tod hat mich sehr mitgenommen, das ist alles. Ich frage mich natürlich, wer ihr das angetan hat.« Florian berichtete von ihrem zertrümmerten Gesicht.

Jana sah ihn lange an. »Ich weiß auch nicht, warum ich so reagiere ... entschuldige. Es ist nur ... sie ist so unglaublich präsent.«

»Komm, du wirst doch nicht eifersüchtig auf eine Tote sein?«

Jana seufzte.

»Was hältst du davon, wenn wir *gleich* verschwinden?«

»Du meinst ... *jetzt*?«

»Warum nicht? Wir nehmen uns einfach frei.« Die Redakteure bei *Profi Entertainment* konnten sich ihre Arbeitszeit selbst einteilen.

Sie war unschlüssig, aber nach einem Moment sagte sie: »Okay, unter einer Voraussetzung.«

»Und die wäre?«

»Ich nehme meinen Laptop mit, logge mich bei dir zu Hause ins System der Rechtsmedizin ein, und dann schauen wir uns einmal in aller Ruhe ihren Obduktionsbericht an.«

DIENSTAG, 05. JULI

Die Abendvorstellung war beendet. Dele Sanchi, die seit fast zwei Monaten in Deutschland war, suchte zwischen den Zuschauerbänken nach liegen gebliebenen Popcorntüten, Eispapier und anderem Müll, den die Gäste des *Circus Roncalli* hatten fallen lassen, und steckte ihn in einen blauen Plastiksack, den sie hinter sich her schleifte. Wie immer waren die Bänke und Logen voll besetzt gewesen, und wie immer hatte es nach der Vorstellung, als alle Künstler noch einmal gemeinsam in die Manege kamen, um sich ein letztes Mal vor dem Publikum zu verneigen, tosenden Applaus gegeben.

Während der Vorstellung stand Dele meist in das schützende Dunkel des Hauptganges gepresst und verfolgte gespannt die Show. Sie konnte sich nicht satt sehen daran. Kurz bevor nach der ersten Programmhälfte zur Pause gegongt wurde, legte sie rasch eine weiße Haube und Schürze an und schnallte sich ihren Bauchladen um, und wenn die bunten Lichter angingen, lief sie 15 Minuten zwischen den Zuschauerreihen umher und verkaufte Brezeln und Süßigkeiten. Wenn auch der zweite Programmteil vorbei war, die Künstler sich ein letztes Mal vor dem Publikum verbeugt hatten und sie Haube und Schürze längst gegen den grauen Kittel getauscht hatte, um im grellen Scheinwerferlicht die Reste des Abends aufzusammeln, überfiel sie oft diese Traurigkeit.

Dele atmete tief durch und ließ den Blick zur Manege schweifen. Wie lange war es her, seit sie selbst dort gestanden hatte? Sie hatte mit bunten Bällen jongliert wie Gino, der Italiener, der jedes Mal in ihre Richtung blickte, wenn er sich vor dem Publikum verneigte, und der ihr das Gefühl gab, seine Kusshand gelte nur ihr.

»Die haben viel liegen lassen heute, was?«, hörte sie Pippa, eine junge Frau aus dem Baskenland, zwei Reihen hinter sich sagen. »Diese Dreckschweine«, schimpfte die Spanierin.

»Sí«, antwortete Dele, aber sie hatte sich inzwischen an die Achtlosigkeit der Menschen gewöhnt. Pippa und sie teilten sich einen Wohnwagen, und Dele überlegte, ob sie heute Abend noch gemeinsam etwas kochen würden. Hin und wieder brieten sie sich auf dem Gasherd ein Ei oder sie kochten ein paar Nudeln, und manchmal bereitete Dele auch für sie und jeden, der außerdem mitessen wollte, Maisfladen zu. In ihrer Heimat in Guatemala hatten sie die Tortillas beinahe täglich gegessen, und sie war stolz darauf, die beste Fladenbäckerin des kleinen Dorfes gewesen zu sein.

Während sie sich nach einem zerknüllten Papiertaschentuch bückte, überlegte sie, wann sie selbst das letzte Mal ein Zirkuskostüm getragen hatte. 13 Jahre waren bereits seit jenem Abend vergangen, doch sie erinnerte sich noch immer an jede Einzelheit. Manchmal, wenn sie nachts im Wohnwagen lag, kam es vor, dass sie von jenem Abend träumte und sich schweißgebadet hin und her wälzte, und viel zu oft schrie sie im Schlaf. Dann weckte Pippa sie auf, und meist lag sie danach noch lange wach.

Schlechte Erinnerungen sind wie Moskitos, die einen stechen, dachte Dele und sagte sich: *Bei mir wurde ein eitriges Geschwür daraus.* Entschlossen lenkte sie ihre Gedanken auf das Kostüm, das sie damals getragen hatte. Gelb war es gewesen, sie hatte es selbst genäht, und die goldlackierten Maiskörner, die sie und ihre Mutter darauf geklebt hatten, waren der einzige Schmuck gewesen. Einmal im Jahr hatte sie Gelegenheit gehabt es zu tragen, dann, wenn der Wanderzirkus nach Cobán kam.

Mit sechs Jahren hatte sie zum ersten Mal eine Zirkusvorstellung besucht, und sofort hatte sie das Zirkusleben gefangengenommen. Vor allem die Kunststücke des alten Jongleurs hatten sie in ihren Bann gezogen. Mit sieben hatte sie ihn nach der Vorstellung besucht, und er führte ihr einige Geschicklichkeitsübungen vor. Als sie acht war, schenkte er ihr ein paar Bälle, und fortan übte sie beinahe täglich mit ihnen. Ihre Geschwister hatten sie oft deswegen verlacht, manchmal auch die Bälle im Mais versteckt. Mit 13 war sie zum ersten Mal im Wanderzirkus aufgetreten, dann mit 14, und ein letztes Mal an dem Tag, an dem sie 15 geworden war, und den sie am liebsten aus ihrem Gedächtnis gestrichen hätte.

Mechanisch griff Dele nach einem Programmheft, das auf dem Boden lag. Sie hatte es schon in der Hand, da stutzte sie und sah noch einmal genauer hin. Unter dem Heft, halb verborgen im Dreck der Erde, lag eine zierliche Armbanduhr. Sie kratzte sie frei, und auf einmal funkelten Brillanten sie an, die das goldene Gehäuse einrahmten. *Geisteraugen*, dachte sie und fragte sich, ob es gute oder böse Geister waren. Sollte sie die Uhr einstecken? Oder sollte sie sie abgeben? Vielleicht bekäme sie einen Finderlohn. Dele schluckte. Dann atmete sie tief ein, faltete die Hände und schloss die Augen. Nach kurzer Zeit war sie sicher: Diese Uhr hatte ihr der Himmel geschickt. Sie war eine Reserve für den Notfall, und der Herr würde ihr vergeben, wenn sie die Uhr jetzt einsteckte. Ein Stoßgebet kam über ihre Lippen. Schnell sah sie sich um, dann ließ sie die Uhr in der Tasche ihres Kittels verschwinden.

MITTWOCH, 06. JULI

Sabrina war durch einen Streifschuss an der Lunge und einen glatten Herzschuss getötet worden. Die Kugeln hatten noch in ihrem Körper gesteckt. Die Hämatome an ihren Unterarmen waren etwa acht Stunden vor ihrem mutmaßlichen Todeszeitpunkt zwischen 23 Uhr und 24 Uhr entstanden, also zwischen 15 Uhr und 16 Uhr. Dr. Sinzig konnte es der Färbung entnehmen. Ihr Gesicht war mit einem schweren Gegenstand zertrümmert worden, vermutlich einem scharfkantigen Stein, aber die Spurensicherung hatte ihn nicht ausfindig gemacht, auch die Waffe blieb unauffindbar. Es gab Schürfwunden und Kratzer an Armen und Beinen. Besonders interessant fand Florian, dass sich in ihrer Vagina Spermien befunden hatten. Ihrer Beweglichkeit nach zu urteilen, hatte Sabrina nur wenige Stunden vor ihrem Tod Geschlechtsverkehr gehabt. Im Obduktionsbericht war darüber hinaus vermerkt worden, dass sie einige Stunden vor ihrem Tod noch etwas gegessen und getrunken hatte.

Er und Jana hatten sich gefragt, mit wem sie geschlafen hatte. Mit Sam? Oder mit einem anderen? Mit ihrem Mörder? Hatte sie ihr letztes Mahl allein oder zusammen mit dem Mörder eingenommen?

Sie hatten *Profi Entertainment* gegen 14 Uhr verlassen und waren direkt zu ihm nach Hause gefahren. Dort hatten sie sich den Nachmittag über geliebt. Gegen Abend hatten sie zwei Pizzen bestellt, und irgendwann hatte Jana sich an die Arbeit gemacht. Innerhalb von 30 Minuten hatte sie gefunden, was sie suchte. Während er sie vom Bett aus beobachtete, wie sie, nur in Slip und BH, mit konzentrierter Miene die Tastatur des Laptops bearbeitete, hatte er wieder den altbekannten Respekt vor ihr gespürt, der ein wenig in Vergessenheit geraten war. Damals, als sie ihm dabei geholfen hatte, den Mörder seines besten Freundes Max zu finden, hatte sich sein Bild von ihr verändert. Hinter der schönen, scheinbar unbedarften Frau, die nicht viel Aufhebens um sich machte, verbarg sich eine kompetente Hackerin, die sich nicht scheute, Gesetze zu brechen, jedenfalls dann, wenn sie ihr Tun moralisch rechtfertigen konnte.

Während Florian nun am Reiterhof vorbei Richtung Tennisclub ging, richtete er seine Gedanken auf das, was ihn erwartete: Das Gespräch mit Sabrinas bester Freundin Marlies. Als er die Tür des Clubhauses öffnete, schlug ihm Stimmengewirr entgegen. Einige Spieler standen an der Theke und unterhielten sich leise über Sabrinas Tod, andere diskutierten über die deutsche Finanzhilfe für Griechenland. Florian bestellte eine Johannisbeerschorle und beeilte sich, hinaus auf die Terrasse zu kommen, froh, dass unter den Spielern niemand war, den er kannte.

Sabrinas Freundin Marlies erwartete ihn bereits. Sie saß an einem Tisch in der Ecke, und als sie ihn auf die Terrasse treten sah, machte sie durch Winken auf sich aufmerksam. Er hatte hin und her überlegt, ob er sie um eine Verabredung bitten sollte, sie hatten sich lange nicht gesehen. Schließlich hatte er ihre Telefonnummer gegoogelt und sie am gestrigen Abend noch angerufen.

Nachdem sie ein paar Höflichkeitsfloskeln ausgetauscht hatten, sagte sie: »Ich bin genauso erschüttert wie du. Es ist schrecklich, hoffentlich hat Sabrina nicht allzu lange leiden müssen.«

Der Kellner brachte die Schorle, und Florian hatte Zeit, Marlies zu mustern, sie war ganz offensichtlich noch erhitzt von einem Tennismatch. Im kurzen, weißen Tennisrock saß sie vor ihm, und ihr sehniger Körper erinnerte Florian daran, dass er sich auch mal wieder die Zeit nehmen sollte, Sport zu treiben. Schon lange verfolgte er den Plan abzunehmen, aber es war immer wieder ein mehr oder weniger halbherziger Kampf gegen den Speck, der sich in den letzten Jahren vor allem am Bauch bei ihm festgesetzt hatte. Immer wieder erlag er den Verlockungen eines guten Essens und eines guten Weins, und wenn er ehrlich war, erfüllte das schlechte Gewissen, dass sich in regelmäßigen Abständen einstellte, mehr oder weniger nur eine Alibifunktion.

»Weißt du, ob sie abends öfter um den *Decksteiner Weiher* ging?«, wollte er wissen.

Marlies schüttelte den Kopf. »Sie gehörte nicht zu den Frauen, die abends gern allein unterwegs sind.« Sie dachte einen Moment nach, dann sagte sie: »Manchmal ging sie mit Sam raus, wenn die Kleine bereits schlief. Ist ja bei ihnen quasi um die Ecke, man ist schnell da. Und eine Kleinigkeit bekommt man im *Haus am See* immer noch zu essen, selbst wenn es schon spät ist.«

Florian drehte sein Glas in der Hand. »Sam soll sie geschlagen haben …«

Marlies kniff die Augen zusammen. »Ja, das ist wahr. Leider.«

»Weißt du, was los war zwischen den beiden?«

»Sam war chronisch eifersüchtig.«

»Auf wen?«

Sie lächelte gequält. »Auf jeden, den sie länger als zwei Sekunden angeschaut hat.«

Florian strich sich über das Kinn. Er hatte sich schon wieder nicht rasiert, und die Bartstoppeln kratzten unter seiner Hand.

»Ich habe mich oft gefragt, wie sie es in letzter Zeit mit ihm ausgehalten hat«, sagte Marlies. »Stell dir vor, er hat es fertig gebracht, zu behaupten, ein Freund von ihm habe sie mit einem anderen Mann in der Stadt gesehen.«

»Und?«

»Es war eine glatte Lüge. Das hat er sich ausgedacht, um zu testen, wie sie auf die Behauptung reagiert.«

»Wie bitte?« Florian war entsetzt.

»Doch, das hat er getan«, erklärte Marlies. »In seinem kranken Hirn hat er ihr unterstellt, sie träfe sich mit einem anderen Mann. Er wollte sehen, ob sie sich ertappt fühlte und ob es vielleicht wahr war.«

»Verrückt.« Florian schüttelte fassungslos den Kopf.

»Du sagst es. Sam war nicht immer so, aber seit ungefähr einem halben Jahr verhält er sich, als würde er neben sich stehen. Als habe ihn irgendjemand verhext.«

Florian überlegte einen Augenblick. »Hatte sie einen anderen?«

»Nein. Ich hätte davon gewusst«, sagte Marlies entschieden und fügte hinzu: »Übrigens …« Sie beugte sich hinunter zu ihrer Tennistasche, die neben ihrem Stuhl stand und nahm etwas heraus. »… er war auch eifersüchtig auf dich.«

»Auf mich?« Ungläubig starrte Florian sie an.

»Ja.« Sie legte ein Bündel Briefe auf den Tisch. »Die hast du Sabrina vor Jahren geschrieben. Sie hat sie mir zur Aufbewahrung gegeben, weil sie nicht wollte, dass er sie findet. Ich denke, jetzt sind sie bei dir in besseren Händen.«

Florian schluckte, dann streckte er vorsichtig die Hand

aus und steckte das Bündel ein. Er musste nicht auf das Datum der Poststempel blicken, um zu wissen, dass es die Briefe waren, die er ihr geschrieben hatte, nachdem sie ihn verlassen hatte. Eigentlich wollte er sie gar nicht haben. Sie wühlten die Vergangenheit mehr auf, als ihm lieb war.

»Sam hat in ihrem Sekretär Fotos von euch gefunden ...«

»Ja und?«

»Er hat sie zerrissen.«

Florian schwieg, und nach einer Weile fragte Marlies mit einem prüfendem Blick: »Hattet ihr wieder Kontakt?«

»Nein.«

Beide waren still, dann sagte Marlies: »Wenn ihre Tochter nicht wäre, hätte sie ihn wohl verlassen.«

»Meinst du?«

»Ja, ich glaube, sie wollte nur noch ein paar Jahre warten, bis Luz etwas älter und reifer geworden ist.«

»Bespitzelt er seine Tochter auch?«

»Er liebt sie und er kontrolliert sie. Ob er sie bespitzelt, weiß ich nicht. Luz hat eines dieser Handys, die den Eltern genau den Radius anzeigen, in dem sich die Kinder befinden.«

Florian fragte sich, wie er sich verhalten würde, wenn er Vater einer Zwölfjährigen wäre und kam wie so oft zu dem Ergebnis, dass es besser war, erst gar kein Kind in die Welt zu setzen.

»Wie geht es dem Mädchen jetzt?«

»Sie ist verstört, aber Sabrinas Schwester kümmert sich um sie. Sie ist gleich nach der Nachricht von Sabrinas Tod nach Köln gekommen und wohnt jetzt bei Sam und ihr.« Marlies sah Florian lange an, und es schien ihm, als ringe sie mit sich darum, ihm etwas zu erzählen. Er beugte sich über den Tisch. »Marlies, was ist los? Gibt es etwas, das dich beunruhigt?«

Sie nickte und holte tief Atem: »Ja.«

Florians Herz schlug schneller.

»Sabrina hat mir erzählt, dass sich in letzter Zeit öfter eine Fremde auf ihrem Grundstück herumgetrieben hat. Eine dunkelhaarige Frau, angeblich keine Deutsche. Jedenfalls sah sie nicht deutsch aus.«

Florian runzelte die Stirn. »Eher türkisch oder eher arabisch?«

»Keine Ahnung. Soviel ich weiß, hat Sabrina sie nicht zur Rede stellen können. Jedes Mal, wenn sie aus dem Haus kam, war die Frau plötzlich wie vom Erdboden verschluckt.«

»Was kann sie gewollt haben?«

Marlies zuckte mit den Schultern.

»Weiß Sam davon?«, fragte er.

»Sicher. Die beiden wollten die Polizei informieren.«

»Das hätte ich an ihrer Stelle auch getan.« Für einen kurzen Moment nahm er das dumpfe Plöp Plöp der Tennisbälle wieder wahr.

»Da ist noch etwas, was ich dir sagen möchte.«

Florian sah auf.

»Sam hat einen Waffenschein.«

»Und eine Waffe?«

»Klar. Er geht zur Jagd, irgendwo in der Eifel.« Marlies stützte den Kopf in die Hände und schloss für einen Moment die Augen. »Von Sabrina weiß ich, dass er ein verdammt guter Schütze ist.«

DONNERSTAG, 07. JULI

Er fuhr ziellos mit dem Auto durch die Gegend, die Ringe entlang Richtung Ehrenfeld und wieder zurück ins Zentrum, von dort Richtung Chlodwigplatz. Der Tag war lang gewesen, und eigentlich müsste er müde sein, aber die innere Unruhe ließ ihn nicht los. Immer wieder ging ihm der Gedanke durch den Kopf, dass er sie tatsächlich getötet hatte, und er erkannte sich selbst nicht wieder. Es war so einfach gewesen, ihr Leben auszulöschen. Zwei Kugeln hatten genügt.

War es wirklich nötig gewesen? Seit er sie getötet hatte, hatte er das Gefühl, ein anderer zu sein. Er kam sich vor wie ein Zombie, eines dieser Horrorwesen aus einem drittklassigen Gruselfilm, und eigentlich erwartete er, dass sich auch sein Äußeres entsprechend verändert hatte, was natürlich absurd war. Rasch warf er einen Blick in den Rückspiegel und schon schalt er sich erneut einen Dummkopf. Natürlich sah er aus wie immer, auch morgen würde sich daran nichts geändert haben. Wie immer würde er nach Rasierwasser duftend, mit Krawatte und Jackett ins Büro gehen, und niemand würde auch nur den leisesten Verdacht schöpfen. Mit einer hektischen Bewegung strich er sich über die Stirn. Er musste aufpassen, dass er nicht die Nerven verlor. Er wurde doch nicht etwa verrückt? Er schluckte und warf schnell wieder einen Blick in den Spiegel. Oder war er es schon?

Ihr Tod berührte ihn seltsamerweise kaum, auch vermisste er sie im Grunde genommen nicht. Was ihm vielmehr zu schaffen machte, war die Tatsache, dass er diese eigentümliche Lust verspürt hatte, sie zu quälen, bevor sie starb. Sie zu treten, ihr Schmerzen zuzufügen, sie um Gnade flehen zu hören. Dass er ihr Gesicht dann so zugerichtet hatte, hatte ihn selbst erschreckt. Manchmal hatten sie diese Spiele gespielt, irgendwo im Grünen oder in seiner Jagdhütte, mitten am Tag, oft jedoch in der Nacht, wenn die meisten Menschen in ihren Betten lagen und schliefen. Doch Sabrinas Grenzen waren schnell erreicht gewesen, und er selbst hatte oft nicht gewusst, wie weit er gehen durfte.

Er ließ das Fenster herunter, ein Schwall warmer Luft strömte ins Auto, und er fluchte leise vor sich hin, aber seine Sucht war stärker als die Vernunft. Umständlich fingerte er eine Zigarette aus der Schachtel, die auf dem Beifahrersitz lag, zündete sie an und nahm einen tiefen Zug. Im Grunde genommen war sie selbst schuld an ihrem Tod, sie war eine kleine Schlampe, mehr nicht. Wenn sie ihn nicht derart in die Enge getrieben hätte, wäre sie noch am Leben. Er inhalierte tief. Ja, sie war selber schuld. Seine Finger krampften sich um das Lenkrad, und etwas Asche fiel auf den Boden. Erschrocken machte er eine unbedachte Bewegung. Sie führte dazu, dass er beinahe den Wagen neben sich gerammt hätte. Ärgerlich fluchte er vor sich hin. Sie hatte ihn in etwas hinein getrieben, was vor kurzem noch undenkbar gewesen wäre. Er spürte, wie sich sein Magen zusammenzog.

Vor ihm gab es einen Stau, und er fuhr direkt hinein. Auch das noch. Als müsste er nicht schon genug aushalten momentan.

Nochmals sagte er sich, dass ihr Tod alles in allem eine unvermeidliche Angelegenheit gewesen war. Die Waffe würde niemand finden, er hatte sie gut versteckt, dort, wo kein Mensch sie vermuten würde.

Am Morgen danach hatte er wie gewöhnlich gefrühstückt und er hatte sich sogar in aller Ruhe eigenhändig einen Orangensaft gepresst. Anschließend war er ins Büro gefahren und hatte wie jeden Tag seine Arbeit erledigt. Er hatte telefoniert, seiner Sekretärin Briefe diktiert und in Sitzungen wichtige Dinge von sich gegeben, mittags war er wie immer mit seinen Kollegen essen gegangen. Nervös zog er an seiner Zigarette und sagte sich, dass er sich bald einmal wieder richtig entspannen sollte. In wenigen Wochen wurde es Herbst, dann würde er sich ein verlängertes Wochenende mit seinen Jagdfreunden gönnen.

Er schaute auf die Uhr und überlegte, wo er noch hinfahren könnte. Auf die andere Rheinseite vielleicht? Aber vorher müsste der Stau sich auflösen, sonst würde es zu spät werden.

Er strich sich eine feuchte Haarsträhne aus der Stirn, noch immer spürte er diese Wut in sich. Sie hatte ihm das alles eingebrockt. Ein Blick auf die digitale Temperaturanzeige auf dem Armaturenbrett klärte ihn darüber auf, dass es draußen 35 Grad heiß war. Sollte er noch einmal zum *Decksteiner Weiher* fahren? Dorthin, wo sie ihr Leben ausgeröchelt hatte? Plötzlich kamen ihm Zweifel. Besser nicht, sagte er sich. Mörder kehren oft an den Tatort zurück, und jetzt gilt das auch für mich. Vielleicht würde das Gebiet von der Kripo überwacht. Während er darüber nachdachte, ob er das Risiko eingehen konnte, nahm er aus dem Augenwinkel wahr, dass eine Katze von rechts auf die Fahrbahn lief. Sie war orange-weißgestreift, duckte sich zwischen den Autos, blieb unter einem sitzen, schoss dann aber schnell wieder hervor, um unter einem anderen zu verschwinden. Zunächst gelangweilt, dann immer interessierter, verfolgte er ihre Manöver.

Würde sie den Zickzackkurs unter den Autos unbeschadet überstehen? Der Wagen vor ihm fuhr an. Er reckte den Hals. Wo war sie jetzt? Hinter ihm begann es zu hupen. Die sollen sich nicht so anstellen, dachte er und machte ärgerlich vor dem Rückspiegel Zeichen. Dabei bemerkte er, dass sein Gesicht rot geworden war. Fluchend wandte er den Blick wieder auf die Straße. Da war sie wieder. Direkt vor ihm tauchte sie auf. Ohne zu überlegen, drückte er aufs Gaspedal. Sein Wagen schoss nach vorn. Er spürte einen dumpfen Aufprall, dann hörte er einen hohen Schrei. Ein zufriedenes, kaum wahrnehmbares Lächeln spielte um seine Lippen.

Er fuhr das Fenster hoch, stellte die Klimaanlage an, und dann fuhr er langsam weiter.

FREITAG, 08. JULI

Die große Trauerhalle auf dem Friedhof Melaten war voll besetzt. Es waren unzählige Trauergäste gekommen, um Sabrina die letzte Ehre zu erweisen. Florian stand nicht weit vom Eingang entfernt und ließ die Blicke über die Stuhlreihen schweifen. Ganz vorn, zwischen Blumengestecken und einem Stehpult, war ihr Sarg aufgebahrt, er war über und über mit weißen Rosen geschmückt. Ohne es zu wollen, sah er sie vor sich, wie sie mit entstelltem Gesicht unter dem Sargdeckel lag. Wer hatte das verbrochen? Laut Eddie, der ihn gestern endlich zurückgerufen hatte, hatte die Kripo immer noch keine Anhaltspunkte.

Er erkannte ihre jüngere Schwester Lisa, die in der ersten Reihe saß, und deren Profil dem von Sabrina so sehr ähnelte: Das gleiche hellblonde Haar, die gleiche Adlernase und das gleiche kräftige Kinn, das von der Durchsetzungsfähigkeit ihrer Trägerin zeugte. Damals, als er noch mit Sabrina zusammen gewesen war, war sie hin und wieder übers Wochenende nach Köln gekommen, sie hatte in Berlin Architektur studiert, aber da die Schwestern ein gutes Verhältnis zueinander gehabt hatten, war sie auf vielen Kölner Partys dabei gewesen. Florian hatte sie immer gemocht. Sie war unkompliziert und fröhlich gewesen, und man konnte ganze Nächte mit ihr durchdiskutieren. Neben ihr saß ein kleines Mädchen mit schwarzem, glattem Haar. Die Kleine saß still, sie hielt den Kopf gesenkt, und die anhaltende Bewegungslosigkeit ihres Körpers rührte ihn. Was sie in diesem Moment, den Sarg der Adoptivmutter vor Augen, wohl dachte? Oder hatte sie aufgehört zu denken? Ihre gebeugte Haltung erinnerte ihn an die eines Lammes, das gleich zur Schlachtbank geführt wird.

Sabrinas Leichnam war mit Rücksicht auf die Angehörigen zur Trauerfeier freigegeben worden, würde aber anschließend zurück in die Rechtsmedizin transportiert werden. Die Urnenbeisetzung würde erst dann stattfinden, wenn der Fall abgeschlossen war.

Aus den Augenwinkeln registrierte Florian eine winkende Hand. Es war seine Mutter, die auf sich aufmerksam machte, dankbar zwängte er sich zu ihr, an besetzten Stühlen vorbei, in die hinterste Ecke, wo sie einen Stuhl für ihn freigehalten hatte. Überall erkannte er Leute aus dem Tennisclub. Viele der Damen trugen Hut. Florian nickte in alle Richtungen.

»Es sind ja unwahrscheinlich viele Menschen hier«, raunte Marie-Louise ihm zu, nachdem er Platz genommen hatte, und sagte: »Ich wusste gar nicht, dass sie so beliebt war, aber es freut mich für sie … ein Trost für die Familie.«

Florian starrte auf die Tafel, an der die Liederfolge angeschlagen war, und blätterte im Gesangbuch. Kein einziges der Lieder, die gesungen werden sollten, war ihm bekannt.

Seit dem vergangenen Abend fragte er sich, wo seine Katze Zicke sein mochte. Als er von der Arbeit nach Hause gekommen war, hatte er sie in der Wohnung nirgends entdeckt. Zunächst war er davon ausgegangen, dass sie sich irgendwo in einem seiner Schränke oder unter dem Bett versteckt hatte, aber schließlich war ihm klar geworden, dass es in der Wohnung zu lange zu ruhig blieb. Schließlich hatte er panisch jeden Winkel nach ihr abgesucht, aber er hatte sie nirgends gefunden. Dann hatte er registriert, dass die Balkontür den ganzen Tag offen gestanden haben musste, und seither waren seine Schuldgefühle und seine Unruhe stündlich gewachsen. Er hatte bei allen Nachbarn geklingelt, doch niemand hatte sie gesehen. Irgendwo musste sie jetzt allein herumstreunen. Sie war eine Wohnungskatze, kannte die Welt da draußen, die böse und gefährlich war, nicht. Er hatte an die 100 Zettel mit einem Foto von ihr ausgedruckt, seine Telefonnummer darunter vermerkt und die Zettel in einem Radius von vier Kilometern rund um den Chlodwigplatz an Litfaßsäulen, Bäumen und Hauswänden aufgehängt, und noch hatte er die Hoffnung, dass irgendjemand sie zurückbringen würde, nicht aufgegeben.

»Da vorn, da sitzt Sam«, flüsterte seine Mutter.

Florians Blick wanderte suchend zwischen vielen Rücken hindurch zur ersten Reihe, wo er an Sams hünenhaften Schultern hängen blieb, die merklich auf und ab zuckten. Orgelspiel erklang. Nach wenigen Minuten begrüßte der Pastor die Trauergäste und hielt eine Rede, die die wichtigsten Stationen aus Sabrinas Leben zum Inhalt hatte, und die Anwesenden lauschten andächtig. Florian hörte, dass sie behütet und glücklich aufgewachsen war, mit Summa cum laude ihr Kunststudium abgeschlossen hatte, jedoch nie berufstätig geworden war. Ihr Lebensglück habe sie in der eigenen Familie gefunden, betonte der Pastor, vor allem, seit die Adoptivtochter ihr Leben bereichert habe. Sabrina habe Ölbilder gemalt und hin und wieder auch eine Ausstellung gehabt. Florian war das alles nicht unbekannt. Was er jedoch nicht gewusst hatte, war die Tatsache, dass sie sich für traumatisierte Kindersoldaten engagiert hatte. Wie der Pastor sagte, war sie Mitglied einer Kinderschutzorganisation gewesen, die sich schwerpunktmäßig um Kindersoldaten aus dem Sudan, Uganda und Sierraleone gekümmert hatte, wo Kinder zwangsrekrutiert wurden. Auch Kindern aus Haiti, die Anfang des Jahres 2010 beim Erdbeben ihre Eltern verloren hatten, hatte Sabrina zu helfen versucht, indem sie sich für ihre Unterbringung bei Familien vor Ort eingesetzt hatte.

Florian überlegte, woher ihre Adoptivtochter stammen mochte, und er wunderte sich, dass er seine Mutter noch nie danach gefragt hatte. Die Worte des Pastors versetzten ihn mittlerweile immer mehr in einen schläfrigen Zustand, das Resultat einer weitgehend schlaflosen Nacht. Gleichzeitig war ihm bewusst, dass sich jedes einzelne Bild dieser Trauerfeier glasklar in sein Gedächtnis brennen und ihn sein Leben lang begleiten würde.

Vorne am Rednerpult wurde es unruhig, ein Mann trat ans Mikrofon, den Florian noch nie zuvor gesehen hatte. Er stellte sich als Christian Sauer vor, und er sprach davon, was für eine gute Freundin Sabrina ihm gewesen sei. Sie sei immer für ihn da gewesen, und das gemeinsame Engagement für traumatisierte Kinder in Afrika und Haiti habe ihrer Beziehung eine besondere Tiefe verliehen. Florian überlegte, wie Sam wohl zu dieser Freundschaft gestanden hatte. Allerdings wirkte Christian Sauer mit den weichen Gesichtszügen und dem silbernen Ring im Ohr so offenkundig homosexuell, dass Sabrina seinetwegen vermutlich kein Problem bekommen hatte.

Irgendwann begann er zu singen, und Florian hielt den Atem an. Mit voller Tenorstimme erklang *Amazing Grace,* das irische Trauerlied, und jeder Ton, der seine Kehle verließ, schien eine Weile über den Köpfen der Trauergäste zu schweben, bevor er langsam verebbte.

Eine halbe Stunde später war alles vorbei. Die Träger verneigten sich vor dem Sarg, hoben ihn auf ihre Schultern und schritten langsam mit ihm zur Tür, zwischen den Trauergästen hindurch, die sich als Zeichen letzter Ehrerbietung von ihren Stühlen erhoben.

»Sam und Sabrinas Schwester haben anschließend noch zu Kaffee und Kuchen eingeladen, kommst du mit?«, hörte er seine Mutter flüstern.

»Nein, ich glaube, es ist besser, wenn ich nicht dabei bin.« Florian dachte an Sams Eifersucht. »Außerdem wartet Jana zu Hause auf mich«, erwiderte er leise.

»Schade.« Marie-Louise schwieg einen Moment, bevor sie murmelte: »Es graust mir immer so vor diesen Trauergesellschaften …«

»Dann fahr doch auch nach Hause«, schlug er vor.

»Nein, ich muss mich kurz bei der Trauergesellschaft blicken lassen, das gehört sich so.«

Florian erwiderte nichts, über das, *was sich so gehörte*, besaß seine Mutter unverrückbare Ansichten. Zusammen mit anderen Trauergästen schoben sie sich langsam in Richtung Ausgang, wo Sam, Lisa und Sabrinas Adoptivtochter die Beileidsbezeugungen entgegennahmen. Er stellte fest, dass Sabrinas Mann tiefe Ringe unter den Augen hatte, und seine Gesichtshaut wirkte bleich. Sam schüttelte Hände und ließ sich umarmen, doch seine Bewegungen wirkten so hölzern, dass Florian sich sicher war, dass er Beruhigungstabletten genommen hatte. Die fremdartigen Gesichtszüge seiner Tochter erinnerten ihn daran, dass er seine Mutter noch etwas fragen wollte. Er drehte sich um und flüsterte: »Woher stammt eigentlich …«

»Luz kommt aus Mittelamerika«, antwortete sie leise und fragte: »Sieht sie mit ihrem olivfarbenen Teint und den schwarzen Haaren nicht bezaubernd aus?«

Florian schloss für einen Moment die Augen. An was seine Mutter so dachte …

Seine Augen trafen die von Lisa, Sabrinas Schwester. Sie hatte den Arm um die Schultern des Mädchens gelegt, und auch sie machte ebenso wie Sam den Eindruck, als ob sie tage- und nächtelang geweint hätte. Nur Luz wirkte irgendwie gefasst.

Als Florian endlich vor Sam stand und kondolieren wollte, fehlten ihm die Worte. Jeder Satz, der ihm auf den Lippen lag, kam ihm auf einmal falsch vor, und so reichte er ihm nur stumm die Hand. Mehr war ihm nicht möglich, aber die Dinge waren nun einmal, wie sie waren. Vielleicht hatte er gerade Sabrinas Mörder die Hand gedrückt. Ein wenig unbeholfen strich er seiner Tochter über den Kopf, nahm Lisas Hände in seine eigenen, und dann fragte er leise: »Rufst du mich einmal an?« Er drückte ihr seine Visitenkarte in die Hand, auf deren Rückseite er seine Privatnummer notiert hatte, und einen Moment später schon strebte er eilig dem Ausgang zu.

Er war bereits ein gutes Stück Richtung Straßenbahn gelaufen, da hörte er hinter sich jemanden seinen Namen rufen. Florian drehte sich um. Im ersten Moment war er völlig perplex. Vor ihm stand Kriminalhauptkommissar Marko Rössner, der Mann, der ihm nach Max' plötzlichem Tod das Leben schwer gemacht, aber schließlich sein eigenes gerettet hatte.

»Sie rennen ja, als wäre der Teufel hinter Ihnen her«, sagte Rössner und fragte: »So eine Trauerfeier nimmt einen ganz schön mit, was?«

Florian nickte.

»Man sieht sich immer zweimal.« Rössner streckte ihm grinsend die Hand entgegen. »Mit Ihnen habe ich hier nun wirklich nicht gerechnet. Kannten Sie die Tote gut?«

»Ach, das ist alles schon ein Weilchen her.« Ihm war nicht nach ausführlichen Erklärungen zumute.

Rössner sah ihn prüfend an. »Waren Sie mal zusammen?«

Florian fragte sich, ob der Mann einen siebten Sinn hatte, und vage bewegte er ein wenig den Kopf.

»Sie können mit mir zusammen im Dienstwagen in das Café fahren«, sagte Rössner und machte eine einladende Geste hin zu einem nicht mehr ganz taufrischen Ford, der am Straßenrand stand.

»Danke, ich verzichte auf den Leichenschmaus«, erwiderte Florian und bemühte sich um ein Lächeln. Um nicht allzu unhöflich zu erscheinen, fragte er: »Sie müssen aus beruflichem Interesse dorthin?«

»Nein, ich bin ausschließlich als Autogrammjäger dort.« Marko Rössner lächelte. »Ihre Mutter kommt doch auch, oder?«

Beinahe hätte er geantwortet: *Sie weiß, was sich gehört,* aber er konnte sich gerade noch bremsen.

Rössner wurde wieder ernst. »Kommen Sie doch morgen um 10 Uhr zu einer Tasse Kaffee zu mir ins Büro. Dann können Sie mir ein bisschen was von der Toten erzählen.«

»Da gibt es doch sicher genug andere, die Ihnen Auskunft geben können«, erwiderte Florian.

»Die fragen wir natürlich auch.«

»Ich hatte seit Jahren keinen Kontakt mehr zu ihr. Ich glaube, ich kann keinen großen Beitrag leisten …«

»Ach, wissen Sie, ich versuche, mir ein Bild von der Toten zu machen«, nahm Rössner ihm den Wind aus den Segeln. »Je mehr ich über sie erfahre, mit umso mehr Menschen ich über sie spreche, desto eher finde ich eine Spur, die mich zu ihrem Mörder führt. Außerdem wird mir nicht jeder die Wahrheit sagen, viele werden etwas verschweigen, und so ist jedes Gespräch wie ein Puzzleteilchen, sei es auch noch so klein.« Er schwieg einen Moment. »Also, morgen 10 Uhr?«

»Morgen ist Samstag«, sagte Florian. Er beabsichtigte, Zicke zu suchen, alle Straßen um den Chlodwigplatz herum noch einmal zu Fuß abzuklappern, auch wenn die Suche nach seiner Katze aller Wahrscheinlichkeit nach ergebnislos verlaufen würde. Anschließend hatte er vor, einkaufen zu gehen, denn er wollte für sich und Jana am Abend etwas kochen. Seewolf in Salzkruste, dazu Sommergemüse, und als Dessert dachte er an eine Beeren-Charlotte. Doch er ahnte bereits, dass Rössner nicht locker lassen würde.

»An einem Samstag stehen Sie nicht so unter Jobstress, das passt doch ganz hervorragend.« Rössner verzog keine Miene.

Wenn der Kriminalhauptkommissar sich etwas in den Kopf gesetzt hatte, würde er es auch erreichen. Florian kannte es aus eigener Erfahrung, doch vielleicht war es gar nicht so schlecht, mit ihm zu reden. Vielleicht würde er auf diese Weise etwas mehr über Sabrinas Tod erfahren. »Okay«, erwiderte er. »Aber vor 11 Uhr geht gar nichts.«

SONNABEND, 09. JULI

Nachdem er und Jana von sieben Uhr bis neun Uhr früh die angrenzenden Straßen und Hinterhöfe rund um die Kurfürstenstraße nach Zicke abgesucht hatten; nachdem sie unter beinahe jedes Auto geschaut hatten, nach ihr gerufen und sie ins Blaue hinein mit Leckerchen gelockt hatten, hatten sie die Suche frustriert abgebrochen. Zicke war und blieb verschwunden, und irgendwann hatte Jana gesagt: »Ich fürchte, du musst dich damit abfinden, sie nie wieder zu sehen.« Florian hatte nichts erwidert. Er hatte nur mit den Schultern gezuckt und gespürt, dass ihre Worte ihm einen schmerzhaften Stich versetzten. Nie hätte er gedacht, dass ihm ein Tier so sehr ans Herz wachsen könnte. Er hatte noch rasch einen Latte Macchiato getrunken und dann hatte er sich auf den Weg nach Deutz ins Polizeipräsidium zu Kriminalhauptkommissar Rössner gemacht.

Die Grünpflanze auf der Fensterbank in Marko Rössners Büro schien sich seit Florians letztem Besuch vor zwei Jahren explosionsartig vermehrt zu haben. Neben dem großen Topf, in dem die Mutterpflanze wuchs, standen unterschiedlich große und kleine Töpfe, und selbst die dreistöckige Blumenbank, die Florian heute zum ersten Mal sah, war mit Töpfen, aus denen die Abkömmlinge der Mutterpflanze ihre Blätter der Sonne entgegen reckten, überladen.

Über Geschmack lässt sich streiten, dachte er und war froh, dass Jana keinen grünen Daumen hatte. Zum ersten Mal, seit er ihn kannte, fühlte er Mitleid mit Rössner. Die Dekore der Töpfe waren skurril. Einer war mit einem rauchenden Colt bemalt, ein weiterer sah aus wie ein umgestülpter Cowboyhut, und noch einer stellte eine Bombe mit Zündschnur dar. Florian fragte sich, ob der Humor der Kriminalkommissarin erstes Anzeichen für eine Persönlichkeitsstörung sein könnte, und er nahm sich vor, seine frühere Therapeutin, die ihn wegen seiner Bindungsängste behandelt hatte, darauf anzusprechen. Wo war Sylvia Gerlach überhaupt?

Die Kaffeemaschine, die auf dem Fensterbrett stand, spie mit letzter Kraft röchelnd eine hellbraune Flüssigkeit aus, und Florian überlegte, ob er von dem Gebräu tatsächlich etwas probieren wollte.

Sollte er den Kriminalhauptkommissar nach Sylvia Gerlach fragen? Sie war damals nett zu ihm gewesen, und er hatte sie gemocht. Aber er wollte nicht neugierig erscheinen, außerdem wollte er keine falschen Signale aussenden und Rössner keinen Anlass für unnötige Spekulationen bieten. Dass die Kriminalkommissarin mit ihren hellen Locken, den blauen Augen und mit ihrer direkten Art attraktiv auf Männer wirkte, war sicher auch ihrem Chef klar. Sie besaß zwar keine Model-Maße, aber sie hatte *Appeal*. Florian kam die Frage in den Sinn, ob Rössner liiert war, und wenn ja, wie der Typ Frau aussehen mochte, der ihm gefiel. Er tippte auf blond, aber vielleicht bevorzugte ein Alpha-Tier wie er auch eher Rothaarige. Er vermutete, dass er allein lebte, vielleicht geschieden war, die harten Züge um seinen Mund ließen diesen Schluss zu.

Rössner schenkte ein, und vorsichtig nippte Florian an dem Kaffee. Langsam stellte er den Becher wieder zurück auf den Tisch.

»Schmeckt er Ihnen nicht?«, wollte Rössner wissen.

»Er ist einfach ein bisschen zu heiß.« Florian grinste.

Verlegenheitslügen waren erlaubt, er wusste, dass die Wahrheit nicht immer angebracht war. Während Rössner seinen Schrank nach Süßstoff absuchte, dachte er an den vergangenen Abend. Es war spät geworden, er und Jana hatten bis tief in die Nacht über sein Verhältnis zu seinem Vater gesprochen. Er hatte ihn vor zwei Jahren erst kennengelernt, denn seine Mutter hatte ihm seine Existenz jahrelang verschwiegen. *Was uns fehlt, sind die Erinnerungen gemeinsamer Jahre*, hatte er gesagt und damit die Distanz verteidigt, die das Verhältnis zu seinem Vater bis heute prägte. Jana hatte ihm vorgeworfen, dass er sich im Grunde genommen gar nicht auf ihn einlassen wolle, genauso wenig wie auf sie. Das Gespräch steckte ihm noch in den Knochen.

»Wie gut kannten sie Sabrina Delson?«, drang Rössners Stimme an sein Ohr.

»Wie ich bereits sagte: Wir waren vor Jahren einmal zusammen, das ist aber schon lange her.«

»Wie lange?«

»Vor 13 Jahren hat sie mich verlassen.«

»Warum?«

»Wegen eines anderen.«

Rössner nickte, und Florian stellte fest, dass ihm Rössners Fragen nahe gingen.

»Seither hatten Sie keinen Kontakt mehr zueinander?«

»Nein, aber ich bin von meiner Mutter darüber auf dem Laufenden gehalten worden, was sie so macht.«

Rössner runzelte die Augenbrauen.

»Die beiden haben im selben Tennisclub gespielt, in Rodenkirchen«, erklärte Florian und sagte: »Da bekommt man so manches mit. Haben Sie ihren Mörder inzwischen gefasst?«

»So einfach ist die Angelegenheit nicht.« Der Kriminalhauptkommissar schüttelte den Kopf. »Es gibt Verdächtige, aber wer sie umgebracht hat, wissen wir noch nicht. Heute Abend schicken wir einen Wagen mit Megaphon durch das Gebiet, in dem sie wohnte. Wir hoffen, das bringt etwas.«

»Einen Wagen mit Megaphon?«, fragte Florian überrascht.

»Ja, so sprechen wir die Anwohner an. Das machen wir manchmal, wenn der Aufruf in der Zeitung keine oder nur wenig Resonanz bringt. Wir fordern die Leute auf diese Weise auf, sich mit uns in Verbindung zu setzen, falls sie an dem betreffenden Tag etwas Verdächtiges gesehen oder gehört haben. Vielleicht wissen sie etwas, was uns weiterhilft. Manchmal sind es die Kleinigkeiten, die uns auf die richtige Spur führen.«

Florian legte die Hände um den Kaffeebecher, wie um sich daran zu wärmen, obwohl ihm nicht kalt war. Im Gegenteil. Die für Köln typische schwülwarme Luft trieb ihm oft genug den Schweiß auf die Stirn. Er hatte den Eindruck, dass es ihm schwerfalle, zu atmen. Das Fenster war zwar weit geöffnet, aber die Luft schien im Raum zu stehen und schmeckte verbraucht.

»So ein Wagen ist weniger personalintensiv, als die Kollegen von Tür zu Tür zu schicken.«

Florian nickte. »Sie können nicht überall auf gut Glück klingeln.«

»Aber wir müssen herausfinden, was in den Stunden vor dem Mord passiert ist. Nur so kommen wir weiter.«

Die Tür ging auf, herein kam Sylvia Gerlach. Über Florians Gesicht glitt ein erfreutes Lächeln, und unwillkürlich straffte er seinen Rücken. Sie grüßte, zog einen Stuhl heran und setzte sich ihm seitlich gegenüber, neben ihren Chef. Seit ihrer letzten Begegnung vor zwei Jahren schien sie selbstsicherer geworden zu sein, was Florian aus ihrer geraden Haltung und ihrem selbstbewussten Gesichtsausdruck schloss.

»Die Schüsse hat offenbar niemand gehört«, sagte Rössner und fügte hinzu: »Zumindest hat sich niemand bei uns gemeldet, der das Gegenteil behaupten würde.«

»Was nicht ist, kann ja noch werden, und vielleicht hat der Mörder auch einen Schalldämpfer benutzt, obwohl das bei einem Revolver eher ungewöhnlich wäre«, erklärte Sylvia Gerlach. Sie fügte sich in das Gespräch ein, als wäre sie von Anfang an dabei gewesen.

»Haben Sie die Tatwaffe inzwischen gefunden?«, fragte Florian.

»Nein.« Rössner schüttelte den Kopf. »Aber wir wissen aufgrund der Projektile, die in ihrem Körper steckten, welche Waffe benutzt wurde.«

»Und? Verraten Sie mir, welche?«

»Das geht Sie nichts an«, sagte der Kriminalhauptkommissar.

»Ein Revolver, *Smith & Wesson*, *Modell 60 Chief Special*, Kaliber 357 Magnum. Trommelkapazität: 5 Schuss«, meldete Sylvia Gerlach sich zu Wort. Rössners Mundwinkel zuckten. Die Kriminalkommissarin hob leicht die Schultern, und Florian heftete den Blick auf die Kaffeetasse, damit niemand seine Belustigung bemerkte. Rössner war der Platzhirsch, nicht Sylvia Gerlach, aber inzwischen wagte sie es offensichtlich, sich über seine Autorität hinwegzusetzen.

»Verwendet man die *Smith & Wesson* auch bei der Jagd?«, fragte Florian.

»Ich glaube, da kann man fast alles verwenden, Hauptsache, es schießt, nicht wahr, Chef?«

Rössner ignorierte seine junge Kollegin und wandte

sich an Florian. »Das Modell ist eine ideale Fangschusswaffe, die sich großer Beliebtheit erfreut. Warum interessiert Sie das?«

»Weil Sam Delson Jäger ist. Das wissen Sie doch?«

»Er behauptet, seit einem Jahr nicht mehr zu jagen. Seit er seine Büchse und den Revolver als gestohlen gemeldet hat«, sagte Rössner.

Florian zog die Augenbrauen hoch. »Von Sabrinas bester Freundin, Marlies Spangenberg, habe ich aber etwas ganz anderes gehört. Demnach geht er nach wie vor gern zur Jagd … irgendwo in der Eifel.« Florian zog sein Handy aus der Tasche, tippte kurz darauf herum, und dann hatte er gefunden, was er suchte. Er schrieb Marlies' Telefonnummer auf einen Zettel und reichte ihn dem Kriminalhauptkommissar.

»Danke.« Rössner beschwerte das Stück Papier mit einem Locher.

»Sam Delson besaß genau so einen Revolver wie den, mit dem seine Frau erschossen wurde«, sagte Sylvia Gerlach, und fügte hinzu: »Aber das dachten Sie sich schon, oder?«

Florian nickte.

»Bleibt die Frage, wer Delson die *Smith & Wesson* gestohlen hat. Vielleicht hat er sie auch auf dem Schwarzmarkt verkauft. Oder sie ist noch in seinem Besitz. Vielleicht hat er damit seine Frau getötet. Aber warum?« Rössner sah aus dem Fenster. Der Krach eines Flugzeugs hatte seine Aufmerksamkeit erregt. »Er war sehr eifersüchtig, aber Eifersucht als Tatmotiv? Wenn ja, mit wem hatte seine Frau ein Verhältnis?«

Alle schwiegen einen Moment.

»Mit mir jedenfalls nicht«, sagte Florian.

Der Kriminalhauptkommissar lachte kurz auf.

»Kennen Sie Sam Delson?«, wollte Sylvia Gerlach wissen.

Florian schüttelte den Kopf. »Vom Sehen, ja. Ich hatte kein Interesse daran, ihn näher kennenzulernen, wir haben kaum ein Wort miteinander gewechselt.«

»Verstehe.« Sylvia Gerlach betrachtete ihn nachdenklich. »Für den Mordabend hat er ein Alibi«, sagte sie und erklärte: »Er hat zusammen mit einem Freund bei ihm zu Hause zu Abend gegessen. Der Mann hat seine Angaben bestätigt.«

»Sie verdächtigen ihn trotzdem?«, fragte Florian.

Die beiden Kommissare sahen ihn an, und ihr Schweigen sprach für sich. Rössner nahm einen Stift zur Hand und klopfte damit auf die Schreibtischplatte. Das Geräusch war Florian unangenehm. Nach einem Moment legte der Kriminalhauptkommissar den Stift wieder hin. »Ich frage mich, warum wir Ihnen das alles erzählen …«

»Das wissen Sie doch ganz genau.«

»So?« Rössners Augenbrauen schossen in die Höhe.

»Ich bin Journalist und damit geeignet, von Ihnen gewünschte Nachrichten in den Medien zu lancieren. Sie haben mir einmal das Leben gerettet, also haben Sie noch etwas bei mir gut. Ist es nicht das, was Sie denken?«

Rössner lehnte sich in seinem Stuhl zurück und verschränkte die Arme. »Reden Sie ruhig weiter, ich höre Ihnen zu.«

»Außerdem kenne ich die Tote gut, ein Mensch verändert seine Charaktereigenschaften im Laufe eines Lebens nur selten. Daher hoffen Sie, von mir etwas zu erfahren, was Sie noch nicht wissen. Sie wollen von mir hören, was für ein Mensch Sabrina Delson in sexueller Hinsicht war. Stimmt's?« Er dachte an die Hämatome an ihren Handgelenken.

Rössner schwieg.

»Und so füttern Sie mich mit Ihren Informationen ein bisschen an, klopfen mich weich, bauen Vertrauen auf.« Florian war klar, dass er ab sofort genau auf seine Worte achten musste. Rössner durfte nicht merken, dass er von den Hämatomen wusste und davon, dass Sabrina wenige Stunden vor ihrem Tod Sex gehabt hatte.

Der Kriminalhauptkommissar nickte. »Ich wusste immer, dass Sie ein kluger Kopf sind.«

»Dann stellen Sie doch endlich die Frage, die Sie am meisten interessiert.«

»Und die wäre?«

»Mochte sie harten Sex?«

Rössner fixierte ihn scharf. »Also?«

»Blümchensex, so hat sie es ausgedrückt, war nichts für sie.« Florian dachte einen Augenblick nach. »Damals jedenfalls.« Er ließ seinen Blick über die Töpfe mit den Grünpflanzen schweifen, und auf einmal spürte er, dass Sylvia Gerlach ihn beobachtete, was ihn irritierte. »Es blieb alles im Rahmen, auch keine Sadomaso-Spielchen, wenn Sie das meinen.« Sein Blick traf den der Kriminalkommissarin. »Sie hatte auch keine nymphomanische Veranlagung.«

»War sie Ihnen treu?«, hakte Rössner nach.

»Sie war eine kluge, begehrenswerte Frau, die selber auch begehrte, nicht mehr und nicht weniger. Ich bin davon überzeugt, dass sie mir treu war, ja.« Florian merkte, dass Rössners Fragen ihm zusetzten. Dennoch war ihm klar, dass sie notwendig waren. Der Rechtsmediziner hatte Spermien in ihrer Vagina gefunden, und jetzt wollten sie von ihm wissen, wie wichtig Sex für sie gewesen war und welche Art von Sex sie bevorzugte, um Rückschlüsse auf eventuelle Sexualpartner und damit den potenziellen Mörder ziehen zu können. »Sabrina war kein Typ für heimliche Verhältnisse«, sagte er. »Ich kann mir nicht vorstellen, dass sich daran in den letzten Jahren viel geändert hat.«

»Vielleicht hat sie die Tatsache, dass ihr Mann keine Kinder zeugen konnte, in die Arme eines Anderen getrieben?«, überlegte Rössner.

Florians starrte ihn an. »Ihr *Mann* kann keine Kinder zeugen?«

»Wussten Sie das nicht?«

Florian schüttelte den Kopf.

»Sam Delson ist seit einer irreversiblen Sterilisation, die er durchführen ließ, noch bevor er Sabrina kennenlernte, nicht mehr zeugungsfähig«, klärte Rössner ihn auf.

Florians Blick wanderte von Sylvia Gerlach zu ihrem Chef. »Ich glaubte immer, dass *sie* diejenige war, die keine Kinder bekommen konnte.«

»Es war genau anders herum, bei ihr stimmte alles«, sagte Rössner.

Sams Eifersucht, so krankhaft sie auch sein mochte, erschien Florian plötzlich in einem anderen Licht. Er fragte sich, warum Sabrina einigen Menschen erzählt hatte, dass *sie* zeugungsunfähig sei. Hatte sie Sam nicht bloßstellen wollen? Ob ihre Freundin die Wahrheit kannte?

Florian strich sich über sein Haar, er dachte daran, was sie ihm erzählt hatte. »Hat Sam Ihnen von der dunkelhaarigen Frau berichtet, die sich bei ihnen zu Hause mehrfach auf dem Grundstück herumgetrieben haben soll?«, fragte er.

»Ja.« Sylvia Gerlachs Gesichtsausdruck war sehr ernst geworden.

»Vielleicht ist *sie* Sabrinas Mörderin«, wagte Florian sich vor.

»Vielleicht«, erwiderte Sylvia Gerlach vage.

Florian überlegte. Wenn er es recht bedachte, bot die Fremde Sam eine willkommene Möglichkeit, den Verdacht von sich auf jemand anderen zu lenken. Er traute ihm nicht. Und er zweifelte, wie offensichtlich auch die Kommissare, an der Glaubwürdigkeit seines Alibis. Ein guter Freund tut einem schon einmal einen Gefallen, wenn man in der Klemme steckt, dachte er. Er warf einen Blick auf die Uhr und erschrak. Es war bereits zwölf, er musste sich beeilen, wenn er noch mit Jana über den Markt gehen und ihr Abendessen bei sich zu Hause sichern wollte.

»Falls mir noch etwas einfällt, was wichtig für Sie sein könnte, werde ich mich bei Ihnen melden«, sagte er brüsk und erhob sich.

Rössner blickte ihn erstaunt an. »Jetzt haben Sie es aber auf einmal sehr eilig, doch Sie haben recht, wir haben lange genug geredet«, lenkte er ein. »Haben Sie noch etwas Schönes vor?«

Florian stutzte. Seit wann stellte Rössner private Fragen? Einen Moment glaubte er, eine Spur von Neid in seiner Stimme gehört zu haben. Er nickte.

»Kommen Sie mir aber bitte nicht auf die Idee, sich bei Ihren Nachforschungen in gefährliches Fahrwasser zu begeben. Ich möchte Ihnen nicht noch einmal in letzter Sekunde das Leben retten«, sagte Rössner streng, doch seine Augen blickten freundlich.

Florian dachte an die Situation vor zwei Jahren im Büro eines Winzers an der Ahr, in der er ihn in letzter Sekunde vor den tödlichen Kugeln eines Auftragskillers bewahrt hatte. Doch er wusste, dass es genau das war, was der Kriminalhauptkommissar von ihm wollte: Nachforschungen anstellen. Ganz gleich, wie gefährlich sie auch sein mochten.

SONNABEND, 09. JULI, NACHMITTAG

Es war ihr freier Tag. Dele tauschte den grauen Kittel gegen ein unauffälliges helles Sommerkleid, dann zog sie sich bequeme Turnschuhe an. Sie hatte sie in einem Kaufhaus erstanden, und obwohl sie billig gewesen waren, konnte sie in ihnen, falls nötig, gut und schnell laufen. Die Sohle war stabil, die Form wie maßgeschneidert. Sie bewegte die Zehen hin und her und prüfte den Spielraum, er war optimal. Sie dachte an den Sprint, den sie neulich eingelegt hatte, als Luz' Adoptivmutter sie hinter einem großen Busch in der Nähe der Haustür entdeckt hatte. Aber ihre muskulösen Beine hatten sie so schnell davongetragen, dass die Frau nicht im Entferntesten eine Chance gehabt hatte, sie zu erwischen. Im Nachhinein hatte Dele sich gesagt, dass es im Grunde egal gewesen wäre. Irgendwann würde der Tag der Wahrheit kommen, und sie hatte gedacht: Je eher er kommt, desto besser. Sie seufzte. Sie würde geduldig sein müssen, Luz brauchte Zeit, und es war sicherer, noch ein paar Tage, notfalls auch Wochen in Deckung zu bleiben. Noch ein wenig zu warten, bis sie sich trauen konnte, bis sie sich holte, was ihr zustand.

Sie schwitzte, die Luft im Wohnwagen war stickig. Kurzerhand öffnete sie ein Fenster und lehnte sich weit hinaus. Ihr Blick schweifte umher. Etwas weiter entfernt, dort, wo die letzten Wagen standen, saßen ein paar Artisten mit dem Zeltmeister um einen Klapptisch herum, sie spielten Karten und schienen sich kräftig zu amüsieren, lautes Gejohle drang zu ihr herüber. Dele beobachtete, wie Gino, der junge Jongleur, der ihr täglich in der Abendvorstellung eine Kusshand zuwarf, sich nach einem kurzen Wortgeplänkel zu ihnen setzte. Schnell zog sie sich in das Innere des Wohnwagens zurück. Seine Stimme noch in ihrem Ohr, begann sie damit, beinahe mechanisch ihre schwarzen Haare zu einem Zopf zu flechten, dann warf sie einen prüfenden Blick in den Spiegel, der über dem Waschbecken hing. Ich bin's, dachte sie. Tatsächlich. Dieselben Augen, dieselbe Nase und derselbe Mund. Wie vor drei Wochen auch, und doch habe ich das Gefühl, die Frau im Spiegel ist eine andere.

Sie überlegte, ob sie einen Hut aufsetzen sollte. In der Straße, in der Luz wohnte, durfte niemand sie wiedererkennen, eine reine Vorsichtsmaßnahme, daher hielt sie sich an das von ihr aufgestellte Gesetz, niemals ein zweites Mal in derselben Kleidung dort aufzutauchen. Pippa hatte eine reiche Auswahl an Hüten, und sicher hatte sie nichts dagegen, wenn sie einen davon auslieh. Entschlossen zog Dele eine viereckige Schachtel unter dem Bett der spanischen Kollegin hervor, klappte sie auf und nahm eine helle Baskenmütze heraus, die sie sich schräg auf den Kopf setzte. Den schwarzen Zopf schob sie unter den Mützenrand, so dass er vollständig verschwand, und dann setzte sie eine Sonnenbrille auf. Ein erneuter Blick in den Spiegel beruhigte sie, sie war nicht wiederzuerkennen.

Plötzlich ertönte ein schriller Pfiff, und sie zuckte zusammen. Sie sah hinaus, vor dem Wohnwagen stand Gino. Als sie in seinem Blickfeld erschien, pfiff er gleich noch einmal, allerdings erheblich leiser als zuvor. »Du siehst großartig aus. Der Hut steht dir phantastisch. Bellissima!«

Dele musste lächeln, und plötzlich spürte sie, wie ihr die Röte in die Wangen stieg.

»Wann gehst du mit mir aus?«, fragte Gino.

Beinahe hätte sie gesagt: *Heute Abend.* Aber sie brachte kein Wort heraus. Stumm starrte sie ihn an, und Gino starrte zurück. Der Moment erschien ihr wie eine Ewigkeit. Schließlich verbeugte er sich tief, zog fünf Bälle aus der Hosentasche, und dann begann er zu jonglieren. Schweigend sah sie ihm zu, und als er seine kleine Vorstellung beendet hatte, verbeugte er sich erneut. Dann nahm er einen Ball und warf ihn zu ihr durchs Fenster, geistesgegenwärtig fing sie ihn auf.

»Ciao, Bella«, sagte Gino. Dann drehte er sich um und schlenderte in Richtung Zirkuszelt davon.

SONNABEND, 09. JULI, GEGEN ABEND

Dele fixierte die Eingangstür der Villa, die auf einem großen, mit alten Bäumen bewachsenen Grundstück stand. Sie presste sich an den Stamm der Eiche und achtete darauf, dass ihr Körper ganz mit der Kontur des Stammes verschmolz. Sie stand schon eine halbe Stunde so. Dele seufzte. Es schien, als würde sie kein Glück haben heute. Auch in den letzten Tagen hatte Luz das Haus nicht allein verlassen, ständig war sie in Begleitung gewesen. Entweder hatte sie ihren Vater an ihrer Seite gehabt oder eine Frau, von der sie inzwischen wusste, dass es ihre Tante war. Vor Anspannung begann sie zu zittern. Langsam öffnete sie den Beutel, zog vorsichtig die Armbanduhr heraus und sah, dass es bereits 18.30 Uhr war. Ihr Blick heftete sich auf die Brillanten, ihr Funkeln nahm sie jedes Mal aufs Neue gefangen. Für einen Moment schloss sie die Augen, und wieder, wie so oft in den letzten Tagen, bat sie nicht nur Gott, sondern auch Padre Paolo, der in ihrem Heimatort für sie gebetet und dem sie so viel zu verdanken hatte, um Vergebung für ihre Sünden. *Du sollst nicht stehlen. Du sollst nicht …*

18.45 Uhr. Dele schluckte. Es war ihr freier Abend, und wie gern wollte sie die freie Zeit mit Luz verbringen, so wie sie es schon häufiger getan hatten. Wo blieb sie nur? Normalerweise wurde sie gegen 18 Uhr doch noch einmal hinausgeschickt, um zu spielen.

Beim ersten Mal, als Dele mit ihr gesprochen hatte, hatte sie auf einer Decke gesessen und in *Harry Potter* gelesen, ohne auf ihre Annäherungsversuche zu reagieren, doch nachdem sie, vom Haus nicht sichtbar, vor ihr mit bunten Bällen jongliert hatte, war die Kleine fasziniert gewesen und hatte schon bald Vertrauen zu ihr gefasst. Es hatte nicht lange gedauert, und sie hatten nach der Schule am *Decksteiner Weiher* zusammen Enten gefüttert, und irgendwann hatte Dele sie mit in die Nachmittagsvorstellung in den Zirkus genommen. Wie immer hatte Luz zu Hause erzählt, sie sei bei einer Freundin gewesen.

Gespannt beobachtete sie die Haustür, aber sie blieb geschlossen. Wenn Luz jetzt heraus käme, wovon würde sie ihr heute erzählen? Von den Maisfeldern bei Cobán? Von den Keramikschalen, die sie geformt hatte, oder von Padre Paolo?

Ihr Herz begann bei dem Gedanken an das Mädchen schneller zu schlagen. Luz und sie waren Freundinnen geworden. Sie aßen Schokolade zusammen, Dele nahm sie mit in den Zirkus, in dem sie seit Wochen schon arbeitete, und gespannt lauschte das Mädchen ihren Geschichten aus dem fremden Land, und es stellte Fragen. Dass sie sich trafen, hatte bislang niemand bemerkt. Luz sagte immer, sie gehe zu einer Schulkameradin.

Das bleibt unser Geheimnis, hatte Dele zu ihr gesagt, und sie hatte ihr das Versprechen abgenommen, keiner Menschenseele von ihren Treffen zu erzählen.

Vielleicht würde sie ihr ein paar Bälle schenken, sie hatte sie extra mitgebracht, und sie fühlten sich rund und fest an in ihrer Hand. Vielleicht würde sie ihr ein paar Tricks zeigen, ein wenig mit den Bällen jonglieren, das Mädchen damit zum Lachen bringen.

Wo blieb sie nur? Deles Blick wanderte unruhig umher. Hinter den Fenstern im Haus regte sich nichts, alles war ruhig, und wenn nicht der Wagen des Hausherrn vor der

Tür gestanden hätte, wäre sie davon ausgegangen, dass niemand zu Hause war. Sie verlagerte ihr Gewicht von einem Bein auf das andere und dachte an den Padre in Cobán, und unwillkürlich faltete sie die Hände. Er hatte dafür gesorgt, dass sie hier sein konnte. Er hatte sie Deutsch gelehrt, und er hatte so lange Spenden zusammengetragen, bis es schließlich für das Flugticket reichte. Dele spürte, wie eine Träne ihre Wange hinunter rann. Als Gegenleistung hatte sie ihm bei der Arbeit im Hospiz geholfen. Padre Paolo hatte all den Menschen ein Dach über dem Kopf gegeben, die auf der Straße lebten und zu arm waren, um sich ärztliche Hilfe zu holen oder in einem Krankenhausbett zu sterben. Er hatte ein Hospiz für die von der Welt Vergessenen gebaut, und es war ein Ort der Stille und der Gnade gewesen. Von Anfang an hatte sie tiefes Mitleid mit den Menschen gespürt, die hierher kamen, und obwohl sie sich anfänglich überwinden musste, den Schmutz an ihren Körpern, ihre Ausdünstungen und oft auch ihre wirren Reden zu ertragen, hatte sie nach und nach gelernt, mit ihnen umzugehen. Sie hatte sie gewaschen und abgetrocknet, sie hatte ihnen die Haare geschnitten und die Nägel. Sie hatte ihre Hände gestreichelt und ihnen über den Kopf gestrichen, und so manchem hatte sie, wenn alles vorbei und der letzte Atemzug getan war, die Augen zugedrückt. Immer aber hatte sie für ihre Seelen eine Kerze angezündet, und sie hatte bei den Toten gewacht, bis die Kerzen heruntergebrannt und ihre Seelen durchs geöffnete Fenster davon geflogen waren.

Dele lehnte den Kopf an den Stamm der alten Eiche. Das harte, rissige Holz erinnerte sie daran, wie wund sie in ihrem Innersten war. Sie seufzte, dann straffte sie sich und trat aus dem Schatten des Baumes.

Luz würde heute nicht mehr kommen.

SONNTAG, 10. JULI

Sie hatte ihn überredet, früh aufzustehen und einen Ausflug in die Eifel zu unternehmen, denn sie war der Meinung gewesen, dass sie Zicke auch heute nicht finden würden und ein wenig Abwechslung und Abstand zu Köln ihnen beiden gut täte. Jana hatte den Wecker auf 7 Uhr gestellt, ein paar Brötchen geschmiert und dann darauf bestanden, dass er rasch noch am Büdchen hielt, um eine Sonntagszeitung zu kaufen. Das *Navi op Kölsch* in seinem Carsharing-Wagen hatten sie angestellt, nicht weil sie den Weg sonst nicht gefunden hätten, sondern weil die kölschen Stimmen von Gigi Herr, der Nichte der Köln-Legende Trude Herr, und Gerd Köster, dem Sänger und Schauspieler, sie immer in gute Laune versetzten. Als Florian das Ziel einprogrammiert hatte, tönte es: »Biste so jot, fährste de Rout«, und unwillkürlich mussten beide lachen. Kurz vor Bonn, als sie Richtung Altenahr die Autobahn wechseln mussten, hieß es: »Kannst wigger fahre … jeradeus un links heröm.« Mit launigen Sprüchen wurden sie Richtung Kesseling geführt, von wo aus es in steilen Serpentinen zum *Steiner Berghaus* hinauf ging, und nun lagen sie träge und zufrieden auf einem Hochplateau nicht weit vom Gasthaus entfernt auf einer Decke im Gras. Die Brötchen hatten sie alle vertilgt, den Kaffee aus der Thermoskanne bis auf den letzten Tropfen getrunken und dann hatten sie ausgiebig Zeitung gelesen.

Florians Blick wanderte hinüber zu Jana, die auf dem Rücken neben ihm lag, und er dachte, dass sie so schön war wie der Himmel blau. Die weiße Sommerbluse, die sie trug, verlieh ihr ein unschuldiges, mädchenhaftes Aussehen, und da sie auf jegliches Make-up wie auch auf ihr Parfum verzichtet hatte, hatte er das Gefühl, ganz und gar in der Natur angekommen zu sein. Das Hochplateau war von Wacholderbüschen, Zedern und Eichen umsäumt, und Florian sog den ätherischen Duft der Nadeln tief in seine Lungenspitzen. Beinahe kam er sich vor wie in einem Traum und er dachte: In Köln ist die Wirklichkeit, aber nicht hier. Ein paar Verszeilen von Rainer Maria Rilke aus dem *Buch der Bilder* kamen ihm in den Sinn:

Leben ist nur ein Teil ... Wovon?
Leben ist nur ein Ton ... Worin?
Leben hat Sinn nur, verbunden mit vielen
Kreisen des weithin wachsenden Raumes, –
Leben ist so nur der Traum eines Traumes,
aber Wachsein ist anderswo.

Doch wo? Während er träge darüber nachsann, brummte Florian vor Zufriedenheit leise vor sich hin, und er öffnete die Augen auch nicht, als Jana seinen Arm mit einem Grashalm kitzelte. Nach einer Weile fragte sie: »Wann hast du das nächste Mal eigentlich wieder Therapie?«

Die Frage traf ihn wie ein Schwall kalten Wassers. »Ist das so wichtig?«, murmelte er, und obwohl er innerlich in Habacht-Stellung ging, blieben seine Augen geschlossen. Das Kitzeln auf seinem Arm hörte auf.

»Ich finde, ja. Vielleicht denkst du noch einmal darüber nach, worüber wir vorgestern gesprochen haben.«

Florian wusste genau, was sie meinte. Wie ein Tier, das die drohende Gefahr spürt, regte er sich nicht, aber er registrierte, wie sie sich aufsetzte und er fragte sich, warum die meisten Frauen es immer wieder schafften, die schönsten

Augenblicke zu zerstören, indem sie schwierige Themen aufs Tapet brachten. *Musste das sein?* Vorsichtig blinzelte er zu ihr hinüber. »Lass uns von etwas anderem reden, ja?«, versuchte er die Herrlichkeit des Vormittags zu retten.

»Es wäre doch wirklich interessant zu wissen, was deine Therapeutin zu meiner Vermutung sagen würde, dass du dich so lange nicht auf mich einlassen wirst, solange du nicht das Verhältnis zu deinem Vater geklärt hast«, beharrte sie.

»Ich bin nicht mehr in Behandlung.« Florian öffnete beide Augen und setzte sich ebenfalls auf. Kurz entschlossen und für Jana völlig überraschend umfasste er mit beiden Händen ihren Kopf und drückte ihr einen Kuss auf den Mund. »Sie würde dir wahrscheinlich in allen Punkten zustimmen«, sagte er, und plötzlich kamen ihm die Worte über die Lippen, die er außer zu Sabrina noch zu keiner anderen Frau gesagt hatte: »Ich liebe dich.«

»Wow.« Jana starrte ihn an und holte tief Atem.

»Es ist tatsächlich so.« Nach einem Moment, der unendlich lange zu dauern schien, dachte er, dass er den Ausdruck in ihrem Gesicht gern festhalten würde.

»Dann lass uns zusammenziehen«, sagte sie.

Er schwieg. Sein rechter Backenzahn begann zu schmerzen. Eine Reaktion seines Körpers auf Erregungszustände, er kannte es seit Jahren. Instinktiv verzog er das Gesicht.

»Du scheinst ja nicht sehr begeistert zu sein …«

Einen flüchtigen Augenblick fragte er sich, ob die Farbe von Augen sich im Laufe eines Lebens veränderten oder ob die Intensität einer Augenfarbe stimmungsabhängig war, in jedem Fall erschienen ihm ihre Iris plötzlich dunkler als sonst.

»Nein … doch, ich weiß nicht …«, versuchte er einen

Satz. Seit langem war Jana die erste Frau, mit der er sich eine gemeinsame Wohnung, ein gemeinsames Leben überhaupt vorstellen konnte. Sabrina hatte er geliebt, aber das war lange her, und sie hatten nie zusammen gewohnt. Nachdem sie ihn verlassen hatte, hatte er lange Zeit nur flüchtige Beziehungen gehabt. Schließlich hatte er Katharina kennen gelernt, und die Gefühle für sie waren so tief gewesen, dass er mit ihr zusammengezogen war. Nach wenigen Monaten hatte sie sich allerdings entschieden, wieder auszuziehen. Sie hatte ihm vorgeworfen, nicht bindungsfähig zu sein, und er wusste, dass sie damit nicht ganz falsch lag. Damals hatte er eine Verhaltenstherapie gemacht, und seine Therapeutin hatte ihn schließlich auf die Idee gebracht, dass er unter einer Beziehungsstörung leide, die etwas mit seinem Vater, den er zum damaligen Zeitpunkt noch nicht kannte, zu tun haben musste.

Und jetzt gab es Jana in seinem Leben, die dritte Frau, die ihm wirklich etwas bedeutete, und die Probleme waren offenbar immer noch nicht gelöst. Immerhin hatte er noch nicht ein einziges Mal den Wunsch verspürt, sich wieder von ihr zu trennen. Florian strich mit der Zunge über den Zahn, so, als könne dies den Schmerz vertreiben.

»Du sagst ja gar nichts«, hörte er ihre Stimme.

»Ich muss in Ruhe darüber nachdenken.«

Jana senkte den Kopf.

»Normalerweise würde ich sofort ja sagen.«

»Aber?«

»Ich glaube nicht, dass du mit einem Typen wie mir zusammen in *einer* Wohnung glücklich wirst. Du weißt doch, ich koche zwar gern, hinterlasse aber regelmäßig einen Saustall. Ich lasse meine Wäsche herumliegen und Brotkrümel wische ich prinzipiell nicht weg. Ich kann mir schwer vorstellen, dass du Lust hast, ständig hinter mir herzuräumen. Irgendwann werden dich meine Marotten nerven, glaube mir.«

Jana lachte. »Du gibst dir ja redliche Mühe, mir die Idee von einer gemeinsamen Wohnung auszureden. Gibt es außerdem noch Einwände?«

»Jana …« Florian seufzte. »Ich bin der Typ, der immer wieder ausreißt. Ich will weder ein Haus bauen noch Kinder in die Welt setzen. Ich habe eine egozentrische Schauspielerin zur Mutter und außerdem ein ernsthaftes Vaterproblem. Und mit so einem, der nicht einmal beruflich besonders erfolgreich ist, willst du zusammen ziehen?«

»Ja.« Janas Augen blitzten ihn an. »Weil der Mann, den du gerade beschrieben hast, ganz nebenbei einer der intelligentesten, warmherzigsten und leidenschaftlichsten Männer ist, die ich kenne.«

Florian lachte schallend. »Da hast du dir aber Mühe gegeben. Und was ist mit *bestaussehenden?*«

»Frag mich das morgen noch einmal.«

Er grinste, dann wurde er ernst »Gib mir noch ein bisschen Zeit.«

Jana sagte nichts.

Florian zog sie näher zu sich heran, und vorsichtig küsste er sie. Er war gespalten. Tatsächlich liebte er sie, aber die Vorstellung, tagtäglich mit ihr zusammen zu sein, machte ihm Angst.

Wenn sie jetzt so klug ist und das Thema fallen lässt, dann gucke ich mich demnächst vielleicht nach einer Wohnung für uns beide um, dachte er in einem Anflug von Spielerlaune.

Nach einem kurzen Moment schüttelte sie energisch den Kopf, dann erhob sie sich, ging hinüber zum Picknickkorb und kam mit einer Kekstüte zurück. Sie ließ sich neben ihn auf die Decke fallen und hielt sie ihm hin. Er nahm einen. Einen Moment lang schwiegen beide, zu hören war nur das Krachen der Kekse.

»Glaubst du, dass Sabrina einen Geliebten hatte?«, fragte sie unvermittelt.

»Gut möglich.«

»Warum?«

»Das sagt mir mein Bauch. Ich gehe nicht davon aus, dass Sabrina, bevor sie ermordet wurde, Sex mit Sam hatte. Sie hatten seit längerem schon Stress miteinander, richtige Probleme, und Sabrina war nicht die Frau, die mit einem Mann schläft, mit dem sie nicht mehr klar kommt. Sie war ...«, Florian seufzte und beendete den Satz, »... eine starke Frau, unbeherrschbar, dabei sehr impulsiv. Auf der einen Seite opferte sie sich für andere auf und engagierte sich, auf der anderen Seite suchte sie männliche Bestätigung, um sich zu beweisen, dass sie attraktiv und lebendig war. Sie war voller Leidenschaft ...«

»Du musst mir jetzt keine intimen Details erzählen.« Jana lehnte sich gegen den Stamm der Eiche, vor der sie ihre Decke ausgebreitet hatten, und sah in die Ferne.

Florian schluckte, sie hatte verdammt recht. Nach einer Weile sagte er: »Ich konnte Rössner ja schlecht auf die Spermien ansprechen, die der Rechtsmediziner in ihrer Vagina gefunden hat, aber ich bin sicher, dass sie längst wissen, ob sie vital und beweglich waren oder nicht.«

Jana sah zu den Ästen der Eiche hinauf. »Warum wäre das so wichtig?«

»Wenn sie in guter Qualität und agil waren, können sie definitiv nicht von Sam stammen.«

»Wieso?« Jana wandte den Kopf.

»Sam ist sterilisiert.«

»Und jetzt möchtest du, dass ich mich noch einmal in den Obduktionsbericht vertiefe, nicht wahr?«

Er nickte und schloss für einen Moment die Augen. Die Sonne brannte inzwischen immer heißer vom Himmel. »Mit wem könnte sie ein Verhältnis gehabt haben? Mit jemandem aus dem Tennisclub?«

»Vielleicht auch mit einem Mitarbeiter aus der Kinderschutzorganisation, für die sie tätig war«, überlegte Jana.

Er runzelte die Stirn. »Ich werde dort mal hingehen …«

»… aus Recherchegründen für eine potenzielle Sendung zum Thema Kinderschutz?«

»Was sonst …« Florian grinste. »Manchmal ist es doch sehr praktisch, Journalist zu sein. Da sind alle freundlich und aufgeschlossen zu dir.« Er ließ seinen Blick über die gegenüberliegenden Hügel gleiten, die mit ihrer unterschiedlichen Grünfärbung auf das Auge so beruhigend wirkten. Über ihnen schwebte ein Bussard und zog seine Bahn. »Die Hämatome an ihren Armen deuten darauf hin, dass sie sich gewehrt hat. Entweder kurz bevor sie gestorben ist, vielleicht aber auch beim Sex.«

»Hm«, Jana blieb still.

»Dann wären ihr Liebhaber und der Mörder ein und dieselbe Person. Wer weiß, ob sie nicht vorher noch zusammen essen waren.«

»Aber wo?«

»Das müssten wir herausfinden. Vielleicht waren sie doch im *Haus am See* …, auch wenn sich die Kellner nicht erinnern können. Außerdem: Warum sollte ihr Geliebter sie erschossen haben? Was hätte sie gesagt oder getan, das ihn dazu gebracht haben könnte, sie umzubringen?«

Jana dachte einen Moment nach, dann sagte sie: »Vielleicht war es so: Sie hat sich mit ihrem Lover getroffen, sie hatten Sex, und Sam hat die beiden dabei beobachtet. Sie und ihr Lover sind zum *Decksteiner Weiher* gefahren, und sie haben im *Haus am See* etwas zusammen gegessen. Sam ist außer sich vor Wut nach Hause gerannt, hat seine Joggingkleidung angezogen und seine Waffe eingesteckt, ... die er übrigens nie verloren hatte. Als er zurück zum Weiher kam, wartete er, bis der Mann sich von ihr verabschiedet hat, dann tat er so, als sei er sehr überrascht, seine Frau hier zu treffen. Er hat sie überredet, zusammen ein Stück um den See zu gehen. Er hat sie zur Rede gestellt, und es kam zum Streit. Schließlich hat er sie erschossen.« Jana kniff die Augen zusammen. »Was hältst du von dieser Version?«

»Vorstellbar«, sagte Florian. »Sam soll extrem eifersüchtig gewesen sein.«

»Wenn die Kripo wenigstens schon die Mordwaffe gefunden hätte.« Jana machte eine ungeduldige Handbewegung.

»Bestimmt haben sie jemanden darauf angesetzt, der sich in einschlägigen Kreisen ein bisschen umhört. Einen Informanten vielleicht. Wenn Sam die *Smith & Wesson* gestohlen wurde, wie er behauptet, ist sie vielleicht auf dem Schwarzmarkt in Umlauf. Falls irgendein Fremder die Waffe nach dem Mord an sich genommen hat, versucht er vielleicht auch, sie dort loszuwerden«, erwiderte Florian.

Jana seufzte. » Aber es wäre wie die Suche nach einer Stecknadel im Heuhaufen.«

»Irgendwas muss die Kripo ja tun.«

»Und was willst *du* als Nächstes machen?«

Er antwortete ohne zu zögern: »Ich werde mit Sam sprechen, so schwer es mir fällt, und ich werde versuchen, mit Sabrinas Schwester zu reden. Außerdem nehme ich mir Marlies noch einmal vor. Je länger ich darüber nachdenke, desto weniger kann ich mir vorstellen, dass sie nichts von Sabrinas Geliebtem gewusst haben soll. Beste Freundinnen erzählen sich doch alles, oder?«

Jana nickte. Mit einem Stück Zeitung fächelte sie sich Luft zu.

»Wer weiß, was Marlies mir noch alles verschwiegen hat«, sagte Florian und fügte mit einem müden Lächeln hinzu: »Ich wette, es ist einiges.«

MONTAG, 11. JULI, GEGEN MITTAG

Ich habe absolut keine Lust auf die Sendung, dachte Florian, und noch weniger Lust habe ich, mich mit dieser Rektorin über ihre Eliteschule zu unterhalten. Schon einen Moment später ermahnte er sich und sagte sich, dass er seine Arbeit bei *Profi Entertainment* nicht vernachlässigen durfte, egal, wie sehr Sabrinas Schicksal ihn berührte und wieviel lieber er jetzt zur Kinderschutzorganisation fahren würde, für die sie gearbeitet hatte. Die Jobs in den Kölner TV-Produktionsfirmen waren heiß begehrt. Wenn er jetzt wegen Sabrina nicht voll und ganz bei der Sache war und seine Chefin das mitbekam, würden ihm am Ende auch die guten Beziehungen seiner Mutter zur Firma nicht viel nützen, und Regine Liebermann würde ihn irgendwann einfach vor die Tür setzen. Er atmete tief durch. Immerhin war er aus der Redaktionskonferenz, in der er seinen ersten Ablauf über die Sendung *Eliteschulen in Deutschland* vorgestellt hatte, als Sieger hervorgegangen. Curts offensichtlichem Missfallen zum Trotz hatte er sich mit seiner Forderung, sechs Jugendliche im Publikum als jederzeit ansprechbare Talkpartner zu platzieren, durchgesetzt. Auch war Regine bis auf ein paar Kleinigkeiten mit dem Programm-Ablauf einverstanden gewesen, und Curt hatte mit den meisten seiner Einwände allein dagestanden.

Florian schöpfte ein zweites Mal tief Luft, dann klopfte er an die Tür. Susan Gayle, Leiterin des *Theodore Roosevelt Gymnasiums* in Köln Lindenthal, saß hinter einem wuchtigen Schreibtisch und lächelte ihn an. Ihr Mund war rot geschminkt, die Jacketkronen blitzten, und ihre dunklen Haare waren kunstvoll gefönt. Je länger er sie betrachtete, desto mehr gewann er den Eindruck, eine disziplinierte und sehr auf ihr Äußeres bedachte Rektorin vor sich zu haben, die dem eigenen Anspruch an Vorbildlichkeit, dem Kollegium wie auch den Schülern und deren Eltern gegenüber, bis ins kleinste Detail gerecht zu werden versuchte.

Sie bot ihm Kaffee und Plätzchen an und sie ließ sich viel Zeit, um seine Fragen zu beantworten. Anschließend führte sie ihn mit unverhohlenem Stolz in dem Gebäude herum, das so gepflegt wirkte wie sie selbst. Er besichtigte lichte, in sattem Grün gestrichene Klassenzimmer, inspizierte Pausenhöfe, die von üppig blühenden Heckenrosen umgeben waren, und er bewunderte die Aula, einen mit allen technischen Finessen ausgestatteten Raum, der über modernste Bestuhlung, eine großzügige Bühne und eine ausgeklügelte Lichttechnik verfügte. In dieser Schule machte alles einen exquisiten Eindruck. Von den Wänden sahen mit klugem Blick amerikanische und deutsche Dichter und Denker auf die Flure. Ein Porträt von Albert Einstein hing an der Wand, daneben Bilder von Albert Schweitzer, Heinrich Böll, Martin Luther King, natürlich Theodore Roosevelt und auch von Isaac B. Singer, dem polnisch-jiddisch-amerikanischen Literaturnobelpreisträger, dessen Werke Florian allesamt in seinem Bücherregal stehen hatte.

Die Rektorin hatte etwas an sich, das ihn irritierte. Er empfand ihre Freundlichkeit als allzu glatt und er fragte sich, wie es unter der Oberfläche aussah. Der Perfektionismus und die geballte Kompetenz, die sie mit aller Macht auszustrahlen versuchte, vermittelten ihm ein leichtes Unbehagen.

»Was unterscheidet Sie von anderen Gymnasien, außer dass Sie ein monatliches Schulgeld von 450 Euro verlangen?«, fragte er und überlegte, ob sie ein geeigneter Talkgast für die Sendung sein könnte. Telegen wirkte sie in jedem Fall.

»Der wesentliche Unterschied ist, dass wir die Kinder zweisprachig unterrichten, deutsch und englisch, und dass wir nur die allerbesten Lehrkräfte bei uns beschäftigen, Amerikaner wie Deutsche.«

»Und Sie nehmen auch nur die allerbesten Schüler? Also die aus allerbesten Verhältnissen …«

Sie lehnte sich auf ihrem Stuhl ein Stück vor und sagte spitz: »In Deutschland weiß doch jeder, dass Chancengleichheit nur ein Wort auf geduldigem Papier ist. Wir müssen den Realitäten ins Auge sehen. Es wird immer mehr oder weniger intelligente Kinder geben, und in unserer Gesellschaft werden immer mehr oder weniger wohlhabende Eltern leben, und nur die wohlhabenden unter ihnen können ihren Kindern auch die beste Ausbildung ermöglichen. Das fängt in der Grundschule an und hört beim Studium auf. Such is life …« Sie lächelte jetzt wieder und griff nach einem silbernen Stift, den sie zwischen den Fingern drehte.

»Haben Sie schon einmal darüber nachgedacht, Stipendien zu vergeben?«

»Nein.«

»Kinder aus Arbeiterfamilien oder sozial schwachen Bildungsschichten sind hier also nicht erwünscht?«

»Sie fragen, als ob Sie mich unbedingt in die Enge treiben wollten, aber das gelingt Ihnen nicht.« Sie lächelte, doch er hatte den Eindruck, als ob ihr Lächeln inzwischen etwas gezwungen wirkte.

»So wie Sie würde ich es jedenfalls nicht ausdrücken …« Sie begann damit, die Vorzüge ihrer Schule zu erläutern, und je länger sie argumentierte, desto klarer wurde Florian, dass sie hervorragend in seine Talk-Show passte. Sie war das Abbild des konservativen, elitär denkenden Bildungstyps, der davon ausging, dass ein Bombardement an Wissen aus Schülern kompetente Mitglieder unserer Gesellschaft machte. Sie war eine überzeugte Verfechterin des dreigliedrigen Bildungssystems, wie es in Deutschland seit dem letzten Jahrhundert existierte, und von Alternativschulen wie den Montessorischulen oder Waldorfschulen hielt sie nicht viel. Von Gemeinschaftsschulen hielt sie gar nichts. Nachdem Florian ihr eine Weile schweigend zugehört hatte, fragte er sie, ob sie nicht Lust hätte, in zwei Wochen als Talkgast in die Sendung *Eliteschulen in Deutschland* zu kommen. Sie sagte sofort zu.

»Wie verkraften die Schüler den Leistungsdruck, der hier herrscht?«, fragte er bewusst konfrontativ. »Ich meine, wie viel Kinder mit ADHS-Diagnose gehen hier zur Schule?«

Susan Gayles Mundwinkel zuckten leicht. »Am Zappelphilipp-Syndrom leiden von insgesamt 550 Schülern vielleicht 20. Begehen Sie aber bitte nicht den Fehler, dies auf unsere Lehrmethoden zurückzuführen. Das häusliche Umfeld und der Anspruch, den die Eltern an ihre Sprösslinge haben, sind in hohem Maße für die Krankheit verantwortlich.«

»Ich würde gern einmal ein paar Schüler und Schülerinnen fragen, wie viel Spaß ihnen das Lernen hier macht«, schlug er vor.

»Warum nicht?« Susan Gayle erhob sich. »Die große Pause hat gerade begonnen.«

Sie gingen durch die große Drehtür hinaus auf das offene Schulgelände, und Florian sah auf dem Pausenhof die Schüler in mehreren Grüppchen zusammenstehen. Er bat die Rektorin, ihn allein mit den Schülern zu lassen, denn er wusste, dass ihre Anwesenheit sie einschüchtern würde. Nachdem sie gegangen war, schlenderte er auf eine Gruppe zu, stellte sich vor, und nach ein wenig Geplänkel stellte er die ersten Fragen. Sie fanden es *cool*, mit jemandem vom Fernsehen zu sprechen und gaben bereitwillig Auskunft. Die Antworten waren sehr unterschiedlich und reichten von: *Lernen ist doof* bis hin zu *Lernen macht Spaß*, von *Ich will morgens nicht zur Schule* bis hin zu *Diese Schule ist toll*. Er nahm sich vor, ein Kamerateam hierher zu schicken und diese Fragen und natürlich noch ein paar andere für einen Zuspielfilm zu stellen.

Sein Blick fiel auf eine schattige Ecke des Pausenhofs, wo mehrere Mädchen zusammenstanden, und plötzlich sah er sie. Sie streifte ihn mit einem unbeteiligt wirkenden Blick und schaute gleich gelangweilt wieder weg. Florian war sich nicht sicher, ob sie ihn wiedererkannt hatte. Auf der Beerdigung ihrer Mutter war sie vielen fremden Menschen begegnet und sie hatte in viele fremde Gesichter gesehen. Er sah sich um. Erstaunlich viele Kinder waren olivhäutig wie sie. Schwarzes, glattes Haar, schwarze Augen, kleiner Wuchs.

»Kommen Sie, dieses Mädchen fragen Sie besser nicht. Sie braucht ihre Ruhe. Ihre Mutter ist erst vor einer Woche gestorben.« Ohne dass er ihr Kommen bemerkt hätte, war die Rektorin neben ihn getreten. Sie legte ihre Hand auf seinen Arm und dann zog sie ihn mit leichtem Druck zurück. Offenbar hatte sie es auf einmal sehr eilig, ihn vom Pausenhof zu führen.

»Wie schrecklich. Woran ist sie gestorben?« Florian stellte sich unwissend.

»Ach, das ist eine lange Geschichte.« Die Rektorin machte eine unbestimmte Handbewegung. »Es kam sehr plötzlich für das Kind.«

»Das tut mir leid. Wie verkraftet sie es?«

Sie legte für einen kurzen Moment erneut ihre Hand auf seinen Arm, aber die Geste fühlte sich für Florian irgendwie falsch an.

»Ich denke, ganz gut. Ihre Mutter war im Elternrat.« Susan Gayles Stimme klang kühl, und ihre Schritte beschleunigten sich. »Wissen Sie, sie gehörte zu den Frauen, die Lehrern und anderen Eltern gern vorschreiben, wie man es besser machen kann«, fügte sie hinzu.

»Wie man *was* besser machen kann?«, hakte er nach.

»Alles.«

»Sie mochten sie nicht?«

»Sabrina Delson war beim gesamten Lehrkörper nicht sehr beliebt.«

»Na, dann können ja nun alle aufatmen.«

Sie bedachte ihn mit einem prüfenden Seitenblick, und Florian fragte sich, was zwischen ihr und Sabrina vorgefallen war.

Sie lachte nervös auf und als habe sie seine Gedanken lesen können sagte sie: »Ständig kam sie mit neuen Vorschlägen für Schüler-Arbeitsgruppen auf mich zu. Vor vier Wochen erst hat sie darauf bestanden, dass die Kinder einen Selbstverteidigungskurs absolvieren. Dafür wollte sie gleich mehrere Trainer engagieren.«

»Die Idee ist doch gar nicht schlecht«, wandte Florian ein.

»Im Grunde ja, aber die Schule hat kein Geld dafür. Auch wir müssen haushalten, wissen Sie.«

Die Klingel ertönte, die Pause war zu Ende, und an ihnen

vorbei strömten immer mehr Schüler und Schülerinnen hin zu ihren Klassenzimmern. Florian und Susan Gayle stiegen eine breite Treppe hinauf, und schließlich standen sie wieder vor ihrem Büro. Nach ein paar Abschiedsfloskeln und der Ankündigung, dass sich die Redaktionssekretärin von *Profi Entertainment* in Kürze bei ihr melden würde, um einen Drehtermin für das Kamerateam abzusprechen, ging er hinüber zu dem großen Fenster, wo seine Aktentasche stand. Bevor er sich nach ihr bückte, blickte er hinaus. Und wieder sah er Luz. Sie hatte den Schulranzen auf den Rücken geschnallt und schaute sich verstohlen um, dann eilte sie über den Weg, an Heckenrosen vorbei, dem Ausgang zu. Schwänzte sie die Schule? Florian wandte sich an die Rektorin: »Sagen Sie, das kleine Mädchen vom Pausenhof, hat es seine Mutter sehr geliebt?«

»Natürlich. So wie alle kleinen Kinder ihre Mütter lieben.« Ihre Stimme klang hart, und in diesem Moment wusste er zweifelsfrei, dass hier etwas nicht stimmte. Zwischen Sabrina und Susan Gayle war etwas Gravierendes vorgefallen. Noch einmal warf er einen Blick aus dem Fenster, doch Luz war bereits verschwunden.

MONTAG, 11. JULI, NACHMITTAG

Dele fand mit Luz in einer der hinteren Reihen Platz, und sie spürte, wie aufgeregt das Mädchen war. In der einen Hand hielt sie fest umklammert eine große Popcorntüte, mit der anderen griff sie immer wieder hinein und stopfte sich ein klebriges, süßes Rund nach dem anderen in den Mund. Der Duft von geröstetem Puffmais stimmte Dele fröhlich, und wie das Mädchen rutschte auch sie auf dem harten Sitz hin und her.

Sie hatte Luz von der Schule abgeholt und war auf direktem Weg mit ihr zum Zirkus gefahren. Luz hatte ihrer Tante, die seit dem Tod ihrer Mutter sehr besorgt um sie war, erzählt, dass sie nach der Schule mit zu einer Schulfreundin fahren wolle, und obwohl sie der Meinung war, dass es ein bisschen zu häufig vorkam in letzter Zeit, hatte Lisa nachgegeben.

Jetzt stand Dele nach dem Brezelverkauf nicht im Gang wie üblich, sondern sie saß neben Luz auf den Zuschauerplätzen. Die weiße Haube lag auf ihrem Schoß, die Schürze hatte sie abgebunden, der beinahe leere Brezelkorb stand vor ihr am Boden. Leise flüsterte sie ihr ins Ohr, was Luz gleich zu sehen bekäme. Sie beschrieb die Künstler und die einzelnen Darbietungen, und über fast jeden Artisten hatte sie etwas zu erzählen. Dem Handstandakrobaten Rafael war vorgestern mitten in der Vorstellung das Gebiss herausgefallen, die Trapezkünstlerin Clara würde in einer Woche ihren Partner heiraten, und die Schlangenfrau Irina, die sich so verbiegen konnte, dass sie sich mit den Füßen von hinten die Ohren kitzelte, nähte alle ihre Kostüme selbst. Als dann endlich die Vorstellung mit einer Lichtshow und rhythmischer Live-Musik begann und der Zirkusdirektor in die Manege trat, um die Gäste lautstark zu begrüßen, lehnte Luz vertrauensvoll den Kopf an ihre Schulter, und Dele durchströmte ein tiefes Glücksgefühl. Sie schloss die Augen und betete genauso, wie sie es in der Schule gelernt hatte, ein *Padre nuestro* vor sich hin: *Que estás en el cielo, santificado sea tu nombre …* Sie dachte, dass diese Berührung der erste Lohn war für all ihre Mühen. Luz' Haar duftete nach Honig, und sie wusste, dass sie ihrem Ziel ein kleines Stück näher gekommen war. Sie, die unbedeutende Indigena aus einem kleinen Dorf bei Cobán.

Dele holte tief Luft. Luz sprach nicht viel, so dass sie jede Information aus ihr herauskitzeln musste, aber sie hatte die Hoffnung nicht verloren, dass das Kind ihr bald mehr über ihren Alltag und ihre Familie verraten würde. Sie hatte sie gefragt, ob ihre Mutter gut zu ihr gewesen war, ob sie sich eine Schwester oder einen Bruder wünschte, auch, wie oft der Vater nach Amerika fuhr, aber Luz hatte die Fragen alles andere als aufschlussreich beantwortet. Bei der ersten hatte sie geschwiegen und den Kopf gesenkt, auf die zweite hatte sie mit *sehr* geantwortet, war dann aber wieder verstummt. Je mehr Dele in sie drang, desto weniger hatte das Mädchen reagiert, und schließlich hatte sie den Versuch aufgegeben. In Erinnerung daran seufzte sie leise und streckte den Rücken.

Die Holzbänke, auf denen sie saßen, hatten keine Lehne und sie spürte, dass sie von der gekrümmten Haltung Kreuzschmerzen bekam. Was sie benötigte, war Geduld, und das hieß nichts anderes, als dass sie Zeit brauchte, doch allmählich regte sich die Sorge in ihr, dass die Zeit nicht reichen würde. Der Zirkus würde in zwei Wochen weiterziehen, und dann? Würde sie eine andere Arbeitsstelle finden? Ihre Hand tastete nach dem Beutel, den sie auf der Brust unter ihrem Kleid trug, und sie spürte die harten Glieder der Armbanduhr darin. Vielleicht würde sie sie verkaufen. Dele spreizte die Hand über der Brust und spürte ihr Herz schlagen. So schwierig sich auch alles gestaltete: Es gab einen Grund, weswegen sie hier in der Fremde war, und der verlieh ihr die Kraft, durchzuhalten.

Bevor die Vorstellung begann, hatte sie Zeit gefunden, Luz über das Zirkusgelände zu führen. Zuerst hatte sie ihr das Zirkuszelt mit seinem neuen blau-weißen Dach gezeigt, wo gerade ein Licht- und Soundcheck durchgeführt wurde. Auf dem Vorplatz hatten sie dann Gino getroffen. Das *Ciao Bella* war ihm vor Verwunderung im Hals stecken geblieben, und in seinen Augen hatte sie die stumme Frage gelesen, was sie mit diesem Kind zu schaffen hatte. Sie hatte jedoch nur knapp den Kopf geschüttelt, und er hatte verstanden. Kurz darauf hatte er schon wieder gelächelt und Luz gezeigt, welche Kunststücke man mit einem einzigen Ball vollbringen kann. Dabei hatte er Grimassen geschnitten, war auf und ab gesprungen und hatte sie beide zum Lachen gebracht. Schließlich hatte auch Dele gewagt, etwas vorzuführen, sie hatte fünf Bälle benutzt, und Gino hatte vor Überraschung beinahe die Sprache verloren. Es waren fröhliche Minuten gewesen, und Dele hatte die Welt um sich herum vergessen.

In der Manege fand jetzt ein Umbau statt, und die damit verbundene Unruhe holte sie in die Gegenwart zurück. Eine junge, grazile Artistin rollte auf einem bunten Ball herein, die Zuschauer klatschten. Plötzlich spürte Dele in ihrem Rücken einen Blick, der sich dunkel und schwer auf ihren Nacken legte. Instinktiv wandte sie sich um. Sie sah, wie der Mann den Kopf drehte und sofort wieder geradeaus starrte, hin zur Manege. Sein Blick war ein böser Blick gewesen, nicht von der Art, wie ein Mann ihn einer Frau zuwarf, die sein sexuelles Interesse geweckt hatte. Sie spürte den Blick immer wieder und bald war sie ganz sicher, dass der Mann sie beobachtete. Einen Augenblick fürchtete sie, er wolle sie wegen der Armbanduhr zur Rede stellen, doch dann schalt sie sich einen Dummkopf. Davon konnte er nichts wissen. Sie versuchte, sich den Mann einzuprägen, aber er saß schräg hinter ihr im Halbschatten, so dass sie nicht mehr als sein Profil erkennen konnte. Sie registrierte, dass er kurze Haare hatte, eine Hakennase und ein markantes Kinn. Jedes Mal, wenn sie zu ihm hinüber sah, wandte er sich wie unbeteiligt weg.

Deles Herz klopfte. Irgendwo auf dem Bodensatz ihres Bewusstseins lag eine Erinnerung an ihn, und sie zog und zerrte daran, doch ohne Erfolg. So wie man täglich Hunderten von Menschen begegnet, auf sie zu- und an ihnen vorübergeht, so war auch dieser Mann ihr schon begegnet. Dele war sicher, sie krampfte die Hände zusammen. Doch je länger sie darüber nachdachte, wo sie ihn schon einmal gesehen hatte, desto mehr entglitt ihr die Lösung. Als die Vorstellung beendet war und sie mit Luz dem Ausgang zustrebte, saß er nicht mehr an seinem Platz. Doch noch immer spürte sie die Bedrohung, die von ihm ausging.

DIENSTAG, 12. JULI

Das Licht des Vormittags war von einem eigentümlichen, fahlen Grau, wie Florian es von Novembertagen kannte. Es hatte sich wie ein Schleier auf das Grün der Bäume und Büsche gelegt, selbst die Menschen, die ihm begegneten, wirkten blass. Die Sonne hielt sich hinter einer dichten Wolkendecke versteckt, und Florian überlegte mit einem prüfenden Blick gen Himmel, ob sie im Verlauf des Tages noch hervorkommen würde. Grau war eine Farbe, die sich zu nichts bekannte. Eine Farbe, weder Fisch noch Fleisch. Genauso fühlte er sich heute, indifferent, unentschlossen, sozusagen zweideutig und zu allem Überfluss ungeheuer müde.

Statt ins Büro am Hansaring zu fahren, hatte er sich nach dem Frühstück bei seinem Carsharing-Anbieter einen Kleinwagen gemietet. Bevor er sich jedoch auf den Weg zu Sam Delson machte, ging er einmal rund um den *Decksteiner Weiher*, jedes Mittel, den Besuch bei Sam hinauszuzögern, war ihm recht. Er wollte seinen Gedanken freien Lauf lassen und sich mental auf seinen Besuch bei ihm vorbereiten. Als er irgendwann zu der Stelle kam, wo man Sabrinas Leiche gefunden hatte, musste er sich überwinden, den Platz in Augenschein zu nehmen, seine Phantasie spiegelte die Bilder ihres Todeskampfes, und sie verursachten ihm Übelkeit. Hier war sie gestorben. Florian ließ seine Blicke schweifen, aber nichts erschien ihm in irgendeiner Form verdächtig. Die Kripo und die Spurensicherung hatten natürlich ganze Arbeit geleistet und längst alles asserviert, was in irgendeiner Form auffällig gewesen war.

Als er wieder im Wagen saß, atmete er tief durch und sah eine Weile aus dem Fenster, bevor er ins Navi als Ziel die Kirchberger Straße eingab. Nach ein paar Minuten hörte er Gerd Köster sagen: *Do pennt widder einer op de Meddelspor*, und Florian musste unwillkürlich grinsen. Das *Navi op Kölsch* war einfach herrlich, man konnte noch so deprimiert sein, es heiterte einen garantiert auf. In diesem Moment nahm er sich vor, seiner Chefin eine Sendung zum Thema *Mundarten in NRW* vorzuschlagen. Immerhin gab es nicht nur Kölsch, sondern auch das Sauerländer Platt und das Öcher Platt, wie es von den Menschen im Aachener Raum gesprochen wurde. Vermutlich existierten sogar noch weitere Dialekte, von deren Existenz er bislang nichts wusste.

Die Sendung über *Eliteschulen in Deutschland* war gut vorbereitet, und so hatte er sich am Morgen gesagt, dass er es sich leisten könne, bei Sam vorbeizuschauen. Der Besuch fiel zwar in seine reguläre Arbeitszeit, aber aufkommende Bedenken hatte er wie so oft in letzter Zeit kurzerhand beiseite geschoben, und außerdem waren die Regeln bei *Profi Entertainment* nicht so streng. Wenn er sich ein Bild davon machen wollte, mit was für einem Menschen Sabrina zusammen gelebt hatte, und wenn er herausfinden wollte, ob er ihr Mörder war, dann durfte er nicht weiter um ihn herum schleichen wie die Katze um den heißen Brei. Dann musste er sich einen Ruck geben und die Konfrontation mit dem ehemaligen Rivalen wagen. Also hatte er in der Sozietät angerufen und die Auskunft erhalten, dass Sam einen Gerichtstermin habe, anschließend jedoch nicht ins Büro zurückkehren, sondern direkt nach Hause fahren würde.

Florian seufzte, inzwischen war er in die Kirchberger

Straße eingefahren. Er parkte den Wagen unmittelbar vor dem Haus, das aus den 60er Jahren stammte, doch ganz offensichtlich modernisiert worden war. Der Weg durch den mit alten Bäumen bewachsenen Vorgarten erinnerte ihn plötzlich an eine Fernsehserie, und für einen Augenblick kam er sich vor wie ein Schauspieler, der fehlbesetzt war. Er wusste, dass das Grinsen, das er aufgesetzt hatte, falsch wirken musste, und die Schritte, mit denen er sich dem Haus näherte, waren entschieden zu langsam.

Sam öffnete nur wenige Sekunden, nachdem er geklingelt hatte, die Tür. Er überlegte einen Moment, doch Florian bemerkte an seinem Blick, dass er ihn erkannt hatte. »Was kann ich für Sie tun?«, fragte er kühl.

»Ich würde gern mit Ihnen über Sabrina reden«, antwortete Florian. Sam starrte ihn an. Zwischen ihnen stand ein Schweigen so groß und erdrückend, dass es beinahe unüberwindbar schien. Sam rührte sich nicht vom Fleck.

»Tun Sie mir den Gefallen, selbst wenn es Ihnen schwerfällt«, sagte Florian und fügte hinzu: »Auch mir ist der Weg hierher nicht leicht gefallen.«

Sam blinzelte, dann versuchte er eine einladende Geste und ging ihm schließlich wortlos voran ins Haus. Florian stellte fest, dass er seit der Beerdigung noch schmaler geworden war. Nachdem sie eine großzügige Diele durchquert hatten, führte Sam ihn in ein modern möbliertes Wohnzimmer. An den Wänden hingen großformatige Ölbilder.

»Sind das Sabrinas Werke?«, fragte er.

»Bis auf eins. Das da drüben ist von Gerhard Richter.« Sam wies auf ein abstraktes Gemälde in dunklen Grün- und Schwarztönen, dann wies er auf einen Ledersessel und Florian nahm Platz. *Le Corbusier*. In diesem Haus schien alles einen exklusiven Namen zu tragen. Während Sam eine Flasche Wasser öffnete und zwei Gläser aus der Vitrine nahm, ließ Florian die Blicke schweifen. Das war also Sabrinas zu Hause gewesen. Auf ihn wirkte es seelenlos.

»Es tut mir leid, dass Sie Sabrina verloren haben«, sagte er leise.

Sam sah ihn an und setzte sich. Völlig unerwartet stützte er den Kopf in beide Hände und auf einmal sah er hilflos und verloren aus.

»Wie geht es Luz?«

»Sabrinas Schwester kümmert sich um sie«, antwortete Sam. »Wie ich hörte, kennen Sie sich.«

Florian nickte. »Von früher, aber das ist lange her.«

»Sie ist nicht da, ich glaube, sie ist gerade einkaufen, sonst hätte ich sie gern … Luz ist noch in der Schule«, erklärte er.

»Ich finde es gut, dass wir ungestört sind.«

Sam warf ihm einen überraschten Blick zu, dann nahm er einen Schluck Wasser und lockerte seine Krawatte. Er schien noch nicht lange zu Hause sein.

»Es ist mir wichtig, Ihnen zu sagen, dass Sabrina und ich seit Jahren schon keinen Kontakt mehr hatten.« Florian biss sich auf die Lippe.

»Und deswegen sind Sie hierher gekommen?«

Florian schwieg.

»Man hat Ihnen also erzählt, dass ich eifersüchtig bin.« Er lachte bitter. »Das liegt mir im Blut. Meine Mutter hat sich wegen seiner krankhaften Eifersucht von meinem Vater getrennt, als ich 12 Jahre alt war, genauso alt wie jetzt Luz.«

Florian erwiderte nichts. Er fürchtete, dass eine einzige falsche Bemerkung Sam gegen ihn aufbringen könnte.

»Ja, auch auf Sie war ich eifersüchtig.« Sabrinas Mann

schwieg einen Moment und fixierte ihn. »Ich hoffe, zu Unrecht.«

»Ich habe Ihnen doch gesagt, dass wir keinen Kontakt mehr hatten.«

Sam strich sich über den Nacken, der verspannt zu sein schien.

»Ob Sie es glauben oder nicht«, fügte er hinzu: »Sie hat mich tatsächlich betrogen.«

»Warum sind Sie so sicher?«

»Weil ich sicher bin.«

»Hat sie es zugegeben?«

»Sie hat es immer abgestritten.« Sams Mundwinkel zuckten.

»Vielleicht bilden Sie es sich nur ein ...«, wandte Florian ein, und sein Blick wanderte hinaus zum Pool, der seltsam tot in der Erde des großen Gartens lag. Er fragte sich, ob Luz seit Sabrinas Tod darin gebadet oder mit Freunden herumgeplanscht hatte, doch er glaubte es nicht. Selbst Kinderlachen war in einem Trauerhaus fehl am Platz.

Sabrinas Mann erhob sich und ging hinüber zum raumhohen Fenster, von wo aus man in den Garten sah. Den Rücken Florian zugewandt, steckte er seine geballten Hände in die Hosentaschen. Plötzlich wandte er sich um: »Natürlich bilde ich es mir *nicht* ein.«

»Haben Sie schon einmal daran gedacht, sich therapeutische Hilfe zu holen?« Florian setzte einen völlig neutralen Blick auf, um die Wirkung des Satzes abzuschwächen und sah an Sam vorbei, der laut hörbar einen Schwall Luft aus der Nase blies.

»Ich kann gehen, wenn Ihnen das lieber ist ...«, schlug Florian vor und erhob sich. Auf einmal war es ihm egal, ob er mit Sam ins Gespräch kam oder nicht. Was machte das für einen Unterschied? Daran, dass Sabrina tot war, würde er nichts mehr ändern. Er täte besser daran, die Suche nach ihrem Mörder dem Kriminalhauptkommissar zu überlassen, das sparte Zeit und Nerven.

Sam reagierte wider Erwarten: »Nein, bleiben Sie«, sagte er und fügte hinzu: »Ich wünschte, Sie hätten recht. Ich wünschte, ich würde mich täuschen, sie hätte mich nie betrogen und das alles wäre nie passiert. Ich wünschte ...«, er rang um Worte, »... sie wäre glücklich mit mir gewesen.«

Florian spürte einen Stich. »*Ich* wünschte, sie wäre noch am Leben.«

Sam starrte ihn an. »Glauben Sie, dass ich Sabrina umgebracht habe?«

Florian zögerte, bevor er eine Antwort gab. »Ich weiß es nicht«, sagte er schließlich. »Wenn Sabrina Sie betrogen hat, hätten Sie ein Motiv.«

»Das sagt die Kripo auch.«

»Und? Haben Sie sie umgebracht?« Er dachte daran, dass Sam Jäger war. Die Kugeln, die der Rechtsmediziner in ihrem Körper gefunden hatte, stammten aus einer Waffe, wie auch Sam sie besessen hatte oder noch besaß ...

Sam antwortete mit klarer Stimme: »Ich war nahe dran. Ein-, zweimal habe ich völlig die Beherrschung verloren ...«

»Ein-, zweimal?« Florians Stimme klang schrill, und er erschrak.

»Ja.« Sam war fahl im Gesicht.

»Ich wette, öfter. Seien Sie ehrlich ... es *war* öfter.«

»Nein.« Sams Kiefermuskulatur spannte sich.

»Was haben Sie an dem Abend, an dem Sabrina starb, gemacht?«

»Das geht Sie nichts an, aber ich habe nichts zu verbergen. Ich war bei einem Freund, wir haben zusammen gegessen.«

Florian befeuchtete mit der Zunge seine Lippen. »Sie sollen ziemlich brutal zu ihr gewesen sein.«

Sam wurde blasser. »Hat Marlies Ihnen das erzählt?«

»Spielt das eine Rolle?« Florian spürte, dass er wütend wurde. »Hat Luz etwas von Ihren Auseinandersetzungen mitbekommen?«

Als Sam den Kopf senkte, schoss Florian die Frage durch den Kopf, was diese Szenen für das Kind bedeutet haben mochten. Hatte sie begonnen, ihren Vater zu hassen? Oder hatte sie angefangen, die Mutter zu verabscheuen, weil sie glaubte, Sabrina sei an allem schuld? Hatte Luz gewusst, warum die Eltern stritten? Vielleicht hatte sie in ihrem Bett gelegen und als stumme Zeugin belauscht, wie der Vater die Mutter geschlagen hatte. Vielleicht hatte sie sich irgendwann die Ohren zugehalten, weil sie die Schreie und gegenseitigen Anschuldigungen der beiden nicht mehr ertragen konnte. Möglicherweise hatte ihr das Wimmern der Mutter das Herz zerrissen, vielleicht aber auch das Brüllen des Vaters, der, nachdem er realisierte, was er angerichtet hatte, zusammengebrochen war und um Entschuldigung flehte …

Florian atmete tief durch. In diesen vier Wänden mussten sich Dramen abgespielt haben. Plötzlich merkte er, dass sich etwas in ihm veränderte. Auf einmal fühlte er sich Sabrinas Mann gegenüber nicht mehr als stummer Ankläger. Verraucht war seine Wut, verflogen sein Hass gegen ihn. Vor ihm saß ein gebrochener Mann, dessen Bild nichts mehr mit dem des früheren Rivalen zu tun hatte. Sam war nur noch ein Schatten seiner selbst. Was auch immer sich zwischen ihm und Sabrina abgespielt hatte, es ging ihn nichts an. Ein schmerzhafter Stich durchzuckte seinen Backenzahn. Vielleicht war es besser, nicht mit Jana zusammen zu ziehen. Solche Szenen wollte er nicht erleben.

»Ich habe sie nicht umgebracht«, sagte Sam mit klarer Stimme.

Florian blickte ihn an.

»Ich schwöre.«

»Also gut. Denken Sie, dass ihr Liebhaber sie getötet hat?« Er dachte an die Spermien, die man in Sabrinas Vagina gefunden hatte.

»Ich weiß es nicht.«

»Sie müssen seinen Namen herausfinden. In Ihrem eigenen Interesse.«

»Was denken Sie, womit ich mich die ganze Zeit über beschäftige?«, fragte Sam aufbrausend. Nach einer Weile fügte er ruhiger hinzu: »Sie war schlau, sie hat alle Spuren verwischt. Keinerlei Einträge, keine Mails, keine Briefe oder Fotos. Nichts.«

Florian massierte sich die Stirn. »Ich muss Sie etwas fragen ... Sie brauchen mir nicht zu antworten, wenn Sie nicht wollen«, er atmete tief durch, »... aber es könnte wichtig sein.«

»Ja?«

»Haben Sie und Sabrina noch zusammen geschlafen?«

Es dauerte eine ganze Weile, bis Sam nickte.

»Oft?«

»Was soll das jetzt?« Sams Augen funkelten.

»Ich kann Ihnen nicht verraten, woher ich es weiß, aber Sabrina hat wenige Stunden vor ihrem Tod Geschlechtsverkehr gehabt.«

Florian bemerkte, dass Sam, der immer noch am Fenster stand, zu wanken begann. Schließlich stützte er sich an der Wand ab und murmelte: »Mit mir nicht.«

Beide schwiegen, und irgendwann fragte Florian: »Warum hat sie eigentlich überall erzählt, dass *sie* keine Kinder bekommen konnte?«

»Wie meinen Sie das?«

»So wie ich es gesagt habe. Sabrina *konnte* Kinder bekommen. *Sie* sind es, der keine Kinder zeugen kann.«

»Woher wissen Sie das?«

»Nicht von Sabrina, mehr will ich dazu jetzt nicht sagen. Wollte sie Sie schonen?«

Sam lehnte den Kopf gegen die Scheibe, und es dauerte einen Moment, bis er sprach. »Ich glaube, sie hat sich für mich geschämt. Sie hat nie verstanden, warum sich ein Mann freiwillig sterilisieren lässt. Für sie war das …«, er rang nach Worten, »… nichts als eine riesige Dummheit. Die Dummheit eines jungen Mannes, der wenig vom Leben begriffen hat.«

»Jedenfalls nichts von Frauen«, erwiderte Florian ungerührt. »Hat sie deswegen einen Liebhaber gehabt? Wollte sie noch ein eigenes Kind bekommen? Eine Schwangerschaft erleben?«

Die beiden Männer starrten sich an.

»Ich weiß es nicht. Wir haben nie darüber gesprochen.« Sam biss sich auf die Lippen.

»Wie lange, glauben Sie, hat sie sie schon betrogen?«

»Vielleicht ein Jahr, vielleicht auch nur ein halbes … Mir fiel auf, dass sie plötzlich anders war als sonst …auch im Bett.«

Florian runzelte die Augenbrauen.

»Sie wollte auf einmal Dinge, die früher tabu für sie waren …«

Florian scheute davor zurück, weitere Fragen zu stellen, sie hätten an seine Erinnerungen gerührt, und das konnte er in diesem Moment nicht ertragen. Die blauen Flecken auf ihren Unterarmen gingen ihm nicht aus dem Kopf.

»Ich war misstrauisch geworden und habe angefangen, ihr hinterher zu spionieren«, beichtete Sam mit monotoner Stimme.

»Und?«

»Nichts.« Sam schüttelte den Kopf. »Ich habe bis heute nicht herausgefunden, mit wem sie mich betrogen hat. Sie glauben nicht, in wie vielen Kölner Hotels ich angerufen habe, doch unter ihrem Namen hat sie nirgends eingecheckt.«

»Vielleicht haben sie sich unter dem Namen ihres Liebhabers eingetragen oder sie sind zu ihm nach Hause gegangen …«, überlegte Florian und fragte: »Aber was für einen Grund könnte ihr Liebhaber gehabt haben, sie umzubringen? Erpressung?«

Die beiden Männer blinzelten sich an.

»Womöglich hat er damit gedroht, Ihnen von Sabrinas Untreue zu erzählen, denkbar ist, dass er Geld von ihr haben wollte. Vielleicht hat sie damit gedroht, zur Polizei zu gehen …«

Florian beobachtete Sam genau. »Es gäbe auch noch eine andere Möglichkeit.«

»Welche?«

»Vielleicht war sie in Drogengeschäfte verwickelt?«

»Ausgeschlossen. Sabrina war Zeit ihres Lebens strikt gegen Drogen, sie hat nicht einmal einen Joint geraucht.«

Florian war froh über diese Antwort, gab sie doch seiner eigenen Einschätzung recht.

Sam sah mit einem prüfenden Blick über das Gelände. »Halten Sie mich nicht für verrückt …«

Florian sah ihn verwundert an. »Wieso?«

»Ich habe eine Vermutung, die in eine ganz andere Richtung geht.«

»Ja?«

»Hier hat sich ein paarmal eine junge Frau, eine Ausländerin, herumgetrieben … auf dem Grundstück.«

»Und …?« Florian beugte sich ein Stück vor.

»Sie hat etwas von uns gewollt. Sabrina hat mir erzählt, dass die Frau das Haus beobachtet hat … einmal, als sie sie überraschte und zur Rede stellen wollte, war sie plötzlich wie ein Wiesel verschwunden.«

»Wie sah sie aus?«

»Schwarzhaarig, relativ klein, etwas stämmig. Etwa 30 Jahre alt. So hat Sabrina sie beschrieben. Ich habe die Frau nie gesehen. » Sam dachte einen Moment nach und sagte: »Da ist noch etwas.«

»Erzählen Sie.« Florian knetete sein Ohrläppchen, eine Angewohnheit, die ihn selber störte, wenn er sie registrierte. Jetzt bemerkte er nicht, was er tat. Gedankenversunken hörte er Sabrinas Mann zu.

»Ich hatte den Eindruck, dass Sabrina mir etwas verschwiegen hat. Sie wirkte in den Tagen vor ihrem Tod in sich gekehrt und bedrückt, und ich glaube, dass es mit dieser Fremden zusammenhing.«

»Warum?«

»Vielleicht haben die beiden zusammen gesprochen. Vielleicht hat das, was gesagt wurde, Sabrina aus dem Lot gebracht. Vielleicht hat die Fremde Sabrina gedroht, wer weiß …«

Florian spürte, dass Sams Überlegungen ihn zunehmend fesselten.

»Ich habe der Polizei von der Frau erzählt, aber sie glauben mir nicht, und dummerweise ist sie seit Sabrinas Tod wie vom Erdboden verschluckt. Ich habe mich entschieden, einen Privatdetektiv zu engagieren.«

Florian nickte. »Machen Sie das. Ich glaube, Sie müssen diese Person dringend finden. Da liegt der Schlüssel ...«

Sam stierte ihn an, und nachdem sie eine Weile nachgedacht hatten, hörte Florian ihn mit leiser Stimme fragen: »Helfen Sie mir?«

Wie er dastand, so einsam am Fenster, verspürte Florian beinahe Mitleid, doch eins war ihm völlig klar: Bis Sam zu seinem Verbündeten werden würde, war es noch ein weiter Weg.

MITTWOCH, 13. JULI, NACHMITTAGS

Florian Halstaff ließ den Hörer sinken. Er hatte Marlies nicht erreicht, obwohl er es mittlerweile schon unzählige Male versucht hatte. Vielleicht hatte seine Mutter eine Ahnung, wo sie war. Er tippte die Nummern ihres Anschlusses ein, hielt den Hörer ans Ohr und lauschte auf das Freizeichen. Währenddessen drang vom Flur Stimmengewirr in sein Büro, die Kollegen waren gut gelaunt, denn es gab einen Grund zum Feiern. Theo, ehemaliger Praktikant und inzwischen Auszubildender bei *Profi Entertainment*, wurde heute 25. Durch die geöffnete Tür sah Florian die Redaktionssekretärin Patricia mit einer Torte in beiden Händen vorbei balancieren, und unwillkürlich lief ihm das Wasser im Mund zusammen.

»Schoko?!«, rief er hinaus, in der Hoffnung, dass sie ihn noch hörte.

Ein paar Sekunden später erschien sie wieder im Türrahmen. »Schoko-Nuss. Mit viel Sahne«, grinste sie und sagte: »Sekt gibt's auch. Theo hat heute die Spendierhosen an.« Dann war sie auch schon wieder verschwunden, aber plötzlich steckte sie noch einmal den Kopf durch die Tür. »Wir treffen uns in 15 Minuten in der Küche. Sei pünktlich, ja?«

Florian überlegte, ob es die einzige Torte war, und wie viele Stückchen Theo wohl für jeden von ihnen eingeplant hatte, aber er nahm sich vor, es in jedem Fall bei einem Stück bewenden zu lassen. Sein Hosenbund saß definitiv zu eng, es war höchste Zeit, die frühmorgendlichen Joggingrunden wieder zu beleben.

»Halstaff?«, ertönte die melodische Stimme seiner Mutter. Aus der Küche drang bereits lautes Gejohle, und er presste den Hörer enger an sich. Nachdem sie ihm von einer heftigen Auseinandersetzung zwischen ihr und dem Regisseur bei den gestrigen Dreharbeiten berichtet hatte, kam er zum Grund seines Anrufs. »Weißt du, wo Marlies steckt? Ich versuche seit Tagen, sie zu erreichen.«

»Sie ist letzte Woche nach Indien abgereist, sie macht dort eine Ayurveda-Kur in Kerala, zwei Wochen, glaube ich. Beneidenswert! Ich hätte auch einmal Lust auf so etwas ...«

Florian biss sich auf die Lippen. »Hatte Sabrina noch eine andere gute Freundin?«, fragte er.

»Nein, Marlies war die einzige, glaube ich. Sie macht das bereits zum dritten Mal ...«, schwärmte seine Mutter.

»Was?«

»Na, die Kur. Hinterher ist sie wie ausgewechselt. Vierhändige Massagen, Stirngüsse, vegetarische Kost, Fruchtcocktails ... es muss herrlich sein. Ganz zu schweigen von Ganzkörperbädern in Wasserbecken, auf denen Lotusblumen schwimmen.«

»Dann gönne dir doch so einen Urlaub auch einmal«, schlug Florian mehr aus Höflichkeit, denn aus ehrlicher Überzeugung vor. Für ihn war die Vision, sich ausschließlich von Obst und Gemüse zu ernähren, dreimal am Tag beim Ayurveda-Arzt vorzusprechen, am Strand zu sitzen und sich mit Yogaübungen die Gliedmaßen zu verrenken, zudem wochenlang keinen Tropfen Rotwein zu trinken, schlichtweg ein Albtraum.

»Würde ich gerne tun, aber ich habe leider keine Zeit«, stöhnte seine Mutter. »Ständig bin ich auf Dreh, es ist schrecklich.«

»Wenn du nichts zu tun hättest, wärst du auch nicht glücklich«, erwiderte Florian ungerührt.

»Du hast recht. Umso wichtiger ist es, dass ich mir den Alltag, so hart er auch ist, so oft wie möglich versüße.«

Florian nickte Richtung Tür, wo Theo erschienen war und mit den Armen herum ruderte. Die Grimassen, die er schnitt, hatten Comedy-Potenzial, offenkundig signalisierte er, dass alle bereits auf ihn warteten. Mit der Hand deckte er kurz den Hörer ab und rief lachend: »In fünf Minuten bin ich da.«

»Wehe wenn nicht.« Theo hob den Zeigefinger, hampelte noch ein bisschen herum, und verschwand.

Seine Mutter räusperte sich. »Was hältst du davon, wenn wir demnächst einmal wieder alle zusammen essen gehen?

»Ehrlich gesagt, passt es mir momentan nicht so gut«, wich er aus und erklärte: »Ich habe enorm viel zu tun.« Außerdem war er sich nicht sicher, ob Jana Lust auf einen Abend mit seinen Eltern hatte. »Es wäre doch einmal wieder sehr nett«, insistierte sie. »Unser letztes gemeinsames Essen liegt schon vier Wochen zurück. Meinst du nicht auch, dass wir Jana endlich ein bisschen näher kennen lernen sollten? Du hältst sie ja geradezu unter Verschluss.«

»Mutter, bitte …« Florian verdrehte unwillkürlich die Augen. Er war Ende 30, und noch immer behandelte sie ihn wie einen kleinen Jungen. Vermutlich würde sich daran auch nichts geändert haben, wenn er 50 war.

»Was hältst du vom *Le Moisonnier*?«, fragte sie.

Florian blätterte in seinem Timer. Die Franzosen dort kochten wirklich gut, und die Auswahl an offenen Weinen war eine Freude. »Na gut, am Freitag vielleicht«, sagte er, und plötzlich kam ihm eine Idee: »Sie haben einen guten

Mittagstisch, was hältst du davon, wenn wir uns um 12.30 Uhr dort treffen? Vorausgesetzt, Jana ist einverstanden.« Es war ein Kompromiss. *Le Moisonnier* befand sich in der Krefelder Straße, nicht weit von *Profi Entertainment* und dem Mediapark entfernt. Sie konnten in gut zehn Minuten zu Fuß dort sein.

»In Ordnung. Ich hoffe, dass es deinem Vater passt.« Er konnte geradezu vor sich sehen, wie seine Mutter sich freute.

Lachsalven drangen zu ihm ins Büro. »Sei mir nicht böse, aber …«

»Ich weiß, du bist in Eile. Dabei wollte ich dir gerade noch etwas erzählen …«, sagte seine Mutter.

»Ja?« Der Ton ihrer Stimme hatte ihm verraten, dass es etwas Besonderes sein musste.

»Sam wurde festgenommen. *Er* hat Sabrina umgebracht.«

MITTWOCH, 13. JULI, SPÄTER NACHMITTAG

Die Schokotorte hatte ihm nicht besonders geschmeckt, was aber nicht an ihrer Qualität, sondern an seiner inneren Unruhe lag, und auch den Sekt hatte er nicht so recht genießen können. Die Nachricht seiner Mutter hatte Florian derart aufgewühlt, dass er nur kurz mit Theo und den Kollegen angestoßen hatte. Aller Proteste zum Trotz hatte er sich relativ schnell verabschiedet, denn er wollte Sylvia Gerlach treffen, Rössners Kollegin, die auf seinen Anruf unmittelbar mit dem Angebot reagiert hatte, dass er zum Deutzer Bahnhof kommen solle, nicht allzu weit von dem Dienstgebäude der Kripo entfernt, wo sie zusammen einen Kaffee trinken könnten. Jetzt saß Florian im Taxi, das er bestellt hatte, um pünktlich zu sein, und ließ den Blick durch den Sommerregen über die Deutzer Brücke schweifen, die sie im Feierabendverkehr nur im Schritttempo passierten. Unter ihnen floss der Rhein. Florian wandte sich um und sah aus dem Rückfenster durch Regen und Sonnenstrahlen hin zum Kölner Dom. Am Rheinufer lagen wie immer Ausflugsschiffe, dahinter drängten sich die kleinen gelb, rot und blau gestrichenen Häuser der Altstadt aneinander. Der Blick von der Deutzer Brücke war einer der schönsten, den die Stadt zu bieten hatte, und wie so oft dachte er, dass es sich allein deswegen lohnte, hier zu leben. Jedes Mal nahm ihn der Anblick des Doms aus dieser Perspektive besonders gefangen, und jedes Mal fiel es ihm schwer, sich davon zu lösen. Früher war er im Cabrio seiner Mutter manchmal eine ganze Stunde lang auf der Deutzer Brücke hin und her gefahren, nur um dieses Anblicks willen. Er seufzte. Die Fahrten gehörten in eine andere Zeit, und in diesem Moment nahm er sich vor, ein Revival zu starten. Mit Jana. Er würde ein Motorrad mieten und so oft mit ihr hin und her fahren, wie sie wollte. Ein leiser Seufzer kam über seine Lippen. Allerdings gab die Wetterprognose wenig Anlass zur Hoffnung, dass noch Tage trockener Hitze folgen würden. Tage, an denen die Luft flirrte, die Menschen matt, aber zufrieden waren, und die Kinder dankbar für das Wasser in den Brunnen der Stadt. Florian hatte plötzlich das Bild vor Augen, wie er und Jana nach der Motorradtour zusammen auf der *Schäl Sick* bei einem Cocktail den Sonnenuntergang genossen, vielleicht etwas Fisch aßen und so lange irgendwo am Rhein sitzen blieben, bis sie das helle Licht des Mondes schläfrig gemacht hatte und sie in seine oder ihre Wohnung zurückkehrten.

Seine Gedanken wurden vom Schimpfen des Taxifahrers unterbrochen, doch der gleichförmige Fluss von Vokalen und Konsonanten perlte schon bald an ihm ab. Hin und wieder murmelte er wie zur Bestätigung ein Ja oder Nein, und dem Taxifahrer schien dieses Mindestmaß an Aufmerksamkeit voll und ganz zu genügen. Den Ärger des Mannes, der sich hemmungslos über die ewigen Baustellen und vor allem über deren Unsinnigkeit ausließ, konnte er als ehemaliger Taxifahrer gut nachvollziehen, und er war froh, sein Geld mittlerweile auf andere Weise zu verdienen.

Die Nachricht seiner Mutter hatte ihn geschockt. Sam also sollte Sabrina umgebracht haben, der Mann, dem sie vor Jahren die Treue geschworen hatte, mit dem sie bis an das Ende ihrer Tage zusammen bleiben wollte, in guten wie in schlechten Zeiten. Florian runzelte die Stirn. Aber war er wirklich ihr Mörder? Seitdem er ihn besucht und mit ihm gesprochen hatte, hatte sich sein Bild von ihm zwar nicht voll und ganz, aber doch erheblich, geändert, und er würde alles daran setzen, herauszufinden, was hinter Sams Vermutungen steckte. Entweder hatte er ihn mit der Geschichte von der dunkelhaarigen Frau aufs Glatteis führen wollen, oder an seinen Überlegungen war etwas dran. Die Kripo jedenfalls hatte ihm keinen Glauben geschenkt, das war nun, nach seiner Verhaftung, offensichtlich.

Als Florian das Bahnhofsgebäude betrat, das aus einem historischen Kuppelbau mit zwei Seitenflügeln bestand, der erst 2008 aufwendig renoviert worden war, fühlte er sich sofort ein wenig ungemütlich. Noch immer waren Bauarbeiten im Gange, dennoch fehlte trotz der Rush-Hour im Vergleich zum Kölner Hauptbahnhof die rücksichtslose Hektik der Reisenden. Die meisten Menschen waren in Eile, aber es schien sich um eine disziplinierte Eile zu handeln, bei der ein jeder auf den anderen Rücksicht nahm. Außerdem war die Bahnhofshalle in ihren Maßen großzügig genug, um Platz für Hunderte von Menschen zu bieten.

Das als Turmbahnhof konzipierte Gebäude, in dem zwei Ebenen des Schienenverkehrs übereinander lagen, sollte um weitere Schienenanlagen erweitert werden. Ob die Bauarbeiten wie geplant im Jahr 2019 abgeschlossen sein würden, wagte Florian jedoch zu bezweifeln. Er seufzte. Wo er auch hinging, überall in Köln wurde gebaut. Selten reichte das Budget, und oft gab es Ärger zwischen dem Bauherrn und dem ausführenden Unternehmen oder dem Architekten, wie gerade in unerträglichem Ausmaß beim Bau der Kölner Moschee. Er öffnete die Tür des Restaurants *Deut-*

zer Bahnhof und entdeckte nach wenigen Sekunden Sylvia Gerlach, die an einem der kleinen Tische saß. Lächelnd ging er auf sie zu. Ihm fiel auf, dass die Kriminalkommissarin trotz der feuchtschwülen Luft erstaunlich frisch aussah. Ihre blonden Locken hatten Schwung, und ihre blauen Augen waren klar, als sie zu ihm hinübersah. Zu seiner Verwunderung trug sie einen eng anliegenden, dunkelblauen Rock mit weißer Bluse. Im ersten Moment war er irritiert, er hatte sie bislang nur in Hosen gesehen. Sie begrüßten sich kurz, und Florian bestellte für sie und sich selbst zwei doppelte Espressi und eine große Flasche Mineralwasser, wobei er mit einem kurzen Blick ihre gebräunten Beine scannte. Sie waren muskulös, dabei kompakt, zumal sie nicht besonders lang waren. Es schienen die Beine einer Sportlerin zu sein, und er überlegte, ob sie vielleicht Fußball spielte. Sylvia Gerlach berichtete, dass Sams Alibi geplatzt war wie eine Seifenblase. Der Freund, der es ihm verschafft hatte, hatte seine Aussage widerrufen, und so hatten sie Sam am gestrigen Abend noch festgenommen. »Er ist dringend des Mordes an seiner Frau verdächtig. Momentan verweigert er jede Aussage«, erklärte sie.

»Warum sagt er nicht, wo er wirklich gewesen ist? Welchen Grund gäbe es für ihn, zu schweigen?«

Die Kriminalkommissarin zuckte mit den Schultern.

»Wie geht es seiner Tochter?«, erkundigte Florian sich ein wenig aus Hilflosigkeit, weil er für Sams Verhalten keinen Erklärungsansatz hatte. Das Kind ist bestimmt völlig traumatisiert. Erst stirbt die Mutter, dann wird der Vater festgenommen.«

»Sabrinas Schwester kümmert sich um sie.« Sylvia Gerlach nahm einen Schluck Wasser und sah ihn an. »Für Luz ist das alles natürlich furchtbar.«

Sie schwiegen eine Weile, jeder hing seinen Gedanken nach, und Florian überlegte, wie gut die Kleine sich mit Sabrinas Schwester verstand. Irgendwann fragte er: »Haben Sie die Tatwaffe inzwischen gefunden?«

»Nein, auch nicht den Gegenstand, mit dem der Mörder ihr Gesicht zertrümmert hat.« Die Kriminalkommissarin strich sich eine Locke aus der Stirn. »Sam Delson lügt wie gedruckt. Wir haben es überprüft – Sie hatten recht – er war natürlich auch nach dem Verlust seiner Waffen zur Jagd gewesen. Wir denken, dass er die Waffen noch besitzt, dass der angebliche Verlust nichts weiter als ein Märchen ist. Das letzte Mal saß er vor einem halben Jahr auf dem Hochsitz, zusammen mit seinem Chef, Amerikaner wie er selbst.«

Florian strich sich über sein Kinn.

»Sein Chef, ein paar Kollegen und er waren zu einer Jagd oberhalb von Ahrbrück in der Eifel eingeladen. Wildschweine, Rehe, Hirsche, Hasen laufen da in rauen Mengen rum, es ist ein echtes Jagdparadies. Delson behauptet jetzt, den herbstlichen Jagdausflug komplett vergessen zu haben. Außerdem sagt er, er habe damals mit der Büchse eines Jagdfreundes geschossen, sie wurde ihm angeblich ebenso geklaut wie sein Revolver.« Sie holte tief Luft. »Der Freund ist leider tot. Hirntumor. Und sein Chef und die Kollegen können sich natürlich nicht daran erinnern, mit welcher Waffe er geschossen hat.«

»Was ist mit dem Gewehr des Freundes, das er angeblich ausgeliehen hat? Wo ist das?«

»Wir haben es beschlagnahmt und untersuchen es auf seine Fingerabdrücke. Wenn sie drauf sind, ist er wieder etwas glaubwürdiger … was aber noch lange nicht bedeutet, dass ihm seine eigenen Waffen tatsächlich gestohlen wurden. Vielleicht hat er den Tod seiner Frau weit im Vorfeld geplant und gleich beide Waffen, das Gewehr wie auch den Revolver, frühzeitig als gestohlen gemeldet.«

Florian bestellte noch eine weitere Flasche Mineralwasser, und Sylvia Gerlach sah ihn eindringlich an. »Sie waren erst vor zwei Tagen bei ihm zu Hause. Was haben Sie da gemacht? Sie waren zwei Stunden dort.« Sie machte eine kleine Pause. »Wir dachten, Sie wollen nichts mit ihm zu tun haben?«

Florian überlegte einen Augenblick, aber anstatt ihre Frage zu beantworten, stellte er eine Gegenfrage. »Sie haben ihn beschattet?«

»Ja.«

»Im Grunde will ich tatsächlich nichts mit ihm zu tun haben«, sagte er.

»Warum haben Sie ihn dann aufgesucht?«

»Weil ich inzwischen nicht mehr daran glaube, dass er Sabrina umgebracht hat.«

»Erklären Sie mir das.«

»Sam Delson weiß, dass vieles gegen ihn spricht. Seine Eifersucht, die Handgreiflichkeiten, die verschwundenen Waffen. Ihm war klar, dass Sie ihn verdächtigen.« Florian wunderte sich über sich selbst, er fand es irgendwie eigentümlich, wie vehement er ihn in Schutz nahm. Den Mann, um dessen willen er Sabrina verloren hatte.

Sylvia Gerlach lachte auf. »Du meine Güte, er lügt! Das liegt doch auf der Hand. Aber warum? Er weiß genau, dass es für seinen herbstlichen Jagdausflug jede Menge Zeugen gibt. Und warum hat er uns das falsche Alibi serviert? Wie passt das alles zusammen?«

Florian schüttelte den Kopf. »Ich weiß es nicht.«

»Wo war er an dem Abend, als Sabrina starb?«

»Auch das weiß ich nicht.« Er dachte an die Andeutungen, die Sam ihm gegenüber gemacht hatte, und er spürte eine leichte Übelkeit.

»Sehen Sie«, sagte Sylvia Gerlach mit Genugtuung und stützte den Kopf in ihre Hände. »Aber da ist noch etwas, was mich wundert.«

»Ja?«

»Der Mann ist Anwalt, er müsste doch eigentlich wissen, dass man mit Lügen und Schweigen nicht weiterkommt.«

Florian beugte sich vor und griff nach einem Bierdeckel, den er zwischen den Fingern hin und her drehte.

»Dass er schweigt, spricht meines Erachtens für seine Unschuld. Wäre er schuldig, würde er versuchen, Ihnen weitere Lügen aufzutischen.«

Verblüfft sah ihn die Kriminalkommissarin an. »Nein. Er spürt, dass die Schlinge um seinen Hals immer enger wird. Er weiß, dass nur noch ein anderer Anwalt ihn da rausholen kann. Jedes weitere Wort könnte ihn unnötig belasten.«

Florian starrte auf seine mittlerweile leere Espressotasse, der Duft des Kaffees hing jedoch noch immer in der Luft. »Denken Sie doch noch einmal in Ruhe über meine Version nach«, sagte er vorsichtig und fügte hinzu: »Zu vieles deutet auf ihn als Mörder hin. Als würde … als würde ihn jemand reinlegen wollen.«

»Hm.«

»Sind Sie seinem Hinweis von der dunkelhäutigen Frau nachgegangen, die sich angeblich auf seinem Grundstück herumgetrieben hat?«

»Selbstverständlich, aber vermutlich ist auch sie nur ein Hirngespinst. Seit seiner ersten Aussage observieren wir das Anwesen, aber eine dunkelhaarige Frau haben unsere Leute bis heute nicht gesehen.« Sylvia Gerlach sah ihn an und lächelte spöttisch: »Das Phantom aus der Kirchberger Straße … aber vielleicht erscheint es ja noch.« Sie rutschte auf ihrem Stuhl hin und her und wechselte die Position ihrer Beine, die sie nun, statt sie wie zuvor übereinander zu schlagen, nebeneinander auf den Boden stellte. Energisch strich sie über ihren Rock. »Es haben sich inzwischen einige Leute bei uns gemeldet, die Sabrina Delson am Tag ihres Todes gesehen haben wollen.« Ihre Stimme klang, als wäre sie erleichtert darüber, dass ihre Arbeit endlich die ersten Früchte trug. »Sabrina war um die Mittagszeit shoppen, in ein paar Boutiquen in der Ehrenstraße. Allein. Aber jetzt kommt es: Eine weitere Zeugin, eine Lehrerin, hat sie einen Tag bevor sie starb in der Nachmittagsvorstellung im Zirkus gesehen. Sie ist absolut sicher.«

»Das hört sich nach einem brauchbaren Hinweis an.«

Die Kriminalkommissarin nickte. »Sie sagte, Sabrina sei in Begleitung eines etwa 45- bis 55-Jährigen gewesen.«

Florian beugte sich noch ein Stückchen weiter vor. »Wissen Sie, wer es war?«

»Nein. Die Lehrerin hat nur sein Profil gesehen. Sie hat ihn als mittelgroß beschrieben, seine Haarfarbe als mittelblond. Keine markanten Merkmale.«

»Kann es Sam gewesen sein?«

Sie schüttelte den Kopf. »Er war zu dieser Zeit im Büro. Dafür gibt es mehrere Zeugen. Wir befragen gerade die Zirkusmitarbeiter, vielleicht kann sich jemand an die beiden erinnern.«

Florian hielt die Wahrscheinlichkeit für gering. Vor ihrem Tisch schlenderte eine dunkelhäutige Frau mit drei kleinen Kindern im Schlepptau vorbei, und plötzlich hatte er Luz vor Augen. Was sie in diesem Augenblick wohl machte? Spielte sie, lachte sie, weinte sie? Wie viel von Sabrinas Tod ließ sie an sich heran, und wie viel von Tod und Sterben begriff sie?

»Wenn *Sie* irgendetwas Neues in Erfahrung bringen sollten, sagen Sie es mir bitte«, raunte Sylvia Gerlach, und er wunderte sich darüber, dass sie so leise sprach. Aufmerksam sah er sie an, und er bemerkte, dass ihre Mundwinkel verräterisch zuckten.

»Ist irgendetwas nicht in Ordnung mit Ihnen?«, fragte er überrascht.

»Es ist nur … ich … ach nichts«, sagte sie. Ihre Stimme klang wieder fester.

»Stehen Sie unter Druck?«

Sie senkte den Kopf, dann hob sie ihn wieder und sah ihm direkt in die Augen. »Wenn ich bei diesem Fall nicht punkte, wird Rössner mich abschießen.«

»Das heißt?«

»Eine Beförderung ist auf absehbare Zeit ausgeschlossen.« Sie biss sich auf die Lippen. »Ich wäre Ihnen dankbar, wenn Sie mir alles, was Sie herausfinden, mitteilen würden. Im Gegenzug halte ich Sie auf dem Laufenden. Wie finden Sie das?«

Florian bestellte die Rechnung, zog einen Schein aus der Hose, sah sie an und sagte: »Ich bin einverstanden.«

MITTWOCH, 13. JULI, ABENDS

In Florians bevorzugter Kölschkneipe, der *Schreckenskammer* neben der St. Ursula Kirche, herrschte um diese Zeit noch relativ wenig Betrieb. Die meisten Gäste trafen erst zwischen 19 und 20 Uhr ein, sie aber waren eine Stunde früher dran, und Florian empfand die Ruhe nach der Hektik im Büro als äußerst wohltuend. Jana, Eddie und er hatten an der Längsseite des Lokals einen der Holztische besetzt, und als Bruno, der hier schon seit Ewigkeiten arbeitete und mehr oder weniger zum Inventar zählte, zu ihnen an den Tisch kam und so liebevoll, wie es nur Köbesse vermögen, drei weitere Kölsch vor sie hin knallte, lächelte er dankbar. Er setzte das Glas an und nahm einen tiefen Schluck.

»Und? Hast du den Rentner zu Hause angetroffen?« Jana sah ihn erwartungsvoll an. Am Morgen hatte sie Florian die Adresse, die sie auf der Festplatte von Rössners PC entdeckt hatte, zugesteckt.

Er nickte. »Hamacher war zu Hause und hat mich ohne zu zögern in seine Wohnung gelassen. Ein alter Mann, der sich über jede Abwechslung freut. Seine Frau lebt nicht mehr. In jeder Ecke der Wohnung riecht es nach Einsamkeit, schal und muffig. Wenigstens hat er einen Hund.«

Florian musste an Zicke denken, die immer noch nicht wieder aufgetaucht war, inzwischen hatte er die Hoffnung beinahe aufgegeben, sie wiederzufinden. Nicht nur die Zettel, die er verteilt hatte, auch die Mails an die Tierarztpraxen in ganz Köln waren ohne Resonanz geblieben.

»Hast du etwas anderes aus ihm heraus bekommen als das, was er sowieso schon der Polizei gesagt hat?«, fragte Eddie Klump, Florians Freund vom *Kölner Blick*, mit einem wissenden Seitenblick auf Jana. »Du wirst dich wundern.« Florian grinste.

Die Tür ging auf, und fröhlich lärmend fiel eine Gruppe von Frauen ein, die sich unter viel Gelächter an einem der Tische im offenen Nebenraum niederließ. Als sich der Aufruhr etwas beruhigt hatte, begann Florian: »Fassen wir die Ausgangssituation noch einmal kurz zusammen: Am 29. Juni, ungefähr gegen 17 Uhr, ging ein Anruf bei der Kripo ein. Hamachers Hund hatte Sabrina am *Decksteiner Weiher* hinter hohem Gebüsch und Brombeerhecken aufgestöbert, oder besser gesagt ihren Schuh. Der Hund hat den Schuh apportiert und anschließend sein Herrchen zur Leiche geführt, der sofort zu seinem Handy greift und die Polizei verständigt. So hat er es jedenfalls behauptet.«

Florian sah die beiden an. »Ich habe mich allerdings gefragt, was er danach, also in der Zeit zwischen seinem Telefonanruf und dem Eintreffen der Kripo, gemacht hat. Er muss ungefähr 10-15 Minuten allein gewesen sein.«

Eddie betrachtete ihn neugierig. Groß und blass saß er am Tisch. Seine rechteckige Brille, die einen dicken schwarzen Rahmen hatte, ließ seine Haut beinahe gräulich aussehen. Florian kannte ihn seit einigen Jahren, doch selten hatte er Eddie so müde gesehen.

»Ich habe zwei Nächte durchgearbeitet und tagsüber kaum geschlafen«, erklärte er, so als habe er Florians Gedanken gelesen. Auch seine Stimme war nicht so kräftig wie gewohnt.

»Hamacher sagt, er habe sich auf einen Baumstamm gesetzt und sei dort sitzen geblieben, bis die Polizei eintraf.« Florian sah von Eddie zu Jana: »Das stimmt aber nicht.«

»Sondern?«, fragte Eddie.

»Er hat unter einem Busch Sabrinas Handtasche entdeckt. Sie war geöffnet.«

»Und?«

»Hamacher hat ihr Portemonnaie an sich genommen und es eingesteckt, als er festgestellt hat, dass eine Menge Geld drin war.«

Florian griff zu seiner ledernen, bordeauxroten Aktentasche, einem Geschenk seiner Mutter, und griff hinein. »Und nun ratet einmal, was ich euch mitgebracht habe.«

»Das Portemonnaie natürlich«, spottete Eddie. Seine und Janas Augen folgten seiner Hand, die eine dunkelblaue Geldbörse auf den Tisch legte.

»Es waren exakt 388 Euro und 75 Cent drin. Der Alte hat sich eine Woche Türkeiurlaub All Inclusive davon gegönnt.«

»Hat er richtig gemacht «, sagte Jana. Sie und Eddie grinsten sich an.

»Ist er schon weg?«, wollte Eddie wissen, und Florian ahnte warum.

Er sah auf die Uhr. »Er ist vor einer halben Stunde gestartet.«

»Warum verdammt noch einmal hat er dir das alles erzählt? Fand er dich so nett?« Eddie sah ihn so erstaunt wie ungläubig an.

»Vermutlich. Bin ich ja schließlich auch, oder?«

Jana und Eddie lachten. »Da kommt der Halstaff vorbei spaziert und wickelt nach allen Regeln der Kunst einen alten Mann um den Finger. Aber sag schon, wie hast du es angestellt, dass er dir das alles verraten hat?«

»Wir haben halt ein bisschen geplaudert«, erklärte Florian und lehnte sich mit zufriedenem Gesichtsausdruck auf seinem Stuhl zurück. »Ich hatte einen Sixpack und eine Flasche Malt Whisky dabei.«

»Billiger Trick.« Eddie lachte und Florian hatte den Eindruck, dass seine Gesichtsfarbe inzwischen etwas rosiger geworden war.

»Nach der dritten Flasche Kölsch und zwei Whiskeys wurde er immer gesprächiger«, erklärte Florian.

»So einfach war das?«, fragte Jana.

Er nickte. »Der Mann lebt in ärmlichen Verhältnissen, das war nicht zu übersehen, und er ist einsam. Gute Voraussetzungen also. Erst hat er mir Fotos von seiner Frau gezeigt, dann ein paar Kunststücke, die er seinem Hund beigebracht hat. Wenn er *Peng* sagt, dreht der Hund sich um sich selbst und dann fällt er um, so als ob er tot wäre.«

Sie lachten. »Da hat der alte Mann doch Beschäftigung«, sagte Jana.

Florian nickte. »Als ich in seinem abgewetzten Sessel vor ihm saß, und er mir nach dem vierten Kölsch mit glänzenden Augen von der Woche Türkeiurlaub erzählte, habe ich mich mit ihm gefreut. Und dann habe ich angefangen zu pokern. Ich meine, ich habe meiner Intuition vertraut und ihm auf den Kopf zugesagt, dass er ihr Portemonnaie geklaut hat.«

»Und?«

»Er war so überrascht, dass er zu stottern anfing. Beim nächsten Whiskey hat er es dann zugegeben.«

Eddie grinste breit. »Glückwunsch. Vielleicht solltest du einmal darüber nachdenken, von *Profi Entertainment* zum *Kölner Blick* zu wechseln«, schlug er vor.

Die Tür öffnete sich erneut, der Gastraum füllte sich, und das Stimmengewirr um sie herum wurde immer lauter. Die Köbesse wuselten von Tisch zu Tisch, und Florian begann, sich immer wohler zu fühlen und sich zu entspannen. »Bevor ich zum *Kölner Blick* wechsle, kommst *du* erst einmal zu uns in die Sendung. Da wartet immer noch ein weicher Platz auf der Couch auf dich.«

»Nichts lieber als das, aber wer's glaubt, wird selig«, erwiderte Eddie.

Sie beide wussten, dass es schwierig war, ihn als Talkgast in der Sendung zu platzieren. Der Chef der journalistischen Unterhaltung beim Sender, Hermann Barrick, hatte etwas gegen Boulevardjournalisten, und ganz besonders hatte er etwas gegen Eddie Klump. Florian hatte inzwischen längst begriffen, dass Barrick mit jedem, der nicht seiner Meinung war, Probleme hatte. Seit er und Eddie einmal auf einer After-Show Party, zu der Florian Eddie eingeladen hatte, eine heftige Diskussion über Sinn und Unsinn von GEZ-Gebühren geführt hatten, und Eddie für deren radikale Abschaffung plädiert hatte, galt er in Barricks Augen als Feind des öffentlich-rechtlichen Fernsehens. Wann immer die Sprache auf ihn kam, schimpfte er ihn einen ›Schmierfinkjournalisten‹. Florian würde es dennoch weiter probieren, ihn in der Sendung zu platzieren. Steter Tropfen höhlt den Stein, sagte er sich, und wenn Eddie inhaltlich etwas Außergewöhnliches zu bieten hatte, kam er vielleicht auch irgendwann aufs Sofa. So wie Eddie ihm schon oft bei der Recherche geholfen hatte, so würde er auch ihm helfen, seine Bekanntheit zu erhöhen. Sie lebten in Köln, und da wäscht schließlich eine Hand die andere.

»Ich musste Hamacher versprechen, niemandem etwas davon zu sagen …« In diesem Moment schlich sich auch der Gedanke an das Versprechen, das er Sylvia Gerlach gegeben hatte, in seinen Kopf.

»Behaltet das mit dem Portemonnaie bitte für euch, ja?« Bei diesen Worten sah er ausschließlich Eddie an, und der nickte.

»Ist das nicht Unterschlagung von ermittlungsrelevantem Material? Und auch Diebstahl?«, wollte Jana wissen.

»Na klar, aber wir werden Hamacher nicht bei der Polizei anschwärzen. Soll er sich doch eine schöne Woche machen.«

Jana und Eddie nickten.

»Da war doch nicht nur Geld im Portemonnaie?«, hakte Eddie nach und starrte auf das lederne Teil, das mitten auf dem Tisch lag.

In diesem Moment knallte der Köbes drei weitere Kölsch auf den Tisch, und Florian nahm sich vor, auf sein Glas, wenn er es geleert hatte, einen Bierdeckel zu setzen, als Zeichen dafür, dass er keinen Nachschub mehr wollte. Er merkte, dass er hungrig war und bestellte einen halven Hahn, Roggenbrötchen mit mittelaltem Gouda. Jana wollte Rievkoche haben, und Eddie entschied sich für Himmel un Äd, das kölsche Gericht aus Stampfkartoffeln und Apfelmus, serviert mit Röstzwiebeln und Blutwurst.

»Jetzt sag endlich, was außerdem noch im Portemonnaie war«, forderte Jana Florian auf, nachdem der Köbes sich entfernt hatte. Er nahm das Portemonnaie zur Hand, klappte es auf und zog diverse Dinge hervor. Ein Passfoto von Luz, auf dem sie eine rote Schleife im Haar trug, und mehrere Zettel. Er faltete den ersten auseinander. »Eine Einkaufsliste«, sagte er. Er faltete den zweiten Zettel auseinander. »Eine Benzinquittung«, er legte sie zu dem anderen Zettel auf den Tisch, »… und jetzt kommt was Interessantes.« Er faltete den dritten und letzten Zettel auseinander, der größer und abgegriffener als die anderen war.

Jana und Eddie starrten ihn an.

»Eine Quittung aus einem Frauensexshop«, erklärte er.

»Wow … naja, eigentlich ja nichts Besonderes«, sagte Jana langsam.

»Im Grunde nicht«, erwiderte Florian. »Wenn nicht die Dinge, die sie gekauft hätte, erklären könnten, woher die Blutergüsse an ihren Unterarmen stammen.«

»Handfesseln?«, wollte Eddie wissen.

»Genau.« Florian nickte.

»Dann können wir davon ausgehen, dass sie und ihr Lover Lust an Sadomasospielchen hatten«, schlussfolgerte Eddie und nahm einen großen Schluck Kölsch.

»Vermutlich.«

»Sabrinas Mann neigte zu Jähzorn«, sagte Jana. »Aber ich glaube nicht, dass sie diese Art von Sexspielzeug gekauft hat, um ihm damit eine Freude zu machen.«

»Warum glaubst du das nicht?« Florian sah sie interessiert an.

»Weil man für solche Spiele Vertrauen zueinander braucht, und ich denke, das hatte sie längst verloren.«

DONNERSTAG, 14. JULI, NACHMITTAGS

Er rieb die Hände aneinander. Die Handschuhe, die er trug, waren vom Staub und dem Schmutz unter dem Verschlag schwarz geworden. Entschlossen streifte er die Latexteile ab, das Quietschen und Knirschen des Materials verrieten die Anstrengung, die es ihn kostete, sich der eng an seiner Haut klebenden Dinger zu entledigen. Als er sie endlich abgestreift und in die Hosentasche gestopft hatte, blieb sein Blick an seinen Fingern hängen. Sie waren unter der Enge des Gummis käsig und schrumpelig geworden, und plötzlich hatte er den Eindruck, sie gehörten nicht zu ihm. Es waren die Finger eines Fremden, die sich selbständig gemacht hatten. Losgelöst von seinem Körper und seinem Ich hatten sie eine Arbeit verrichtet, von der er bislang nicht einmal ahnte, dass er überhaupt dazu in der Lage war, denn er besaß weder eine besondere handwerkliche Begabung noch die entsprechende Übung. Was das anging, konnte er gerade einmal ein paar Nägel in die Wand schlagen, ein verstopftes Rohr öffnen, das Flusensieb unter der Waschmaschine lösen oder eine Lampe anbringen. Er war ein handwerklicher Dilettant, und dass er diese Sache hier hinbekommen hatte, war nur der ausführlichen Beschreibung eines Mannes mit dem Decknamen *DEVIL* zu verdanken, die er nach intensiver Suche im Internet gefunden hatte. Ein zynisches Lächeln glitt über sein Gesicht. In ihm schlummerten verborgene Talente, und vielleicht sollte er sie eines Tages zu seinem Hobby machen.

Ein letztes Mal sah er sich in dem Raum, in dem sie

wohnte, um. Zwei Betten, kojenartig übereinander angeordnet, eine Kochnische, ein Ecktisch mit blau-weiß gepolsterter Eckbank, ein Wandschrank. Mehr nicht. Er öffnete den Schrank und durchwühlte die Kleider, doch alles, was ihm in die Hand fiel, erschien ihm uninteressant. Röcke, Hemden und Unterhosen ohne jeglichen Sexappeal. Rosa Synthetik mit billigen weißen Spitzen daran. Ihn schauderte. Es war minderwertiges Zeug, so minderwertig wie die Trägerin. Schnell legte er es wieder zurück in den Schrank, als habe er Angst, sich mit anhaftenden Bakterien zu infizieren.

In dem hölzernen Kasten, auf dem ein kleiner Ball lag, fand er ein paar vergilbte Fotos. Eines zeigte sie und ihre Familie vor einer ärmlichen Lehmhütte, ein anderes ein Riesenrad auf einem staubigen Dorfplatz, umringt von dreckigen Kindern. Ein drittes zeigte einen alten Jongleur, dessen faltiges Gesicht in die Kamera lächelte. Auf dem vierten Foto war ein Geistlicher inmitten von Kranken und Gebrechlichen zu sehen, die in Reih und Glied vor sich hinsiechend auf ihren Betten lagen. Er legte die Fotos in die Kiste zurück und straffte sich. Gut, dass er mit diesem Elend nichts zu tun hatte. Gut, dass er hier, auf der anderen Seite der Erdkugel, geboren war.

Seufzend drehte er seine Hände hin und her und betrachtete sie. Es war ein Jammer, dass sie tun mussten, was sie schon einmal getan hatten. Während er sie anstarrte, spürte er eine Distanz zu ihnen, die ihn erschreckte.

Vor zwei Wochen war sein Leben noch völlig normal gewesen, nichts hatte darauf hingedeutet, dass es einmal so aus den Fugen geraten könnte. Er schloss die Augen und stand still, denn er fühlte sich erschöpft und unendlich müde. Unter die Müdigkeit mischte sich Angst, und unter der Angst lauerte Hass. Er wusste, dass er auch sie umbringen musste. Wenn er es nicht tat, würde sein Leben zusammenfallen wie ein Kartenhaus. Er musste ihre Aktivitäten stoppen. Er hatte keine andere Wahl und er würde dabei auf seine Intelligenz vertrauen. Tief sog er die Luft bis hinunter in die Lungenspitzen.

Sie war selber schuld, genau wie Sabrina. Warum musste sie hier auftauchen und sich in Dinge einmischen, die sie nichts angingen? Vor einigen Tagen war sie in sein Büro spaziert und hatte sich erkundigt, aber seine Sekretärin hatte sie nicht vorgelassen. Sie war hartnäckig gewesen und hatte eine Szene gemacht, und als das nicht half, hatte sie damit gedroht, sich nicht vom Fleck zu rühren bis irgendwann jemand käme. Erst, als seine Sekretärin zum Telefonhörer gegriffen hatte, um die Polizei zu verständigen, war sie endlich verschwunden. Er kniff die Augen zusammen. Er war ihr gefolgt und seit einigen Tagen beobachtete er sie. Er wusste genau, was sie von ihm wollte, er konnte es förmlich riechen.

Vorsichtig schloss er die Tür hinter sich, dann sah er sich in alle Richtungen um und holte tief Luft. Niemand schien ihn bemerkt zu haben. Zwischen Wohnwagen hindurch entfernte er sich vom Gelände, und während er wie ein ganz normaler Besucher davon schlenderte, ging ihm durch den Kopf, dass zwei Dinge sonnenklar waren: Erstens, sie hatte sich verkalkuliert, und zweitens, ihre Dummheit würde sie ihr Leben kosten.

DONNERSTAG, 14. JULI, KURZ VOR MITTERNACHT

Die Luft war schwer und hatte auch am Abend kaum Abkühlung gebracht. Nicht einmal der Wind, der leise mit den Blättern der Büsche und Bäume spielte, ließ die Menschen aufatmen. Sie hockten vor den Bars und Cafés und ignorierten die Nacht, denn draußen war es erträglicher als in den Häusern. Sie lachten und tranken, sie stritten und küssten sich, während das silberne Licht des Vollmonds über ihnen und den Dächern der Stadt glänzte.

Nur Dele fror trotz der Hitze. Sie zitterte so sehr, dass ihre Gliedmaßen zuckten und sich zu verselbständigen schienen. Ihre Zähne klapperten, und ihr normalerweise olivfarbener Teint hatte von einer Sekunde zur anderen die Farbe verloren. Gino griff nach einer Decke, die er aus dem oberen Fach des Wandschranks in seinem Wohnwagen zog. Behutsam legte er sie ihr um die Schultern. Er wollte wissen, ob er ihr einen Tee zubereiten sollte, aber sie sah mit ausdruckslosem Blick an ihm vorbei.

»Ist sie …?«, fragte Dele, und die Worte fielen aus ihrem Mund wie Steine.

»Ja.« Gino schluckte. »Pippa ist tot.«

Aus Deles Augen rollten Tränen. Erst eine, dann zwei, dann unaufhaltsam immer mehr, und sie machte keine Anstalten, sie abzuwischen.

Die Bilder reihten sich aneinander zu einem langen Schock. Ein Löschzug der Feuerwehr, der mit Blaulicht an ihnen vorbeiraste. Ein Rettungswagen mit Martinshorn, der mit halsbrecherischer Geschwindigkeit folgte. Polizeiwagen, die aus allen Richtungen zu kommen schienen. Sie und Gino, sich in Sicherheit wähnend, die Weingläser fest in der Hand, mit erschrockenem Blick, nicht ahnend, dass die Autos zum Zirkus fuhren. Nicht wissend, dass das Unglück sie unmittelbar betraf, dass der Wohnwagen, in dem Dele lebte, explodiert war.

Dele schloss die Augen. Jetzt sah sie einen Arzt und die Sanitäter, die sich über jemanden beugten, von dem sie wusste, dass es Pippa war. Verzerrte Gesichter hinter Flammen. Hektische Bewegungen. Leise Befehle.

Zum ersten Mal, seit Gino sie umwarb, hatte sie seinem Drängen nachgegeben und war mit ihm ausgegangen, und diese Entscheidung hatte ihr Leben gerettet.

Nach der Abendvorstellung waren sie losgezogen, Pippa hatte ihr noch einen verschwörerischen Blick zugeworfen und ihnen hinterher gewunken. Dennoch hatte sie die Aussicht, allein im Wohnwagen zurückzubleiben, allein für sich zu kochen und allein zu essen, verdrossen.

Dele und Gino hatten sich zusammen auf den Weg zur Pizzeria um die Ecke gemacht. Dort hatten sie im Mondlicht bei Kerzenschein vor der Tür gesessen, Spaghetti und Oliven und Garnelen gegessen, und Dele hatte seit langem wieder einen Hauch von Unbeschwertheit gespürt. Sie hatte ihm von ihrer Familie und von ihren Geschwistern erzählt, und als er sie danach gefragt hatte, wann und wo sie jonglieren lernte, hatte sie ihm von dem alten Mann und dem Wanderzirkus in Cobán erzählt. Ihre Augen hatten zu strahlen begonnen, und Gino hatte ihr Komplimente gemacht. Ihre Augen seien so schön wie die Nacht, hatte er gesagt, und dass sie Ohren habe wie die Gehäuse von Sumpfdeckelschnecken. Die habe er wie andere Schnecken als Kind gesammelt, aber die Sumpfdeckelschnecken seien die schönsten. Seine Worte hatten in der Luft geschwebt wie Ballons, und Dele hatte nicht gewagt, etwas zu sagen, aus Angst, sie könnten davonfliegen oder zerplatzen. Unter seinen Augen hatte ihr Körper gebrannt, und sie hatte seine Seele gespürt wie die Haut eines nahen Freundes. Als er sich danach erkundigt hatte, wer das kleine Mädchen gewesen sei, mit dem sie in letzter Zeit häufiger im Zirkus aufgetaucht war, hatte der Zauber jedoch einen Riss bekommen und sie hatte schnell das Thema gewechselt. »Irgendwann werde ich es dir erzählen, nicht jetzt«, hatte sie gemurmelt und lange in die Sterne geschaut.

Er stammte aus der Maremma, aus einer Familie von Jongleuren. Seit er denken konnte, war er mit ihnen im Zirkus durch Europa getourt, nur im Winter hatten sie Station zu Hause auf dem Land gemacht, wo sein Vater und sein Onkel einen großen Hof besaßen. Der Bruder des Vaters züchtete die berühmten Rinder, als Einziger hatte er nie in der Manege gestanden, und wenn Ginos Familie im Winter nach Hause kam, besprachen die Brüder die Geschäfte und schmiedeten Pläne für die Zucht des nächsten Jahres.

Gino war jung, Mitte 20 erst, der jüngste von den fünf Geschwistern, und nach langen Diskussionen und vielen Gesprächen hatte ihn seine Familie endlich ziehen lassen. Er hatte sich und ihnen beweisen wollen, dass er es als Jongleur allein schaffen konnte, und so hatte er sich zum ersten Mal in seinem Leben von den Menschen getrennt, die ihm alles bedeuteten.

Jetzt stellte Gino eine Tasse mit heißem Pfefferminztee auf den Tisch, und Dele wickelte die Decke enger um sich herum. Mit beiden Händen griff sie vorsichtig nach dem Gefäß. Ihr Zittern hatte etwas nachgelassen, doch es war noch immer nicht ganz verschwunden. Vorsichtig, darauf bedacht, dass nichts überschwappte, nahm sie einen Schluck und sah ihn dankbar an.

»Es war eine Gasexplosion«, sagte Gino und setzte sich ihr gegenüber an den Tisch.

Dele strich sich eine Strähne ihres langen schwarzen Haars aus dem Gesicht. »Wie konnte das passieren?« Sie merkte, dass erneut Tränen aus ihren Augen flossen, und wie zuvor wischte sie sie nicht weg. Gino zog ein Taschentuch aus seiner Hosentasche und reichte es ihr. »Du hast wahnsinniges Glück gehabt«, sagte er.

Sie nickte, griff nach dem Kreuz, das sie wie die Armbanduhr im Brustbeutel immer bei sich trug, und spürte, wie es ihr Kraft und Halt gab. Einen Moment verharrten ihre Finger auf dem hölzernen Stück, dann zog sie den Beutel unter ihrem Kleid hervor und öffnete ihn. Das Kreuz schimmerte ihr matt entgegen, und die Armbanduhr glitzerte. Dele schloss die Augen. Ein Seufzer kam über ihre Lippen, und wieder schämte sie sich. Pippa hatte ihr Leben verloren, und sie saß hier und fürchtete um ihre Existenz. Sie schnaubte in das Taschentuch und lehnte den Kopf an die Wand des Wohnwagens. »Wenn ich heute nicht mit dir ausgegangen wäre …«

»… würdest du jetzt wie Pippa tot vor dem Wohnwagen liegen«, vollendete Gino den Satz und stützte den Kopf in beide Hände. Auf seinen braunen Augen lag ein milchiger Film. Völlig unerwartet sprang er auf. »Vielleicht ist auch hier die Gasflasche falsch montiert …« Er trat die Tür des Verschlags auf, hinter dem sich die Gasflasche befand. Alle Zirkuswagen waren damit ausgerüstet. Rasch überprüfte er den Verschluss samt Schlauch.

»Und?«, fragte Dele erschöpft.

»Alles in Ordnung«, antwortete er, und seiner Stimme war die Erleichterung anzumerken. »Ich drehe den Hahn aber besser ab.« Nach einem Moment setzte er sich wieder. Gino versuchte ein Lächeln, und Dele sah ihn an. »Meinst du, sie war auf der Stelle tot?«

»Als die Flasche explodierte?«

Sie nickte.

»Ich glaube schon.«

Sie faltete die Hände und sprach ein stummes Gebet, und er stellte eine Kerze auf den Tisch. Irgendwann murmelte er: »Schlaf bei mir heute Nacht.«

Dele dachte nach. Hatte sie eine Alternative? Es war ausgeschlossen, dass sie sich beim Zirkusdirektor meldete und um Zuweisung in einen anderen Wohnwagen bat, jetzt, nachdem die Polizei dagewesen war. »Danke«, sagte sie schließlich, und Gino verharrte reglos, die Augen auf den Tisch gerichtet. Er war froh, das Privileg zu haben, allein in einem Wohnwagen zu schlafen, er hatte es als Vertragsbestandteil ausgehandelt. »Es gibt zwei Betten hier«, sagte er nach einer Weile und deutete mit dem Kopf zur gegenüberliegenden Wand, wo Stockbetten angebracht waren.

»Gut.« Dele schloss die Augen und wünschte sich, dies alles wäre nur ein böser Traum. Irgendwann sagte sie: »Ich muss mich verstecken.«

»Warum?« Verständnislos sah er sie an.

»Die Polizei wird mit mir über Pippa sprechen wollen, ich habe schließlich mit ihr zusammen gewohnt.«

»Na und?«

Dele senkte den Kopf.

»Was ist los? Wo ist das Problem?«

Leise sagte sie: »Ich habe keine Arbeitserlaubnis. Die, die ich vorgelegt habe, ist gefälscht.«

FREITAG, 15. JULI, MITTAGS

Gasexplosion in Zirkuswagen fordert ein Todesopfer lautete die Schlagzeile im *Kölner Blick*. Ein Foto des zerstörten Wohnwagens offenbarte das ganze Ausmaß des Unglücks. Im Artikel hieß es, dass die Tote, eine 28jährige Spanierin namens Pippa Gonzales, bei *Roncalli* als ›Mädchen für alles‹ gearbeitet habe. Möglicherweise sei die Explosion nicht auf ein Unglück zurückzuführen, sondern durch die absichtliche Manipulation einer Gasflasche erfolgt, was bedeuten würde, dass es sich um einen Mord handele. Die Mitbewohnerin des Todesopfers, Dele Sanchi, eine junge Frau aus Guatemala, eine Indigene, sei seit dem Unglückstag verschwunden und werde gesucht. Sachdienliche Hinweise an die Kölner Polizei wurden erbeten.

Florian legte die Zeitung aus der Hand und lehnte sich weit in seinem Bürostuhl zurück. Guatemala. Das Land der Bäume in Zentralamerika, im Süden der Halbinsel Yucatan, das er vor wenigen Jahren bereist hatte. Dessen riesige Maya-Tempel in Tikal ihn nachhaltig beeindruckt hatten, Pyramiden, die die Baumwipfel des endlos wirkenden Regenwaldes überragten. Die geheimnisvolle Atmosphäre dort, der Hauch einer fossil anmutenden Geschichte, der ihn auf Schritt und Tritt angeweht hatte und auf jeder Treppenstufe spürbar gewesen war. Florian dachte daran, dass in Guatemala mehr als 30 Jahre lang bis 1996 Bürgerkrieg geherrscht hatte, der Hunderttausende von Menschen das Leben kostete, und während dessen die Nachfahren der Mayas, Indigenas genannt, von der Militärdiktatur durch flächendeckende Bombardements so nachhaltig bekämpft worden waren, dass es einem Genozid gleichkam.

Florian sah aus dem Fenster. Was hatte die Guatemaltekin nach Köln verschlagen? Wieso und mit welchen Mitteln war sie ausgerechnet hierher gekommen?

Der überwiegende Teil der indigenen Bevölkerung war, soweit er wusste, nicht nur arm, sondern auch ungebildet. Mehr als 50 % von ihnen waren Analphabeten. Zur Eigenversorgung bauten sie auf kleinen Parzellen Mais oder Bohnen an oder schufteten für einen Hungerlohn auf den Fincas der Großgrundbesitzer. Florian sah mit leerem Blick aus dem Fenster, das weit geöffnet war und durch das lautes Hupen hereindrang. Plötzlich wusste er, was es war, das ihn seit Sabrinas Trauerfeier unbewusst beschäftigt hatte. Es war die Frage nach Luz' Herkunft, noch immer hatte er nicht in Erfahrung gebracht, woher sie stammte. Weder bei seiner Mutter noch bei Sam. Aber ihre Züge erinnerten ihn an jene der Kinder aus dem guatemaltekischen Hochland.

Im *Le Moisonnier* waren alle Tische besetzt. Florian ließ seine Blicke im Raum umherschweifen, doch seine Mutter und sein Vater waren noch nicht da, was ihn nicht sehr verwunderte. Er sah auf die Uhr. Unter einer Viertelstunde Verspätung war mit Marie-Louise nicht zu rechnen, sie war prinzipiell unpünktlich.

Der Inhaber begrüßte ihn und Jana lächelnd mit einer leichten Verbeugung und führte sie zu ihrem Tisch unmittelbar am Fenster. Florian bestellte für sie beide als Aperitif einen *Suze* mit Tonicwater, und nachdem er serviert worden war, nahm er einen großen Schluck. Das Getränk erfrischte ihn sofort, der bittersüße Geschmack des Enzians legte sich auf seine Zunge und versöhnte ihn augenblicklich mit dem Leben. Es war nicht mehr bleiern und zäh wie in den vergangenen Tagen, sondern bekam eine unerwartet beschwingte Note, nicht zuletzt, weil er vormittags in der Redaktion einen kleinen Sieg über Curt errungen hatte.

»Cheers.« Florian hob sein Glas. »Eins zu Null für mich.«

»Inwiefern?« Jana sah ihn fragend an.

»Regine ist auf meiner Seite.«

»Verstehe ich nicht.«

»Wir hatten vorhin Redaktionssitzung für *Eliteschulen in Deutschland*, und als ich vorschlug, einen Neurobiologen in der Sendung zu platzieren, hat Curt wie erwartet sofort versucht, dagegen zu argumentieren. Allerdings erfolglos.« Florian grinste zufrieden. »Regine hat ihm zu verstehen gegeben, dass der Neurobiologe uns als Gesprächspartner durchaus nützen kann, für das bessere Verständnis kognitiver Prozesse ...« Er sah zur Tür, herein wehte ein Luftzug und mit ihm seine Mutter. Augenblicklich verbreitete sich ein Hauch von Glamour im Restaurant, denn ihre Erscheinung war wie immer exquisit. Die mit floralen Mustern bedruckte Sommerbluse, die sie über einer weißen Hose trug, umflatterte ihren schmalen Körper, und die grazile Bewegung ihrer Hand, die den Stoff festzuhalten suchte, drückte etwas Huldvolles aus. Die Bewegung des Kopfes, den sie nach hinten warf, war betörend elegant. Ihre Gesten offenbarten etwas, das nur Menschen zu Eigen ist, die seit Jahren im Licht der Öffentlichkeit stehen und sich dessen bewusst sind. *Auftritt bleibt Auftritt*, dachte Florian und spürte einen seltsamen Stolz in sich, der ihn ebenso irritierte wie freute.

»Schön, euch zu sehen«, begrüßte sie ihren Sohn und Jana mit einem Lächeln und bot ihnen ihre Wange zum Kuss.

Jörg Fresemann, Florians Vater, den er erst vor drei Jahren kennen gelernt hatte, blinzelte ihm zu. »Ich reiche dir nur die Hand«, sagte er und lachte und gleichzeitig hieb er ihm kumpelhaft auf die Schulter. Es dauerte eine Weile, bis seine Eltern etwas umständlich Platz genommen hatten, und als sie alle schließlich unter einigem Wortgeplänkel die Auswahl aus der Speisekarte getroffen hatten, spürte Florian, dass Jana sich neben ihm mehr und mehr versteifte. Seine Mutter hatte bereits einige Male das Wort an ihn gerichtet, Jana aber nur mit kurzen Blicken bedacht. *Hatte sie nicht gesagt, sie wolle essen gehen, um Jana endlich besser kennenzulernen?* Er runzelte die Stirn.

Marie-Louise Halstaff erzählte mit ausladenden Gesten von den aktuellen Dreharbeiten, die sie physisch wie psychisch aushöhlten, und sein Vater, nach jahrelanger Tätigkeit im Management mittlerweile Pensionär, lächelte dazu verständnisvoll.

Florian betrachtete die beiden. Marie-Louise Halstaff und Jörg Fresemann waren Senioren und sahen blendend aus, doch er fragte sich, was er tun könne, um nicht so zu enden. Unter dem Tisch drückte er Janas Hand. Sie unternahm den Versuch eines Lächelns, als aber seine Mutter auch nach etlichen Minuten nicht aufhörte zu schildern, wie oft der Regisseur sie eine Szene hatte spielen lassen, in der sie von der tödlichen Erkrankung ihres Geliebten erfuhr, stand Jana auf und ging mit steifen Schritten Richtung Toilette.

Sein Vater hörte Marie-Louise höflich zu, doch nebenbei gelang es ihm, Florian kurz zuzuzwinkern. Er zeigte das wohlwollende Verständnis eines Partners, der gelernt hatte, über die Fehler des anderen hinwegzusehen. Florian beobachtete die Blicke, die seine Eltern tauschten, ihre Körpersprache, und er fragte sich, ob sie inzwischen wieder zusammen waren, allerdings fand er keine eindeutige Antwort darauf.

»Darf ich deinen Redefluss kurz unterbrechen?« Er lächelte seine Mutter an, während er sich ein Stückchen Fleisch in den Mund schob.

Marie-Louise sah erstaunt auf. »Natürlich …«

»Ich möchte dich noch etwas in Sachen Sabrina fragen.«

Jana kehrte zurück und setzte sich neben ihn. Sie legte ihre Serviette auf den Schoß und begann wortlos zu essen. Er meinte zu spüren, dass sie im Vergleich zu vorher ein kleines Stück von ihm abgerückt war.

»Bitte … Ich weiß zwar nicht, ob ich dir weiterhelfen kann, aber frage mich ruhig.« Erwartungsvoll sah sie ihren Sohn an, dann fügte sie an Jana gewandt hinzu: »Er denkt immer, ich hätte für alles eine Lösung …«

Jana und Florian sahen sich an, und unter dem Tisch legte Florian begütigend seine Hand auf ihr Bein. Es regte sich nicht.

»Aus welchem Land in Mittelamerika kommt Luz, Sabrinas Tochter? Weißt du das?«, fragte er.

Seine Mutter runzelte die Stirn. »Keine Ahnung.«

»Guatemala vielleicht?«, fragte Florian.

»Möglicherweise auch Guatemala …«, Marie-Louise Halstaff strich sich durch ihr halblanges Haar. »Kann sein, dass Luz von dort stammt, aber ich weiß es nicht.«

»Ich habe heute von dieser Gasexplosion in der Zeitung gelesen, da war die Rede von einer Guatemaltekin, die sie suchen, und plötzlich dachte ich, dass Luz auch etwas Guatemaltekisches an sich hat. Die Augen, ihre Haut, ihr Wuchs … du hast doch die Fotos gesehen, die ich während meines Urlaubs dort geschossen habe. Findest du nicht, dass sie wie die Kinder dort aussieht?«, wollte Florian von seiner Mutter wissen.

Marie-Louise sah ihn nachdenklich an. »Du kannst recht haben. Doch, ja … warte mal …« Mit einer theatralischen Geste drückte sie einen Handrücken gegen die Stirn. »Ich meine, Sabrina und Sam sind tatsächlich damals nach Guatemala geflogen, um ihre Adoptivtochter abzuholen.«

»Aber warum hätte Sabrina sich für ein guatemaltekisches Kind entscheiden sollen und nicht für eins aus Deutschland, Asien oder Russland?«, fragte Jana.

»Vermutlich ist das Adoptions-Procedere dort einfacher. Ich meine, es muss eine Menge bürokratischer Papierkram erledigt werden, bevor man ein Kind mit nach Hause nehmen kann«, sagte Florian. Es entstand eine kleine Pause. »Vielleicht fand Sabrina die Kinder dort auch hübscher«, gab Marie-Louise zu bedenken.

Jana hüstelte.

»So köstlich es schmeckt, ich muss aufpassen, die Linie …Sie haben damit noch keine Probleme, oder?«, ließ Florians Mutter sich vernehmen. Fragend schaute sie Jana an, die irritiert den Kopf schüttelte. Marie-Louise Halstaff begann, in ihrer Handtasche zu kramen, und schließlich zog sie daraus eine Schachtel mit Pillen hervor. »Artischockenextrakt, er kurbelt den Stoffwechsel an«, sagte sie und fragte: »Wollen Sie auch eine?« Mit dem verschwörerischen Blick, den Frauen manchmal aufsetzen, wenn es um ausgesprochen weibliche Themen geht, hielt sie Jana die Silberfolie mit den Pillen hin.

»Nein, danke«, lehnte Jana ab und fragte: »Wäre das nicht eher etwas für Ihren Sohn?«

Florian grinste breit, dann streckte er die Hand aus. »Immer her damit.«

»Ich nehme auch eine«, sagte Florians Vater.

Während seine Mutter in jede Handfläche zwei Pillen drückte, sagte sie wie nebenbei: »Ach ja, da fällt mir noch etwas ein … ich weiß nicht, ob es dich interessiert … aber ich glaube, Sam hat beinahe 30.000 Dollar für das Mädchen bezahlt.«

FREITAG, 15. JULI, FRÜHER NACHMITTAG

Florian und Jana hatten zu viel gegessen und fühlten sich daher träge. Langsam schlenderten sie vom Restaurant zurück zum Büro von *Profi Entertainment*, den Hansaring entlang. An ihre Ohren drang Autolärm und laute Musik aus den Autoradios, und hin und wieder wirbelte ein Fahrer Staub auf und hinterließ den Geruch verbrannten Gummis, wenn er an einer der Ampeln besonders viel Gas gab. Der Ring war als Rennstrecke bekannt, beliebt vor allem bei jüngeren BMW-Fahrern mit Kaugummi im Mund und Goldkettchen am Hals. Asphalt-Rambos, deren Raserei bereits einige Menschen zum Opfer gefallen waren.

»Deine Mutter ist gewöhnungsbedürftig«, sagte Jana, und Florian hörte den Missmut in ihrer Stimme und sah ihn in ihrem Blick. In der Hand hielt sie ein Eis, das sie an einem Büdchen gekauft hatte, ein Trost-Eis gewissermaßen. Nun versuchte sie, die milchigen Tropfen, die den Stiel herunterrannen, mit der Zunge aufzufangen und das Abrutschen der schmelzenden Masse zu verhindern.

Florian seufzte. »Ich weiß. Sie hält sich für das Zentrum eines Sonnensystems, das Marie-Louise Halstaff heißt.«

»Sieht so aus, und alles muss sich um sie drehen.« Jana widmete sich verbissen ihrem Eis, das bereits um die Hälfte geschrumpft war.

»Sie kann auch sehr liebenswert sein«, versuchte Florian die Kritik abzuschwächen und fügte hinzu: »Im Grunde ist sie ein Schatz.«

Jana bedachte ihn mit einem belustigten Blick. »... Mama-Sohn?«

Florian schluckte den Ärger, der in ihm aufstieg, herunter. »Was willst du hören?«

Jana zuckte mit den Schultern.

»Erwartest du ernsthaft eine Antwort?«

»Nein.« Schweigend gingen sie nebeneinander her, und irgendwann wechselte sie das Thema, was er als Friedensangebot interpretierte: »Du hast deine Mutter nach Luz gefragt. Wenn sie aus Guatemala stammen sollte, was hätte das für eine Relevanz?«

»Im Grunde genommen wohl keine«, gab Florian zu. »Aber es wäre in jedem Fall ungewöhnlich, beinahe 30.000 Dollar für ein Kind aus Mittelamerika finde ich sehr viel ... ich glaube, die Kinder aus China und Russland sind billiger.« Er kratzte sich an der Stirn. »Ist das nicht grotesk? Allein, dass wir hier über Preise für Kinder reden ...«

»Die Schacherei um adoptierte Kinder ist unerträglich, und seitdem jeder zweite Promi in den USA mindestens eins adoptiert, ist daraus ein Trend geworden. Kinder zu adoptieren ist *chic* und darf eine Menge kosten. Man tut ja schließlich etwas Gutes.« Jana kickte mit dem Fuß einen kleinen Stein aus dem Weg.

Er seufzte, dazu gab es nichts zu sagen. Sein Blick wanderte zur *Gereonsmühle*, Bestandteil des nördlichen Stadtmauerrestes. Sie war einer von zwei Halbtürmen, der im 15. Jahrhundert zu einer Windmühle umgebaut worden war. Ihr Anblick rief in ihm wie so oft auch in diesem Moment eine Sehnsucht nach vergangenen Zeiten hervor, Zeiten, die er zwar nur aus Geschichtsbüchern und aus der Beschreibung historischer Romane kannte, die aber genau deswegen umso verlockender für Spaziergänge auf den Pfaden seiner

Phantasie waren. Waren die vergangenen auch die besseren Zeiten? Wohl kaum. Das Gelände, auf dem sich das ehemalige *Klingelpütz-Gefängnis* als nationalsozialistische Hinrichtungsstätte befunden hatte und das direkt hinter dem Park und der Stadtmauer lag, zeugte davon.

Florian fasste Jana am Arm und machte Anstalten, die Straße zu überqueren. »Lass uns dort drüben noch eine Viertelstunde auf eine Bank setzen, ja?« Die Grünfläche, die sie ansteuerten und die direkt vor der Stadtmauer lag, gegenüber von ihrem Büro, war überschaubar. Oft hingen hier Junkies rum, viele mit Hunden, sowie Mütter mit Kindern, die sich regelmäßig bei der Stadt über weggeworfene Spritzen beschwerten, und Rentner mit Plastiktüten.

Jana warf den Holzstiel ihres Eises in den Papierkorb und ließ sich neben Florian auf die Bank fallen. Sie schob den Stoff ihres Rocks hoch hinauf auf die Beine, und fächelte sich mit den Stoffzipfeln ein wenig Luft zu.

»Hast du heute noch viel zu tun?«, fragte sie und deutete mit dem Kopf Richtung Büro.

Florian sah sie an, sie hatte schon wieder so ein merkwürdiges Gesicht. Die Süße der Eiscreme schien sie nicht milder gestimmt zu haben. In der Nacht hatte sie weit abgerückt von ihm geschlafen, am anderen Ende seines zwei Meter mal zwei Meter großen Bettes. Die Frage nach einer gemeinsamen Wohnung war am Abend erneut von ihr aufgeworfen worden, und nachdem er wieder nur ausweichend geantwortet hatte, war sie aus dem Zimmer gegangen. Irgendwann war sie zurückgekehrt und hatte gesagt: »Es war das letzte Mal, dass ich dich darauf angesprochen habe.« Kurze Zeit später, als sie bei weit geöffnetem Fenster im Bett gelegen hatten, hatte sie ihm wortlos einen Kuss gegeben, und er hatte so fade wie Esspapier geschmeckt. Dann hatte sie sich ein Stück des weißen Lakens um den Leib geschlungen und war weit entfernt von ihm eingeschlafen.

»Ich verstehe nicht, warum Sam sich darüber ausschweigt, wo er war, als Sabrina starb. Was hat er zu verbergen?« Florian sah in den Himmel.

Jana erwiderte nichts.

»Außerdem: Warum hat er der Polizei verschwiegen, dass er mit der Waffe eines inzwischen verstorbenen Freundes im Herbst letzten Jahres zur Jagd war?«

»Ist das bewiesen?«, fragte Jana.

Sie nimmt also doch Anteil, dachte er erleichtert und atmete tief durch. »Sylvia Gerlach rief mich gestern an. Sams Fingerabdrücke sind tatsächlich auf der Waffe, was ein entlastendes Indiz ist, allerdings kein Beweis. Dumm, dass dieser Jagdfreund tot ist, ich hätte gern mit ihm gesprochen.« Er suchte Janas Blick, aber sie konzentrierte sich auf ihre Beine.

»Weißt du was?« Vorsichtig berührte er ihren Arm.

Sie sah auf.

»Ich werde versuchen, die Frau zu finden, die sich bei Sam und Sabrina auf dem Grundstück herumgetrieben hat. Solange er in U-Haft sitzt, sind ihm die Hände gebunden. Ich weiß nicht einmal, ob er noch dazu gekommen ist, einen Privatdetektiv zu engagieren.«

»Warum willst du für ihn aktiv werden?«

»Weil ich glaube, dass er unschuldig ist. Wenn wir die Frau gefunden haben, erfahren wir, was sie von Sabrina wollte, und das hilft uns weiter. Vielleicht hat Sam recht, und *sie* hat Sabrina umgebracht.«

»Aber Köln ist groß«, sagte Jana und fragte: »Wo willst du mit der Suche beginnen?«

Florian erhob sich. »Komm mit. Ich zeige es dir.«

»Jetzt? Was ist mit deiner Arbeit?«, sträubte sie sich.

»Die ist heute nicht mehr so wichtig. Der Großteil der Vorbereitungen für die Sendung ist abgeschlossen.«

»Bist du sicher?« Die Skepsis in ihrer Stimme war unüberhörbar.

Er nickte. »Außerdem könnte man das, was ich jetzt vorhabe, auch als notwendige Recherche für die Sendung bezeichnen.«

»Verstehe ich nicht.«

»Noch nicht, aber gleich.« Er grinste und reichte ihr beide Hände, und mit einem Ruck zog er sie von der Bank hoch. Dicht vor ihr stehend, so dicht, dass er ihre Brustwarzen spüren konnte, gab er ihr einen Kuss.

Jana blinzelte. »Meinst du nicht, du müsstest langsam mal eine Lizenz beantragen?«

»Wofür?«

Sie grinste. »Für den Job des Privatdetektivs.«

FREITAG, 15. JULI, SPÄTER NACHMITTAG

Die Heckenrosen dufteten süß und riefen in ihm die Erinnerung an stundenlange Spaziergänge an der holländischen Küste auf der Halbinsel Walcheren wach, die Florian Halstaff mindestens einmal im Jahr besuchte, um dort ein verlängertes Wochenende Urlaub zu machen. Er war der Meinung, dass Heckenrosen nirgends strahlender und länger blühten als in der Nähe des Meeres. Das mochte an der Klarheit und Helligkeit des Lichts liegen, am rauen Meeresklima, vielleicht aber auch an der Urlaubsstimmung und der Sehnsucht, die ihn jedes Mal erfasste, wenn er auf dem Deich entlang lief, zur Rechten das Wasser, zur Linken Büsche von Heckenrosen, die kilometerlange Fußwege säumten.

Jana und er passierten die Sträucher, die über und über blühten, und die hier in der Stadt deplatziert auf ihn wirkten. Sie kamen am Haus des Hausmeisters vorbei, das sich nur wenige Meter vor dem Haupteingang der *Roosevelt Schule* hinter den hohen Zweigen duckte, und grüßten freundlich den Mann, der den Rasen mähte.

Die Kinder hatten auch freitags Unterricht bis 16 Uhr, soviel hatte Florian am Morgen telefonisch in Erfahrung gebracht.

»Susan Gayle, die Rektorin der Schule, hatte ein Problem mit Sabrina«, sagte Florian, während er neben Jana den geteerten Fußweg entlang ging. »Sie behauptet, dass Sabrina alles besser wusste und der große Teil der Kollegen sie deswegen nicht mochte. Ihr Ansehen bei den Eltern scheint nicht viel besser gewesen zu sein, obwohl sie Sabrina zu ihrer Vertreterin gewählt hatten.«

Jana bedachte ihn mit einem Seitenblick. »Sabrina war sehr attraktiv, oder?«

»Du meinst …?« Florian nickte. »Früher auf jeden Fall. Ich denke, sie war es auch heute noch.«

»Nun ja, sie hatte blondes halblanges Haar, blaue Augen und sie war groß und schlank. Das heißt, sie war sehr attraktiv und bestimmt manch anderer Frau ein Dorn im Auge.«

Florian sah sie an.

»Siehst du …«, Jana lächelte. »Sie war genau dein Typ.«

»Und was ist mit dir? Du bist dunkelhaarig, hast braune Augen und bist eher mittelgroß.«

»Ausnahmen bestätigen die Regel«, konterte Jana.

Florian seufzte. Manchmal war ihr Röntgenblick lästig, vor allem wenn sie versuchte, Tiefenpsychologie zu betreiben.

Er räusperte sich und verlangsamte den Schritt. Schließlich blieb er stehen.

»Sieht man von hier das Zimmer der Rektorin?«, fragte Jana.

»Nein. Ihr Büro führt auf den Innenhof, mit Blick auf das Atrium und den größten Pausenhof. Dort hat sie die Schüler im Auge.« Er warf einen Blick auf die Uhr seines Handys. »Gleich müsste es klingeln, Schulschluss. Lass uns hier auf Luz warten.« Kaum hatte er die Worte ausgesprochen, ertönte der schrille, lang anhaltende Ton der Schulklingel, und nur einen kurzen Moment später strömten Mengen von lärmenden Kindern auf den Ausgang zu. Erneut fiel Florian auf, dass viele dunkelhäutige Kinder darunter waren.

»Freitags bis in den späten Nachmittag hinein Unterricht haben … das hätte es früher nicht gegeben«, sagte Jana.

Florian nickte. »Das hier ist eine Eliteschule, hier wird gepaukt ohne Ende, und wenn die Lehrer ihr Wissen in die Schüler hinein gehämmert haben, setzen die Eltern sie zu Hause ans Klavier oder schicken sie in die Ballettstunde. Wenn ich ein Kind hätte, bekäme es jedenfalls genug Gelegenheit, um sich auf Bäumen die Hosen zu zerreißen oder im Freibad herumzutollen …« Er hielt inne. »Sieh mal … dort!« Seine Miene wurde starr. »Der Mann da vorn, der hat doch die ganze Zeit vorhin dort in der Nähe der Eiche gestanden, ich dachte, er will sein Kind abholen.«

»Ja, und? Will er das nicht?«

»Er holt nicht sein Kind, er holt Luz. Sam ist es jedenfalls nicht.«

Jana reckte den Kopf. »Was?«, fragte sie entgeistert.

»Er holt Luz«, wiederholte Florian aufgeregt.

»Wo?«

»Jetzt ist er dort hinten, hinter dem Mauervorsprung am Eingang. Da steht er, zusammen mit der Kleinen.« Florian setzte sich eilig in Bewegung. Plötzlich hielt er inne. »Nein, warte. Wir schauen uns das noch einen Moment an. Ich will sehen, wie Luz auf ihn reagiert, womöglich kennt sie ihn.« Er hielt Jana am Ärmel und sah gebannt in die Richtung des Mädchens. Der Mann hatte inzwischen das Kind erreicht. Er sprach Luz an, doch Florian und Jana waren nicht nah genug, um sich ein Bild davon machen zu können, ob sie mit ihm vertraut war oder nicht. Die beiden sprachen miteinander, und nach einem Moment hielt er ihr etwas hin, das aussah wie ein größeres Stück Papier. Luz neigte den Kopf. Florian zog sein Handy aus der Hosentasche und schoss rasch ein paar Fotos.

»Was will er von ihr?«, flüsterte Jana.

»Ich glaube, er hält ihr ein Foto hin«, raunte Florian. Sie beobachteten, wie der Mann, völlig unerwartet, mit schweren Händen Luz' Schultern umfasste.

»Was macht der da? Komm, schnell ...« Florian begann zu rennen und Jana folgte ihm, doch in genau dem Moment drehte der Mann sich zu ihnen um, ließ kurz darauf das Papier in seiner Jackettasche verschwinden und rannte in die Schule. Seltsamerweise ging Florian in diesem Moment die völlig profane Frage durch den Kopf: *Warum trägt er bei dieser Affenhitze ein Jackett?*

»Kümmere du dich um Luz«, schrie er Jana über die Schulter zu und dann war auch er auf dem Hof des Gebäudes verschwunden.

Florian war so außer Atem, dass er nach Luft schnappte. Er stützte sich mit einer Hand am Türrahmen eines Klassenzimmers ab und öffnete sie mit der anderen. Leer. Auch hier keine Spur von ihm. Der Unbekannte war verschwunden, er hatte sich auf mysteriöse Art und Weise in Luft aufgelöst. Was hatte er von Luz gewollt? Florian lehnte sich gegen die Wand und zog das Handy aus der Tasche. Jana nahm direkt ab.

»Hast du ihn gesehen? Ist er wieder heraus gekommen?«, fragte er keuchend und sagte: »Er ist wie vom Erdboden verschluckt.«

»Den Haupteingang hat er mit Sicherheit nicht passiert, ich hatte den Eingang die ganze Zeit im Visier.«

»Der Mistkerl hat uns ausgetrickst. Ist Luz noch bei dir?«

»Ja.«

»Kannte sie ihn?«

»Sie sagt nein.«

»Ich bin in wenigen Minuten zurück, versuche, sie so lange bei dir zu behalten, ja?«

»Ich kann es probieren.« Jana legte auf.

Florian betrachtete die Fotos, die er vor wenigen Minuten aufgenommen hatte. Der Mann war nur im Halbprofil erkennbar. Mittelgroß, braunweiß kariertes Jackett, kurzes mittelblondes Haar. Er klickte die Fotos wieder weg und steckte sein Handy zurück in die Hosentasche. Fünf Minuten später stand er vor der Tür von Susan Gayles Vorzimmer und klopfte. Niemand rief ihn herein, und so drückte er auf die Klinke. Das Zimmer war bis auf die Möbel leer, der Sekretariatsplatz unbesetzt, was am Freitagnachmittag um diese Zeit allerdings nicht ungewöhnlich war. Florian blieb vor dem Schreibtisch stehen und lauschte, aus dem Nachbarzimmer drang die gedämpfte Stimme der Rektorin. Leise ging Florian hinüber zum Fenster und spähte hinunter auf den großen Schulhof. Jana und Luz saßen immer noch auf der Mauer, und er war beruhigt. Er hoffte, dass es Jana gelang, das Mädchen noch eine Weile dort festzuhalten. Warum hatte Sabrinas Schwester sie eigentlich nicht von der Schule abgeholt? Ging Luz immer allein nach Hause?

Susan Gayles Stimme verstummte, und Florian stierte auf die Tür, hinter der es ruhig geworden war. War der Mann, der Luz eben noch so derb gerüttelt hatte, in ihrem Büro? Er überlegte einen Moment, dann öffnete er mit einem so heftigen Ruck die Tür, dass sie aufflog. Fassungslos starrte die Rektorin ihn hinter ihrem Schreibtisch an. In der Hand hielt sie einen Flachmann. Ein paar Tropfen, die sie vor Schreck verschüttet hatte, rannen aus ihrem Mund.

»Oh, Entschuldigung … komme ich ungelegen?«, fragte Florian. Rasch ließ er seinen Blick durch den Raum schweifen, und er stellte fest, dass sie allein waren. Susan Gayle musste telefoniert haben. Er deutete auf den Stuhl vor ihrem Schreibtisch. »Darf ich?«

Sie nickte, doch ihrem gezwungenen Lächeln war anzumerken, dass sie kein allzu großes Interesse daran hatte, ein Gespräch mit ihm zu führen. Sie stellte die Flasche auf den Schreibtisch und sagte entschuldigend: »Die Woche war anstrengend. Darf ich Ihnen einen Kaffee anbieten?«

»Danke, nein.« Er beugte sich zu ihr hinüber, klappte sein Handy auf und hielt ihr das Foto hin. »Kennen Sie diesen Mann?«

Sie schüttelte den Kopf, und er bemerkte, dass ihre Augen leicht glasig waren.

»Ich habe ihn nie gesehen, aber was soll das alles? Sie führen sich auf, als hätte Ihnen niemand auch nur ein Minimum an Manieren beigebracht.«

»Sie haben recht. Verzeihen Sie den Überfall.« Florian erhob sich und verbeugte sich. Dann setzte er sich wieder. »Es gibt einen Grund für mein schlechtes Benehmen. Der Mann auf dem Foto hat soeben Luz Delson belästigt, und ich vermutete ihn hier bei Ihnen.«

»Wie kommen Sie auf diese abstruse Idee?«, fragte die Rektorin empört, woraufhin Florian ihr erzählte, was er und Jana vor wenigen Minuten beobachtet hatten. Sie zeigte sich davon jedoch unberührt. »Wahrscheinlich eine völlig harmlose Angelegenheit, ein Verwandter oder Freund … Sie sehen Gespenster …«

Florian strich sich über das Kinn und beobachtete sie. Der Schnaps schien die höfliche Zurückhaltung, die er bislang an ihr kennengelernt hatte, aufgeweicht zu haben. Er war sich nicht sicher, ob sie die Wahrheit sagte.

»Wissen Sie, es gibt nichts Grässlicheres als Menschen,

die sich in Dinge einmischen, die sie nichts angehen ...«, schnauzte sie.

Er merkte, dass er sich beherrschen musste, um nicht laut zu werden, aber in gewisser Hinsicht hatte sie natürlich recht. *Was ging ihn das alles an? Im Grunde genommen nichts.*

»Wie viele ausländische Kinder gehen hier eigentlich zur Schule?«, fragte er. »Das vergaß ich beim letzten Mal zu fragen.«

Überrascht sah sie ihn an. »Warum interessiert sie das?«

»Nur der Information halber. Mir ist aufgefallen, dass viele Ihrer Schüler fremdländisch aussehen.«

»Die meisten von ihnen sind Deutsche, manche besitzen aber auch die amerikanische Staatsbürgerschaft.«

»Wieso die amerikanische?«

»Weil die Eltern Amerikaner sind. Ich bin schließlich auch mit einem Amerikaner verheiratet.«

Florian nickte. »Wenn es Ihnen nicht allzu viel Mühe macht, hätte ich gern die Zahlen ... nur als Hintergrundinformation.«

Susan Gayle sah ihn nachdenklich an, dann machte sie sich eine Notiz.

»Ich habe noch eine weitere Bitte«, sagte er. »Ich benötige ein aktuelles Foto von Sabrina.« Leise fügte er hinzu: »Sie war Elternvertreterin, da haben Sie sicher eins.«

»Wofür brauchen Sie es?«, fragte sie kühl.

»Das hat private Gründe.«

»So?« Susan Gayle zögerte einen Moment.

»Sehr private Gründe ...«

Sie runzelte die Augenbrauen, dann erhob sie sich von ihrem Schreibtisch, ging hinüber zum Schrank und zog einen Ordner mit Fotos daraus hervor. Nach wenigen Momenten reichte sie ihm eins. »Das hier können Sie haben, ein Passfoto. Wir haben es vor wenigen Wochen erst in unserer Schulzeitung gedruckt, sie hatte einen Artikel geschrieben.«

»Danke.« Als er das Foto betrachtete, versetzte es Florian einen Stich. Sabrina war älter geworden, ihre Züge reifer, aber ihre Augen zeigten denselben herausfordernden und klugen Ausdruck wie früher.

»Um eins möchte ich Sie allerdings bitten«, sagte die Rektorin.

»Ja?« Florian sah auf.

»Selbst wenn sie das Foto scannen sollten und dann nicht mehr benötigen, schicken Sie es mir bitte nie mehr zurück.«

Luz war nicht mehr da, als er zu Jana zurückkehrte. Sie aber saß noch immer an derselben Stelle auf der Mauer, den Rücken an einen Baumstamm gelehnt und ließ sich die Nachmittagssonne ins Gesicht scheinen. Vermutlich hat sie morgen wieder einige Sommersprossen mehr, dachte Florian.

»Wo ist Luz? Konntest du sie nicht länger beschäftigen?« Suchend sah er sich um.

»Sie wollte unbedingt los, nach Hause, ich hatte keine Chance.«

Florian seufzte.

»Tut mir leid.« Jana strich sich über ihr ultrakurzes, dunkelbraunes Haar. »Ich glaube, sie hat die Wahrheit gesagt, sie kennt den Mann nicht.«

»Hast du irgendetwas aus ihr herausbekommen?«

»Der Typ hat ihr tatsächlich ein Foto gezeigt, du hast richtig vermutet. Luz sagt, es sei eine Frau darauf gewesen, und er habe von ihr wissen wollen, ob sie die Frau kenne und ob sie wisse, wo sie sich aufhalte.«

»Was hat sie geantwortet?«

»Sie hat gesagt, dass sie nicht wisse, wer die Frau sei, aber ich bin mir da nicht so sicher.«

»Warum?«

»Als ich sie danach fragte, wie die Frau ausgesehen habe, hat sie geantwortet, das habe sie vergessen …«

»Hört sich nach einer Ausrede an.«

»Eben. Luz hat übrigens auf alles, was ich von ihr wissen wollte, mit *weiß ich nicht* geantwortet. Nicht gerade sehr gesprächig, das Kind.«

Florian setzte sich neben Jana auf die Mauer. »Sie hat den Bus genommen«, sagte Jana und fügte hinzu: »Vorsichtshalber habe ich sie zur Haltestelle gebracht und mich vergewissert, dass dieser Typ nicht noch einmal auftaucht. Sie sagt, sie fahre immer mit dem Bus nach Hause.«

Florian schwieg einen Moment. »Hast du heute Abend Zeit?«

»Nein.«

»Schade. Ich hatte mich schon auf ein paar schöne Stunden mit dir gefreut.«

Er holte einen Zettel aus der Brusttasche seines Hemdes und zeigte ihn ihr.

Jana zog die Augenbrauen hoch. »Was ist das?«

»Die Quittung aus dem Frauensexshop, die in Sabrinas Portemonnaie steckte.«

Sie sah ihn an.

»Ich würde gern mit dir dort hingehen und die Verkäuferinnen fragen, ob sie sich an Sabrina und eventuell an eine Begleitung erinnern können. Vielleicht war sie Stammkundin …womöglich war sie nicht allein dort.«

»Ein Foto von ihr wäre hilfreich.«

»Hab' ich.« Er zog das Foto aus der Tasche, und beide beugten den Kopf darüber. Keiner sagte etwas. Nach einer Weile räusperte Jana sich. »Gut«, sagte sie schließlich und fügte fragend hinzu: »Dir ist klar, dass Männer in einem Frauensexshop nichts zu suchen haben?«

Er lächelte. »Deswegen gehst du ja erst einmal ohne mich da rein, und ich komme dann einige Minuten später nach.«

SONNABEND, 16. JULI, VORMITTAGS

Er klopfte mehrfach mit der Faust auf den Tresen der Theke und rief laut nach der Bedienung, aber sein Ruf verhallte ungehört. Seit gestern morgen überkam ihn beinahe permanent der Drang, etwas Scharfes zu sich zu nehmen, etwas, das innerlich wärmte und seine Unruhe bekämpfte, und je näher der Abend rückte, desto hochprozentiger wurden die Getränke.

Er rief noch einmal nach der Bedienung, aber nichts rührte sich. Laut seufzend verlagerte er ungeduldig sein Gewicht von einem Bein auf das andere. Das Schicksal meinte es nicht besonders gut mit ihm. Die Explosion hatte nicht das erhoffte Resultat erzielt, und die Tatsache, dass sie irgendwo da draußen nach neuen Möglichkeiten suchte, ihm das Leben schwer zu machen, machte ihn nervös. Sehr nervös.

Die Spanierin war tot, sein handwerkliches Geschick war unter Beweis gestellt, aber warum war Dele Sanchi nicht im Wohnwagen gewesen? Das wusste der Himmel.

Er klopfte erneut auf den Tresen, diesmal länger und heftiger, und endlich flog die Tür auf, die von der Küche in den Gastraum fuhrte.

»Was darf ich Ihnen bringen?«, rief ihm der Kellner zu und stoppte kurz vor ihm, drei Teller auf dem Arm balancierend. Sie verströmten den Geruch von Ei und gebratenem Speck.

»Einen doppelten Averna mit viel Eis, bringen Sie ihn auf die Terrasse, und eine Flasche Wasser bitte.« Mit diesen Worten folgte er dem Bediensteten, der sich schon wieder in Bewegung gesetzt hatte, hinaus in den Sonnenschein. Von der Wucht der Strahlen geblendet, schloss er die Augen. Das grelle Licht war so unbarmherzig, dass er am liebsten auf einen AUS-Schalter gedrückt hätte. Schnell zog er seine Sonnenbrille aus der Hosentasche, setzte sie auf und steuerte auf einen Tisch an der Mauer zum See zu. Dort setzte er sich so, dass er ungestört auf das Wasser schauen konnte, die Sonne und die anderen Gäste in seinem Rücken.

Vielleicht hatte sie einen siebten Sinn. Schon in dem Moment, in dem ihm der Gedanke gekommen war, verwarf er ihn wieder. Natürlich hatte sie *keinen* siebten Sinn, das war albern. Dummes Zeug. Bullshit. Ohne es zu wollen, musste er grinsen, aber es missriet und hing schief in seinem Gesicht. Wenn er nicht aufpasste, verlor er noch seine Rationalität, die Schärfe seines Geistes, auf die er so stolz war. Er ließ die Eiswürfel im Glas kreisen, und je länger er die Bewegung ausführte und auf das klirrende Geräusch lauschte, das sie beim Aneinanderschlagen verursachten, desto mehr entspannte er sich.

Mit halb geschlossenen Lidern beobachtete er den Schwan, der vor ihm seine Bahnen zog. Ruhig und majestätisch. So hatte er sich im Grunde genommen bis vor nicht allzu langer Zeit selbst noch gefühlt. Doch die Souveränität, mit der er sein Leben bislang gemeistert hatte, war verloren gegangen, und ihm blieb nichts als die Hoffnung, dass er sie in nicht allzu ferner Zukunft wiedererlangen würde. Fest presste er die Lippen zusammen. Er würde darum kämpfen, all das zu bewahren, was er aufgebaut hatte. Seine Ehe, nun ja, sie war verkorkst, aber auf der beruflichen Karriereleiter hatte er es weit gebracht. Es hatte ihn allerdings Jahre und viel Energie gekostet. Niemals würde er zulassen, dass diese Maya-Frau sein Leben zerstörte. Sie musste verschwinden, ausgelöscht werden wie Sabrina.

Erneut nahm er einen Schluck von dem Averna, gleich darauf einen zweiten, und als sich sein schlechtes Gewissen regte, sagte er sich, dass Kräuterschnaps die beste Medizin für alles sei.

Sie hatte Glück gehabt. Er fischte einen Eiswürfel aus dem Glas und ließ ihn langsam auf seiner Zunge zergehen. Er würde es eben noch einmal versuchen, doch die Zeit wurde langsam knapp, und das bereitete ihm Kopfzerbrechen. Wie konnte er ahnen, was sie als Nächstes plante? Vielleicht würde sie sogar zur Polizei gehen …

Er stutzte und dachte einen Moment nach. Warum hatte sie es bislang noch nicht getan?

Er korrigierte den Sitz seiner Sonnenbrille, und plötzlich wusste er es. Sie hatte Angst vor der Polizei. Dies war der Grund, warum sie sich jetzt versteckte.

Die Terrasse füllte sich. Die meisten Menschen hatten ihre Einkäufe erledigt und die Wohnungen auf Vordermann gebracht, und jetzt wurde es Zeit für einen kleinen Ausflug. Dennoch war die Atmosphäre immer noch beschaulich genug, dass er es aushalten konnte. Alle, die hierher kamen, schienen guter Laune zu sein, und er verspürte noch keinerlei Fluchtinstinkt. Außerdem hätte er auch nicht gewusst, wohin er gehen sollte. Nach Hause? Ausgeschlossen. Nichts zog ihn momentan dorthin.

Er bestellte noch ein Getränk und die Rechnung gleich mit, und vorausschauend legte er für den Kellner einen Geldschein auf den Tisch. Plötzlich erfasste ein überraschender Luftzug den Schein und wirbelte ihn durch die

Luft. Er flog in die Höhe, dann segelte er verspielt über die Mauer.

Instinktiv sprang er auf und rannte dem Geld hinterher. Mit beiden Händen griff er danach, weit lehnte er sich über die Mauer und das Wasser. In diesem Moment erschrak der Schwan, der unter ihm seine Runden zog, und reckte den Hals. Sie sahen sich an, und plötzlich begann das Tier sich aufzuplustern.

Langsam zog er die Arme zurück und blieb regungslos stehen, er veränderte nicht einmal die Position seiner Beine. Doch er war jederzeit bereit, das Tier im Falle eines Angriffs auf die glatte Fläche des Wassers zurückzuschleudern. *Komm schon, komm*! dachte er und ballte die Fäuste. Der Moment dauerte eine halbe Ewigkeit. Dann wandte der Vogel seine perlschwarzen Augen ab, und als habe jemand einen Schalter umgelegt, schüttelte er sich, senkte kurz darauf den Kopf, und nur einen Moment später legte sich sein Gefieder. Zögernd zwar, langsam, doch nur wenige Sekunden später war er wieder zum zahmen schönen Schwan geworden. Gelassen ließ er sich übers Wasser treiben. Er hatte keine Eile, wollte nirgendwo hin.

Der Bann war gebrochen. Stimmen drangen an sein Ohr. Menschen sprachen ihn an und begeisterten sich dafür, wie er die Ruhe bewahrt hatte. Er spürte die Eiseskälte seiner Hände, und je länger sie vor ihm standen und auf ihn einredeten, desto deutlicher merkte er, dass die Aufmerksamkeit der Leute ihn bedrängte, sie nahm ihm den Atem, trieb ihm den Schweiß auf die Stirn.

Hektisch suchte er nach seinem Portemonnaie und öffnete es, aber es war nur noch Kleingeld darin, zu wenig, um die Rechnung begleichen zu können. Einen Moment überlegte er, ob er ohne zu zahlen verschwinden könnte, dann entschied er sich jedoch dagegen. Ein solches Verhalten war zu riskant. Also bemühte er sich um ein freundliches Lächeln, wünschte den Umstehenden einen guten Tag, und machte sich auf den Weg ins Gasthaus, wo er den Betrag mit seiner ec-Karte bezahlte.

Als er endlich auf dem Parkplatz ankam, ließ er sich erschöpft auf den Sitz seines Autos fallen. Es war Zeit, sich auf das Wesentliche zu konzentrieren. Wo mochte sie sein? Wo hielt sie sich auf? Streifte sie als Obdachlose in den Kölner Parks umher oder hatte sie Freunde, bei denen sie untergeschlüpft war? Den Zündschlüssel in der Hand atmete er tief durch. Er würde sie finden. Entschlossen rückte er die Sonnenbrille zurecht, startete und gab Gas.

SONNABEND, 16. JULI, MITTAGS

Mit der Hand zeichnete Florian Linien auf ihren Bauch. Sie hatte die Augen geschlossen und lag ganz still. Er betrachtete die Sommersprossen auf ihrer Nase und pustete sanft über ihr Gesicht. Er spürte die Schwere seines Gewichts, als er sich halb auf sie schob, und kurz darauf das rhythmische Pochen ihres Herzens.

»Vielleicht habe ich mein Leben lang nur auf dich gewartet«, sagte er. Er betrachtete ihr Gesicht, dann küsste er ihren Mund, der von einem dunklen Rot war. Ihre Augen blickten ernst und still.

»Das hast du schön gesagt.«

Er sah sie an. »Wir könnten verreisen.«

»Wohin?«

»Egal, Hauptsache weg.«

»Was hältst du von Island?«

Florian rollte auf die Seite. »Da ist es kalt.«

»Aber es gibt Außenpools, heiße Quellen, in denen man sich im Winter zwischen Eis und Schnee aufheizen kann. Außerdem haben sie dort eine offizielle Elfenbeauftragte. Sie prüft bei Bauvorhaben, ob auf dem Baugelände Behausungen von Gnomen, Trollen oder Elfen zerstört werden könnten, das finde ich spannend.« Jana setzte sich auf und schob sich ein Kissen in den Rücken.

»Es ist nichts als ein netter Marketing-Trick. Hawaii wäre mir lieber.«

»N e i n … das ist viel zu weit weg. Und zu teuer. Lass uns zu den Elfen fahren.« Jana erschrak ein wenig über ihren eigenen Vorschlag, sie hatte sich seit der letzten Diskussion über die gemeinsame Wohnung vorgenommen, sich zurückzuhalten.

»Wir könnten über Weihnachten verreisen, da hätten wir Zeit«, sagte er. Es wäre der erste Urlaub mit ihr, und er wunderte sich darüber, dass die Vorstellung einer gemeinsamen Reise ihn zu freuen begann.

Jana dachte einen Moment nach. »Wir können es ja einmal im Auge behalten«, schwächte sie ab und fragte: »Kochst du uns einen Kaffee?«

Während Florian sich in der Küche zu schaffen machte und das Brummen der Kaffeemaschine die Wohnung mit Lärm erfüllte, zog sie die Knie an und sah aus dem Fenster. Der Himmel war bleiern, die Luft drückend. Sie fasste einen Entschluss. So verlockend es auch war, sie würde erst mit ihm in Urlaub fahren, wenn sie das Gefühl hatte, dass er innerlich ganz bei ihr angekommen war.

Mit zwei Schalen voller Milchkaffee und ein paar Keksen auf einem Teller kehrte Florian zurück. Etwas umständlich ließ er sich neben ihr auf der am Boden liegenden Matratze nieder und suchte nach einer bequemen Position.

Wieder einmal wurde ihm bewusst, dass Zicke ihm fehlte. Sicher hätte sie sich, wenn sie hier wäre, längst zu ihnen geschlichen und sich an ihre Beine geschmiegt. Er vermisste den kleinen Katzenkörper, ihr weiß-orange gestreiftes Fell, das Schnurren und fordernde Miauen, wenn sie hungrig war. Die Suche nach ihr war erfolglos geblieben, und mittlerweile hatte er die Hoffnung aufgegeben, sie noch einmal wiederzusehen.

»Es gibt nichts Schöneres als einen Kaffee im Bett«, sagte Jana wohlig und nahm vorsichtig einen Schluck von dem heißen Getränk. Ihr Blick fiel auf das Foto von Sabrina, das die Rektorin der *Roosevelt Schule* Florian gegeben hatte und das jetzt auf dem Fußboden seines Schlafzimmers lag.

»Hättest du gedacht, dass sie dort häufig einkaufen ging?«, fragte sie.

»Du meinst, dass sie in diesem Frauen-Sexshop Stammkundin war?« Er überlegte einen Moment. »Nein.« Er wusste tatsächlich nicht, was er von Sabrinas Besuchen dort halten sollte. Es fiel ihm schwer zu entscheiden, ob die Einkäufe Ausdruck eines emanzipierten Verhaltens waren oder ob sie stattgefunden hatten, weil jemand sie dazu drängte, Dinge zu kaufen, die vor allem *seinen* Gelüsten gerecht wurden.

Florian versuchte sich an früher zu erinnern, daran wie es gewesen war, wenn sie zusammen geschlafen hatten. Trotz aller Zweifel, die sich seit dem Gespräch mit Kriminalhauptkommissar Rössner leise in ihm regten, war er beinahe sicher. Sie hatte nie die geringste Spur einer masochistischen Veranlagung gezeigt, aber vielleicht änderten sich sexuelle Vorlieben im Laufe eines Lebens, und je nachdem, wer einem begegnete, lernte man Seiten an sich kennen, die zuvor unentdeckt waren.

Die beiden Verkäuferinnen, mit denen er und Jana am vergangenen Tag gesprochen hatten, hatten auf Anhieb gewusst, wer Sabrina war. Sie hatten von ihrem Tod in der Zeitung gelesen. In ihren Augen hatte er diese flackernde Mischung aus Angst und Faszination entdeckt, die ihm schon oft bei Menschen begegnet war, die sich, ohne es sich selbst einzugestehen, am Unglück anderer ergötzten. Wenn einen ein Unglück streifte, weil man mit dem Opfer bekannt war, bot das genau den Gesprächsstoff, der dem Alltag eine willkommene Abwechslung bescherte. Außerdem machte es denjenigen, der darüber sprach, für die Gesprächspartner interessanter und stellte ihn in den Mittelpunkt, zwar nur für kurze Zeit, aber immerhin. Aus seiner Erfahrung als TV-Redakteur wusste Florian nur zu gut, dass Menschen es liebten, sich mit Exklusiv-Wissen zu brüsten.

Behutsam setzte er seine Schale mit Kaffee auf dem Boden ab. »Immerhin wissen wir jetzt, dass Sabrina einige Male von einem Mann begleitet wurde, und wie es scheint, war es immer derselbe«, sagte er.

»Gepflegt, mittelgroß, mittelblond, Mitte 40 bis Mitte 50«, fasste Jana zusammen und fragte ironisch: »Bringt uns das jetzt weiter? Das ist eine so allgemeine Beschreibung, dass sie auf mindestens 40 % aller Kölner Männer passt.«

»Ich weiß.« Florian seufzte leise. »Schließlich hat der Mann wie ich draußen vor der Tür warten müssen. Hast du dieses Schild bemerkt?«

»*Wir müssen draußen bleiben?* Natürlich!« Jana lachte.

»Das bedeutet, dass die Verkäuferinnen ihn gar nicht exakt beschreiben *können,* weil sie ihn eben nicht richtig gesehen haben.«

»Du kannst froh sein, dass sie dich irgendwann hinein gelassen haben«, frotzelte Jana.

Er nickte. »Aber auch nur, weil du der Türöffner warst und es um einen Mord ging. Sabrina ist übrigens im Zirkus mit einem Mann gesehen worden, auf den die Beschreibung ebenfalls zutrifft.«

Jana sah ihn an.

»Vielleicht sollte man die Zeugin aus dem Zirkus nochmal vernehmen und fragen, ob sie sich nicht doch an irgendetwas Auffälliges erinnern kann.«

Jana nahm noch einen Schluck Kaffee. »Also, ich halte fest: Es gibt eine Zeugin, die im Zirkus war und die gleiche Beschreibung wie die Sexshop-Verkäuferinnen abgegeben hat, und du gehst davon aus, dass es sich um ein und denselben Mann handelt.«

»Ja. Möglicherweise ist er auch mit dem Typen identisch, der Luz vor der Schule angesprochen hat«, sagte Florian.

Jana nickte.

»Weißt du was?« Florian massierte sich den Nacken.

»Ja?«

»Ich war schon seit Ewigkeiten nicht mehr im Zirkus und ich finde, jetzt wäre der richtige Moment dafür, außerdem soll *Roncalli* nach wie vor sehr gut sein. Vielleicht gibt es ein paar Mitarbeiter, die sich doch an Sabrina und ihren Begleiter erinnern können. Der Kassierer, Popcornverkäufer …«

»Weißt du, wie unwahrscheinlich das ist?«, fiel sie ihm ins Wort und sagte: »Rössner hat doch längst mit allen gesprochen.«

»Aber er hat nichts herausgefunden. Das behauptet er zumindest.«

»Du meinst, sie warten im Zirkus nur auf dich?« Ein spöttisches Lächeln umspielte ihre Lippen.

»Es kann nicht schaden, wenn ich mich auch noch einmal umhöre. Einer Privatperson wird eher etwas erzählt als der Kripo.«

Nachdenklich sah Jana ihn an.

»Ich glaube, du hast recht.«

Florian beugte sich über ihren Arm, hielt ihn fest und platzierte eine Spur feuchter Küsse darauf. Sie griff mit beiden Händen in sein dichtes Haar, durchwühlte es, und er wandte sich ihr zu, und auf einmal kam es ihm vor wie ein Wunder, dass sie bei ihm lag. Nach so vielen Tagen, Wochen und Monaten immer noch bei ihm lag.

Der Himmel hatte sich verdunkelt, ein fernes Grollen ertönte. Draußen begann es zu regnen. Sie küssten sich, und es verlangte ihn so jäh nach ihr, dass er sich wunderte. Sie hatte etwas an sich, das ihn magisch anzog. In ihr war eine Tiefe, die aus alten Zeiten zu kommen schien und ihn verrückt machte, so verrückt, dass er den Drang verspürte, sie gierig in sich aufzunehmen.

Sie liebten sich, und danach war er ruhiger. Mit der Ruhe kam auch die Hoffnung, entgegen aller Bedenken eine gemeinsame Zukunft zu haben, und plötzlich fühlte er, dass die Überlegung, gemeinsam in einer Wohnung zu leben, richtig war. In diesem Moment wollte er sich trauen, wollte im Treibsand des Wunschbildes von einem glücklichen Leben versinken, obwohl er es für eine Illusion hielt, dass Paare ein Leben lang glücklich sein konnten. Falls der Himmel es gut mit einem meinte, blieben im Alter eventuell Wohlwollen und Respekt füreinander übrig, wenn die Leidenschaft sich davon geschlichen hatte wie eine Katze in der Nacht, und *dass* sie sich irgendwann auf und davon machen würde, war gewiss. So war es allen Paaren ergangen, die er kannte.

Er seufzte und küsste ihr Haar, und sie schmiegte sich eng an ihn.

Nach einer Weile, nachdem er in ihrer Wärme gebadet hatte, kehrten die Gedanken an Sabrina zurück. Leise murmelte er in Janas stoppelkurzes Haar, das sein Kinn kitzelte: »Die verschwundene Guatemaltekin geht mir nicht aus dem Kopf.«

»Wer weiß, wo sie sich jetzt aufhält«, erwiderte Jana

träge. »Vielleicht schläft sie inzwischen unter irgendeiner Brücke oder sie hat Köln längst verlassen.«

»Oder sie hält sich hier in der Stadt bei jemandem versteckt. Vielleicht ist sie noch im Zirkus.« Der Regen peitschte gegen die Fenster. Florian stand auf, um sie zu schließen. Am Himmel zuckten Blitze.

»Ich weiß, was ich tun werde«, sagte er und kroch wieder unters Laken.

Jana sah ihn an.

»Ich gehe heute Abend zu *Roncalli*, am liebsten zusammen mit dir, doch vorher rufe ich Lisa an und schlage vor, dass sie und Luz uns begleiten.«

SONNABEND, 16. JULI, NACHMITTAGS

Dele traute sich kaum noch aus dem Wohnwagen. Bereits den zweiten Tag hielt sie sich darin versteckt, aber in der vergangenen Nacht, im Schutz der Dunkelheit, hatten sie Ginos Behausung verlassen. Die Enge des Gefährts, das ihr wie ein Gefängnis vorkam, hatte ihr die Luft abgeschnürt. Rasch und halb geduckt waren sie über das Gelände gelaufen, weg von den Menschen, die sie kannten und die wussten, dass die Polizei nach ihr suchte. Gino hatte hoch und heilig versprochen, keiner Menschenseele gegenüber ein Wort darüber zu verlieren, dass er sie versteckte, dass sie sich unter seinem Schutz befand.

Zum ersten Mal hatte er seinen Arm um sie gelegt, und so waren sie langsam durch die Kölner Altstadt geschlendert. Sie hatten vor einer der Kneipen Kölsch getrunken und Flammkuchen gegessen. Danach waren sie zum Rheinufer gegangen, hatten Steine ins Wasser geworfen und sie springen lassen, und sie hatten auf das Schwappen der Wellen gelauscht, wenn ein großes Containerschiff vorüber fuhr. Im frühen Licht des Morgens waren sie auf das Zirkusgelände zurückgekehrt, die letzten Meter schleichend. Sie hatten auf jedes Geräusch geachtet und auf jeden Schatten, aber auf dem Gelände war es ruhig gewesen, nur der Hund eines Artisten, der sie kommen hörte, hatte zweimal heiser gebellt. Die Zirkusleute hatten fest geschlafen, nichts hatte sich geregt, doch Deles Herz hatte vor Angst so heftig gepocht, dass sie meinte, es würde zerspringen.

Am Morgen nach der Gasexplosion hatte Gino eine Zeitung gekauft und sie auf den Tisch gelegt, und mit blassen Gesichtern hatten sie hinter zugezogenen Gardinen gelesen, dass die Gasflasche manipuliert worden war. Dele war tatsächlich vom Stuhl gekippt, und als sie die Augen wieder aufgeschlagen hatte, hatte Ginos Gesicht ganz nah über dem ihren geschwebt. Ein mit Pfefferminzöl getränktes Tuch, das er dicht unter ihre Nase gehalten hatte, hatte sie wieder zu sich gebracht.

Sie hatte Scham gespürt, als sie merkte, dass ihre Bluse geöffnet war, damit Herz und Lunge ungehindert arbeiten konnten, und sie hatte sich beeilt, sie wieder zuzuknöpfen.

Pippa war umgebracht worden, daran gab es keinen Zweifel, aber Dele konnte die Nachricht einfach nicht fassen. Stunden waren seit ihrem Tod und der Zeitungslektüre vergangen, seither hockte sie zusammengekauert allein in einer Ecke von Ginos Wohnwagen, und in einem schier unaufhörlichen Strom flossen Tränen aus ihren Augen. Sie tropften auf ihre Hände, auf ihren Schoß, und sie machte sich nicht einmal die Mühe, sie wegzuwischen.

Pippa war tot. Je länger Dele darüber nachdachte, desto bewusster wurde ihr, dass *sie* dort hätte liegen sollen, nicht die Spanierin. Nur dem Zufall war es zu verdanken, dass sie noch lebte.

Immer wieder tauchte das Bild des Mannes vor ihren Augen auf, der sie und Luz während der Vorstellung beobachtet hatte, und sie konnte seinen dunklen Blick noch jetzt in ihrem Nacken spüren. Wieder fragte sie sich, wo er ihr zuvor bereits begegnet war, und wieder wusste sie keine Antwort darauf. Dele begann zu zittern, und das Zittern hörte nicht auf. Er hatte es einmal versucht und er würde es wieder versuchen.

Mit leerem Blick starrte sie an die Wand. Sie musste Luz treffen, und sie musste so schnell wie möglich mit ihr von hier verschwinden. Sie benötigte einen neuen Pass mit anderem Namen, wenn sie unentdeckt wieder ausreisen wollte, und für Luz gleich noch einen dazu. Ihre Hand griff nach dem Brustbeutel.

Sie begann, einen Rosenkranz zu beten, und nach einer Weile verlor sie jegliches Gefühl für Zeit und Raum. Das Murmeln ihrer Stimme tröstete sie, sie hielt sich fest an ihrem Klang, sie klammerte sich daran, als sei sie ein Seil, das sie vor dem Untergang rettete.

Als die Tür sich bewegte, öffnete sie nicht einmal die Augen, doch der Art der Geräusche konnte sie entnehmen, dass es Gino war.

»Ciao, Bella«, sagte er leise und schloss die Tür, und sie lächelte über seinen Versuch, sie mit dem Ausdruck *Bella* etwas aufzumuntern. »Ich habe dir etwas mitgebracht.« Vorsichtig stellte er eine Papiertasche auf den Tisch. »Sieh mal nach«, forderte er sie auf, nachdem sie keine Anstalten gemacht hatte, sich auch nur einen Millimeter zu bewegen.

Wie nach einem langen Schlaf straffte sie sich und streckte die Arme nach der Tasche aus, und langsam bugsierte sie ein kleines Paket nach dem anderen daraus hervor. Sie staunte über geblümte Unterhosen, einen karierten BH und Nylonstrumpfe sowie weiße Tennissocken und ein Paar Sandalen. Zwei weiße T-Shirts, ein hellblaues Kleid und Jeans. Außerdem eine kleine Flasche Parfum. Beschämt sah sie auf. »Gino, das ist viel zu viel … muchas gracias!«

Er lächelte: »Wer weiß, wie lange ich dich hier noch verstecken muss …«

»Ich kann es nicht bezahlen, es sei denn …« Sie tastete nach ihrem Brustbeutel. »Kannst du noch ein paar Tage warten? Dann gebe ich dir das Geld für die Einkäufe bestimmt zurück.«

»Betrachte die Sachen als Geschenk. Willst du die Flasche nicht einmal öffnen und daran riechen?«

Dele zögerte. Ein Parfum hatte sie Zeit ihres Lebens noch nicht besessen. Vorsichtig öffnete sie die sündhaft teuer aussehende rotgoldene Verpackung, dann holte sie eine geschliffene Glasflasche mit zugehörigem Flakon daraus hervor. Sie schraubte am Verschluss und schnüffelte. »Gut«, sagte sie. Für weitere Beschreibungen fehlten ihr die Worte. »Gut«, wiederholte sie noch einmal.

Gino trat näher zu ihr heran. »Darf ich?«

Verwundert richtete sie ihre dunklen Augen auf ihn. Er nahm ihr die Flasche aus der Hand, gab etwas Flüssigkeit auf seinen Finger und berührte vorsichtig ihre Haut. Erst benetzte er sie hinter dem einen Ohrläppchen, dann hinter dem anderen, und schließlich betupfte er auch die kleine Kuhle mitten auf ihrem Hals. Aus dem Tupfen wurde ein sanftes Drücken, und schließlich wanderten seine Finger ihren Hals hinunter zum Schlüsselbein und stoppten kurz über dem Brustansatz. Dele hielt still. Seine Finger erinnerten sie an die zarten Fäden der Maiskolben, mit denen sie sich zu Hause in Guatemala nach der Ernte oft über die Wangen strich.

Sie bog ihren Kopf ein Stück zurück und ihre Stimme klang rau, als sie fragte: »Was hat die Kripo gewollt?« Sie hatte die Beamten am Vormittag erneut auf dem Gelände gesehen.

Gino trat einen Schritt zurück. »Sie fragen nach dir, versuchen herauszufinden, wo du dich aufhältst.«

Dele sah ihn erschrocken an. »Und?«

»Keiner weiß etwas, aber fast alle reden nur gut von dir.«

»Wer nicht?«

Er machte eine wegwerfende Handbewegung. »Der Zeltmeister.«

Dele nickte. Schon als sie sich das erste Mal begegnet waren, waren sie sich nicht sympathisch gewesen. Sie mochte den kleinen, untersetzten Mann nicht, genauso wenig wie er sie mochte.

»Hast auch du mit der Kripo gesprochen?«

Er nickte.

»Und was hast *du* ihnen erzählt?«

»Dass du gut jonglieren kannst.« Er lächelte. »Außerdem habe ich gesagt, dass du zu kaum jemandem vom Zirkus engeren Kontakt hattest.«

»Kann es sein, dass sie bald die Wagen nach mir durchsuchen?«, fragte Dele erschrocken.

»Ich weiß es nicht«, er zuckte mit den Schultern. »Erst einmal fragen sie danach, warum du verschwunden sein könntest. Sie suchen nach einem Grund.«

»Haben sie etwas über meine Arbeitserlaubnis gesagt? Meinst du, sie ahnen, dass sie gefälscht ist?«

Er schüttelte den Kopf. »Nein, aber sie wollten wissen, wie dein Verhältnis zu Pippa war, vor allem in den letzten Tagen.«

Dele wurde blass. Sie dachte an die lautstarke Auseinandersetzung, die sie einen Tag vor Pippas Tod miteinander gehabt hatten. Die Baskin war ärgerlich darüber gewesen, dass sie sich ohne zu fragen ein paar von ihren Sachen ausgeliehen hatte. Wenn sie Luz von der Schule oder von zu Hause abgeholt hatte, hatte sie sich immer wieder heimlich Dinge von ihr genommen, denn sie wollte jedes Mal anders aussehen und von niemandem wiedererkannt werden, und sie hatte Pippa von alldem nie etwas erzählt. Herausbekommen hatte Pippa ihre Ausleihaktionen, weil die Sachen anders geordnet und anders gefaltet in ihren Schachteln und Schränken gelegen hatten, als sie es gewohnt war.

»Der Zeltmeister hat gehört, wie ihr euch gestritten habt, und er hat der Polizei davon erzählt«, sagte Gino in ihre Gedanken hinein.

Dele sah ihn an. »Es ging nur um ein paar Kleider, nichts Ernstes«, sagte sie zaghaft.

»Das hörte sich nach seiner Beschreibung aber ganz anders an.«

Dele schwieg, und Gino legte beide Hände auf ihre Schultern. »Du verschweigst mir immer noch etwas, stimmt's? Die gefälschte Arbeitserlaubnis ist nur ein Teil des Problems.« Er dachte an das kleine Mädchen, mit der er sie ein paar Mal im Zirkus gesehen hatte.

Sie blinzelte, ihre Augen waren voller Furcht. Gino wartete darauf, dass sie etwas sagen würde, sich erklären, aber sie schwieg. Ihr mangelndes Vertrauen versetzte ihm einen Stich, und er merkte, dass ihr Verhalten ihn ärgerlich machte, und so sagte er nur: »Du stehst unter Verdacht, Pippa umgebracht zu haben.«

SONNABEND, 16. JULI, NACHMITTAGS

Zum zweiten Mal in dieser Woche stand Florian vor Sams Haustür in der Kirchberger Straße, doch nichts war wie beim ersten Mal. Sam würde ihm nicht öffnen, weil er in Untersuchungshaft saß, und das Grundstück, das bei seinem letzten Besuch licht und freundlich vor ihm gelegen hatte, ersoff in Wasser und sah unwirtlich aus. Es troff vom Dach und rann gurgelnd die Regenrinne herunter. Die Erde hatte sich innerhalb der letzten Stunden, in denen es dauerhaft geregnet hatte, mit Feuchtigkeit so vollgesogen, dass sie nichts mehr von dem lange ersehnten Nass aufnehmen konnte. Dicke Pfützen hatten sich gebildet, dunkle Seen, in denen sich Gewitterwolken spiegelten, die immer noch dick und schwer am Himmel hingen.

Florian und Jana betrachteten fasziniert den Regenbogen, der sich halbrund über den Horizont spannte, als habe ihn ein Verrückter dorthin gezaubert. Ein Regenbogen begeisterte ihn jedes Mal aufs Neue, und in einer Art romantischer Anwandlung überlegte er ernsthaft, ob er sich nicht ein Halbrund aus Spektralfarben ans Schlafzimmerfenster kleben sollte.

Erneut drückte er auf die Klingel, etwas länger diesmal, und er wunderte sich, dass Lisa nicht öffnete. Als er sie angerufen hatte, um ihr den Vorschlag zu unterbreiten, gemeinsam mit Luz in den Zirkus zu gehen, hatte sie sofort zugestimmt. »Das ist eine gute Idee«, hatte sie gesagt und leise hinzugefügt: »Eine sehr gute Idee. Allein zu Hause halte ich es nicht mehr lange aus.«

Dass Jana dabei sein würde, störe sie nicht, hatte sie

beteuert und angemerkt, dass sie sich sehr freuen würde, seine jetzige Freundin kennenzulernen.

Noch immer regte sich nichts im Haus. »Ist sie überhaupt da?«, fragte Jana skeptisch.

»Ich denke schon, wir sind schließlich verabredet.« Florian trat einen Schritt zurück, vom schützenden Vordach hinaus in den Regen. Prüfend ließ er seine Blicke über die Fenster gleiten, hinter denen leblose Stille herrschte. »Es scheint tatsächlich niemand zu Hause zu sein«, sagte er verwundert und schüttelte sich.

»Komm, wir gehen«, schlug Jana vor und sagte: »Ich möchte mir keine Erkältung holen. Wenn wir hier noch länger herumstehen, sind wir bald nass wie die Pudel.«

»Du meinst, *sehen wir aus wie begossene Pudel*«, korrigierte er sie. Jana hatte die Angewohnheit, Idiome zu verdrehen oder neu zu erfinden. *Das schlägt dem Fass die Krone aus*, war nur ein Beispiel dafür. Kürzlich erst hatte sie gesagt: *Der wird bald in den Löffel beißen*, und hatte damit ihren hochbetagten Nachbarn gemeint, der sich, wie sie vermutete, von seiner Grippe nicht mehr erholen und bald *ins Gras beißen* oder *den Löffel abgeben* würde.

In der Tiefe von Florians Regenmanteltasche klingelte sein Handy. An der Nummer erkannte er, dass es Lisa war.

»Wartet Ihr schon lange auf mich? Entschuldige, aber ich bin, ich musste ganz schnell …«, sagte sie mit gehetzter Stimme.

»Wir fragen uns, wo du steckst.« In Florians Ton klang ein Vorwurf mit, den er so nicht wollte.

»Tut mir leid, ich musste rasch weg.«

»Das Wetter ist nicht gerade so, dass man gern im Regen steht …« versuchte Florian das Brüske seines vorherigen Tonfalls zu erklären.

»Sorry, es kam alles so plötzlich. Ich bekam diesen Anruf von seinem Chef und bin sofort losgedüst.«

»Ich verstehe nicht, du bekamst einen Anruf von … was ist passiert?«

»Ich habe Sam abgeholt. Sie haben ihn aus der Untersuchungshaft entlassen.«

»Was?«, fragte Florian voller Erstaunen.

»Ja, gegen Kaution. Sein Chef hat ihn da rausgeboxt, es gibt inzwischen genug entlastende Fakten, sodass kein dringender Tatverdacht mehr besteht. Wir sind in zehn Minuten da.«

Lisa fuhr Sams Mercedes in rasantem Tempo vor. Der Motor war kaum ausgeschaltet, da öffneten sich auch schon die Türen. Sam sah gealtert aus. Sein Gesicht war grau und eingefallen, tiefe Falten hatten sich in die Haut gekerbt. Florian fiel auf, dass sein Haar spröde und ungewaschen wirkte, strähnig klebte es an seinem Kopf. Dennoch war ihm dieses Erscheinungsbild sympathischer, als wenn Sabrinas Mann Anzug und Krawatte trug. Mit dem Gestrauchelten, der vor ihm stand, konnte er mehr anfangen als mit dem Anwalt, der die Nase oben trug, nach After-Shave roch und in der Regel einen Packen Hundert-Euro-Scheine im Portemonnaie stecken hatte, wie Florian vermutete.

Luz folgte ihrem Vater auf dem Fuß. Den Blick hielt sie gesenkt, doch in dem Moment, in dem sie den Kopf hob, um Florian und Jana zu grüßen, sah er die unverhohlene Freude in ihrem Blick. Die Freude darüber, dass der Vater wieder zu Hause war.

Sam ging ihnen allen voran, er war es, der die Haustür aufsperrte, und in der Geste lag eine gewisse Würde, gepaart mit Stolz, was Florian seltsam berührte.

Als sie im Haus waren, begann Luz zu hüpfen, auf und ab, und sie konnte gar nicht mehr aufhören damit. Sie machte weite, hohe Sprünge, tanzte ihnen voran ins Wohnzimmer, und dann ließ sie sich wie ein Gummiball neben ihren Vater auf das Sofa fallen, nur um sich einen Moment später in einiger Entfernung von ihm brav hinzusetzen.

Lisa servierte ihnen einen Sherry.

»War das eine Tortur«, stöhnte Sam und ließ den Kopf rückwärts auf das Sofakissen fallen. »Ich bin froh, dass ich endlich wieder draußen bin.«

Luz starrte ihren Vater an. »Warum warst du im Gefängnis, Papa?«

Sam hob den Kopf. »So genau weiß ich es auch nicht, Luz. Wenn du groß bist, später irgendwann, werde ich versuchen, es dir zu erklären. Jetzt nicht. Einverstanden?«

Luz nickte, aber überzeugt wirkte sie nicht.

»Sie sind sicher müde«, sagte Jana mitfühlend, und Florian fügte hinzu: »Wir sind gleich verschwunden. Eigentlich sind wir nur hier, um Jana und Lisa abzuholen und mit ihnen in den Zirkus zu gehen. Habt ihr überhaupt noch Lust, mitzukommen?«

Sam und Lisa tauschten einen Blick, und Sam sagte: »Ich bin froh, wenn ich ein bisschen allein sein kann. Ihr erwartet doch nicht, dass ich euch begleite?«

»Selbstverständlich nicht.« Seine Schwägerin schüttelte den Kopf.

»Darf ich Sie etwas fragen?« Florian rutschte ein Stück auf dem Sessel vor und betrachtete Sam, der einen großen Schluck Sherry nahm.

»Nur zu …«

»Wie hat Ihr Chef es geschafft, Sie da rauszuholen?«

»Er ist ein guter Anwalt«, sagte Sam knapp und fügte hinzu: »Und er kannte die richtigen Argumente.«

SONNABEND, 16. JULI, ABENDS

Florian, Jana, Lisa und Luz hatten Sabrinas Mann wunschgemäß schon bald allein zu Hause zurückgelassen und waren in die Stadt gefahren, um mit Luz zunächst in einer Eisdiele einzukehren, wo sie mit leuchtenden Augen ein riesiges Spaghetti-Eis verzehrte und anschließend noch einen Schoko-Shake trank. Sie hatte zunächst zurückhaltend, dann aber zunehmend aufgeschlossen auf Jana und Florian reagiert, sich in keiner Weise befremdet gezeigt oder etwa eingeschüchtert. Sie befand sich, wie Jana Florian ins Ohr flüsterte, im Vergleich zu ihrem Gespräch auf der Mauer vor der *Roosevelt Schule* geradezu in Plauderlaune.

Als sie in der Eisdiele hockten, hatten er und Lisa jede Menge Erinnerungen ausgetauscht und unter unendlich vielen *Weißt du noch?* die eine oder andere Situation von früher neu auferstehen lassen, zwar unter dem alles überdeckenden Mantel der Traurigkeit, dass Sabrina die Geschichten nicht mehr mit ihnen teilen konnte, aber sie hatten es geschafft, zwischen sich die alte Nähe und Vertrautheit wiederzubeleben, die vieles leichter machte.

Auf dem Weg zum Zirkus, den sie zu Fuß zurücklegten, fand er Gelegenheit, Lisa auf die Sabrina der letzten Monate anzusprechen, die Sabrina, die ihm völlig fremd war. Jana und Luz gingen ein paar Schritte hinter ihnen und Lisa vertraute ihm mit leiser Stimme an, dass ihre Schwester mit dem Gedanken gespielt hatte, sich scheiden zu lassen.

»Wusste Luz davon?«, wollte er wissen.

Lisa verneinte. »Sabrina hatte einen Liebhaber«, sagte

sie und fügte hinzu: »Aber er war nicht der Grund, sondern nur der Auslöser für ihren Scheidungswunsch. Durch diese Beziehung ist ihr klar geworden, wie brüchig ihre Ehe war.«

»Weißt du, wer es ist?«

»Sie hat ein großes Geheimnis darum gemacht, ich habe nie verstanden warum. Allerdings hat sie einmal erwähnt, dass Sam ihn gut kenne und dass er ausflippen würde, wenn er erfahren würde, wer es ist.«

»Hast du wirklich keinerlei Anhaltspunkte?«, wollte Florian wissen und starrte Lisa an.

Sie überlegte einen Moment. »Nein.«

»Was war so toll mit dem Neuen?«

»Der Sex.«

Florian holte tief Luft, dann fragte er leise: »Wusstest du, dass sie sich fesseln ließ?«

Lisa blieb mitten auf der Straße stehen. »Ja, aber woher weißt *du* das?«

Er erzählte ihr von dem Laden, in dem Sabrina Stammkundin gewesen war, und Lisa hörte ihm aufmerksam zu. »Sie hat mir davon erzählt, aber sie wollte vor allem von mir wissen, ob ich auch solche Vorlieben habe ... ich meine, wir sind Schwestern ...«

Florian sah sie überrascht an. Daran hatte er noch gar nicht gedacht. »Und ...?«

Sie schüttelte den Kopf.

»Wenn wir herausbekommen würden, wer ihr Liebhaber war, hätten wir vermutlich den Mörder.«

»Was ist mit Sam?«, fragte sie. »Ich halte es immer noch für möglich, dass er sie umgebracht hat.«

»Ich denke, er ist rehabilitiert? Der Verdacht gegen ihn ist ausgeräumt. Du magst ihn nicht, stimmt's?«

»Seit ich weiß, was er ihr angetan hat, nicht mehr«, sagte sie nach einer Weile.

»Aber Sam hat ein neues Alibi …«

»Das ist doch eine Farce, vermutlich ist es genauso erstunken und erlogen wie das erste. Ich sage dir, sein Chef hat es ihm *verschafft*.«

»Wieso glaubst du nicht daran, dass es wahr sein könnte?«

»Er und sein Chef verfolgen die gleichen wirtschaftlichen Interessen. Eine Kanzlei, dessen Sozius unter Verdacht steht, seine Frau umgebracht zu haben, kann bald den Laden dicht machen, meinst du nicht?«

»Wo will er sich zur Tatzeit aufgehalten haben?«

»Es ist so einfach, dass du es nicht glauben wirst.« Lisa kniff die Augen zusammen.

»Nun sag schon.«

»Er behauptet, sie seien zusammen in der Kanzlei gewesen und hätten dort einen Fall besprochen.«

»Ach … und warum fiel ihm das jetzt erst ein?«, fragte Florian. »Das hört sich in der Tat etwas simpel an.«

Lisa zuckte mit den Schultern. »Er sagt, er habe nicht weiter darüber nachgedacht. Schließlich habe Sam ja ausgesagt, dass er bei einem Freund essen gewesen sei, und damit sei die Sache für ihn erledigt gewesen.«

»Das hört sich sehr merkwürdig an.«

»Du sagst es.« Lisa seufzte. »Ich weiß inzwischen tatsächlich nicht mehr, was ich glauben soll. Das Schlimmste ist, dass ich Sam früher einmal sehr nett fand, aber das ist lange her …« Sie stockte. »In den letzten Tagen, bevor sie ihn festgenommen haben, da war er so …«

Florian ergriff ihren Arm und drückte ihn sanft. »Wie war er?«

»Unberechenbar. Entweder war er völlig verschlossen, hat keinen Ton mit uns geredet und uns völlig übersehen oder er war aggressiv.«

Florian zuckte zusammen. »Erklär das bitte.«

»Ich weiß nicht, naja … er hat Luz ein paar Mal so angefahren, dass ich dachte, er schlägt jeden Moment zu. Es passierte beispielsweise, wenn sie ihm widersprochen hat. Meist waren es Kleinigkeiten, und manchmal hat sie einfach nicht auf ihn gehört. Wenn er sie aufgefordert hat, Schularbeiten zu machen, die Musik leiser zu drehen, sich die Zähne zu putzen, den PC auszustellen, endlich ins Bett zu gehen … solche Dinge, dann hat sie ihn ignoriert. Es war eine kleine Revolution. Ich glaube, sie hat ihm instinktiv die Schuld am Tod ihrer Mutter gegeben.«

Florian blickte über die Schulter und sah, dass Jana und Luz in ein Gespräch vertieft waren. Das Kind lachte. Beruhigt wandte er sich wieder Lisa zu.

»Aber sie scheint sich sehr über seine Rückkehr zu freuen.«

»Kinder freuen sich meist, wenn die Eltern wieder da sind, auch wenn sie nur ein paar Stunden weg waren. Sie können ihre Kinder geschlagen haben, sogar misshandelt, Hauptsache, sie sind wieder da. Das ist normal, und ich glaube, Luz hängt trotz allem sehr an ihm. Außerdem hat sie gerade erst ihre Mutter verloren, da wird seine Anwesenheit umso notwendiger. Er ist nun ihre wichtigste Bezugsperson.«

»Und was ist mit dir?«

»Sie mag mich, da bin ich sicher, aber die Mutter kann ich ihr nicht ersetzen.«

»Wie lange kannst du noch hier bleiben?«

»Ich bleibe, so lange es nötig ist.« Lisa seufzte. »Ich

habe mich beurlauben lassen, hoffe aber, dass in zwei bis drei Wochen hier alles so weit geregelt ist, dass ich wieder nach Berlin zurückkehren kann.«

»Ich möchte dir etwas zeigen.« Florian holte sein Handy hervor und zeigte ihr das Foto von dem Mann, der Luz vor der Schule angesprochen hatte.

»Kennst du ihn?«

Lisa zuckte mit den Schultern und sagte verblüfft: »Ich habe keine Ahnung, wer das ist.«

Florian warf erneut einen Blick über die Schulter, und er bemerkte, dass Jana und Luz zurückgeblieben waren. Sie standen unter einem Baum, und Luz warf mehrfach hintereinander kunstvoll zwei Bälle in die Höhe und fing sie abwechselnd erst mit der einen, dann mit der anderen Hand wieder auf.

»Schau, was sie da macht …«, sagte Florian verblüfft.

Lisa nickte. »Sie übt oft Jonglieren.«

»Wer hat es ihr beigebracht?«

»Keine Ahnung, ich habe sie danach gefragt, aber sie sagt, sie habe es ganz allein gelernt.

»Ungewöhnlich.« Florian runzelte die Stirn. »Wer hat ihr die Jonglierbälle gekauft?«

»Das sagt sie nicht. Sie meint, das dürfe sie nicht verraten, andernfalls würden die *Beanbags* im Dunkeln, wenn sie schlafe, hoch in den Himmel springen und nie mehr wieder herunter kommen, weil sie auf dem Mond ein neues Zuhause gefunden hätten.«

»*Beanbags*?«, fragte Florian erstaunt. »Was ist das?«

»*Beanbags* oder übersetzt *Bohnensäcke* sind Jonglierbälle für Anfänger«, erklärte Lisa. »Sie haben eine Hülle aus Stoff, Leder oder Kunststoff, und innen drin sind sie mit Bohnen oder Hirse gefüllt.«

Meist ist so ein Ball einfarbig, was den Vorteil hat, dass der Zuschauer die Drehung des Balls nicht sieht.«

Florian nickte, dann fragte er: »Hast du Kinder?«

Überrascht sah sie ihn an, und schließlich schüttelte sie den Kopf. »Mein Mann und ich haben es mit In-Vitro versucht, aber es hat nicht funktioniert.«

Schweigend gingen sie nebeneinander her, und Florian fragte sich, warum die meisten Frauen unbedingt Kinder wollten.

Als Jana und Luz sie wieder eingeholt hatten, lobte er das Mädchen für seine Kunststücke mit den Bällen, und sie bekam vor Stolz rote Wangen.

Je näher sie dem Zirkus kamen, desto aufgeregter wurde sie. Zunächst führte er die Anspannung auf ihre Vorfreude zurück, doch irgendwann regte sich in ihm der Verdacht, dass sie nach jemand Ausschau hielt. Immer wieder reckte sie den Kopf, doch jedes Mal, wenn sie sich beobachtet fühlte, schaute sie schnell wieder zu Boden.

»Kaufst du mir Popcorn?«, wollte sie wissen. Florian sah sie prüfend an, dann winkte er der Verkäuferin. Lisa bestand darauf, dass er nur eine kleine Tüte erstand.

Das Vorzelt füllte sich langsam. An der Kasse holte er die vorbestellten Eintrittskarten ab und erkundigte sich danach, wo er die Pressesprecherin fand. Dann bat er Lisa, Jana und Luz, im Zelt die Plätze einzunehmen und versprach, in wenigen Minuten nachzukommen. Jana und er tauschten einen kurzen Blick.

Eine Programmverkäuferin führte ihn hinaus auf das Gelände, wo die Zirkuswagen standen. An einem der vorderen Wagen machte sie Halt und klopfte, und kurz darauf ertönte ein forsches »Herein.«

Die Pressefrau, eine schlanke Brünette, machte einen

sympathischen Eindruck auf ihn. Er wusste, dass er ihr gleich eine Lügengeschichte auftischen würde, aber es war ihm egal. *Der Zweck heiligt die Mittel*, dachte er und beruhigte sein Gewissen damit, dass seine Chefin von dieser Aktion eventuell sogar profitieren würde.

Er erläuterte, dass *Diens-Talk* eine Sendung zum allgemeinen Thema *Zirkus in NRW* plane und ließ sich Pressemeldungen über *Roncalli*, der in Köln sein Winterlager hatte und beinahe jedes Jahr für ein paar Wochen auf dem Neumarkt seine Zelte aufschlug, aushändigen. Die Pressefrau äußerte Bedenken, dass die Gasexplosion im Zentrum der geplanten Sendung stehen würde, und Florian zog sämtliche Register, um sie vom Gegenteil zu überzeugen. Er sagte, dass das Thema *Zirkus in NRW* kaleidoskopartig aufgemacht werden würde, die Gasexplosion sei nur ein Randaspekt. Man würde grundsätzlich verschiedene Zirkusse vorstellen und man würde auch der Frage nachgehen, wie und wo Zirkuskinder unterrichtet werden.

Schließlich erteilte sie ihr Einverständnis dafür, dass er am nächsten Tag mit den Künstlern sprechen könne, auch wenn der Zeitpunkt wegen der Gasexplosion äußerst ungünstig sei. »Aber bitte stören Sie die Arbeit der Kripo nicht, ich kann keinen zusätzlichen Ärger gebrauchen«, bat sie eindringlich.

Florian nickte und atmete tief durch. Er hatte erreicht, was er wollte.

Ein Blick auf die Uhr zeigte ihm, dass die Vorstellung gleich beginnen würde, dennoch trieb ihn seine Neugier in die Nähe der Stelle, an der es zur Explosion gekommen war. Nicht zu dicht, dachte er und achtete instinktiv auf Abstand. In den Schatten eines Baumes gelehnt, betrachtete er still den Unglücksort, den Platz, an dem die Spanierin gestorben war. Das Absperrband war inzwischen längst entfernt worden, jetzt flackerten dort Kerzen. Kollegen und Freunde hatten Schrifttafeln und Briefe in die Erde gesteckt und Blumen niedergelegt. Florian senkte den Kopf und las die in großer Schrift verfassten Botschaften: *Pippa, du bleibst unvergessen; Dein Tod wird gesühnt;* und: *Wir wünschen dir Frieden.*

Plötzlich hörte er ein Geräusch, das ihn aus seinen Gedanken riss. Er reckte den Kopf, und gleich darauf presste er sich mit angehaltenem Atem gegen den Stamm. An der Tür eines der Wohnwagen machte sich jemand mit einer Brechstange zu schaffen.

SONNABEND, 16. JULI, ABENDS

Ihr Herz klopfte bis zum Hals. Das Schaben irritierte sie. Ein fremder Ton, der nicht aufhörte, sondern immer eindringlicher wurde. Was war das? Sie horchte, ihr Körper wurde stocksteif. Nur den Bruchteil einer Sekunde später war sie sicher, dass sich jemand an der Tür zu schaffen machte. Gedanken rasten durch ihren Kopf. Gino? Nein, er besaß einen Schlüssel. Wer dann? Jemand vom Zirkus? Aber warum? Plötzlich spürte sie, wie die Angst die Luft um sie herum verdichtete, wie sie ihre Klauen nach ihr ausstreckte. Sie war ein Ungeheuer, das nach ihr griff, sie reißen und verschlingen wollte wie eine willkommene Beute.

Die Erkenntnis traf sie wie ein Schlag. Da draußen war der Mann, der Pippa getötet hatte. Dele hielt die Luft an. Er war wieder da. Er war gekommen, um sie zu töten, sie endlich zu erwischen.

Wohin? Wo konnte sie sich verstecken? Ihre Augen irrten in dem kleinen Wohnwagen umher. Im Schrank? Welche Idiotie. Unterm Tisch? Im Bett? Das war genauso unsinnig, er würde sie sofort entdecken.

Es wurde lauter, jetzt ruckelte er an der Tür. Ihr Herz raste. Sie sprang von der Sitzbank auf und zerrte mit zittrigen Händen einen Stuhl vor die Klinke und verklemmte die Lehne damit. Ihr Atem ging laut und in Stößen. Er war ein hektisches Röcheln, das sie erschreckte. Für einen Moment wurde ihr schwindlig. Schnell. Sie brauchte eine Waffe. Ihre Augen irrten umher. Womit sich verteidigen?

Dele spürte, wie kleine Schweißperlen von ihrer Oberlippe in die Mundwinkel rannen, sie schmeckte das Salz. Ein Geschmack wie der salzige Fallwind des Xocomil, und sie fragte sich, warum sie ausgerechnet jetzt an ihre Heimat dachte. Dele schmeckte nun auch das Blut, das sich mit dem Salz der Winde vermischte. Sie hatte sich auf die Zunge gebissen.

Er rumpelte gegen die Tür, die sich bereits einen Spalt breit öffnete.

Sie brauchte eine Waffe. Sie wirbelte herum und riss eine Schublade der Küchenzeile auf. Topflappen, Gewürze. Die nächste Schublade. Besteck. Sie nahm eines der Messer heraus und ließ die Klinge über die Kuppe ihres Daumens fahren, es war stumpf, unbrauchbar. Sie riss eine weitere Schublade auf. Darin: Scheren, Kochlöffel. Ihr Blick fiel auf ein großes Fleischmesser. So groß wie furchterregend. Mit fahrigen Fingern überprüfte sie die Schärfe und schon zuckte sie zusammen. Rot und dick tropfte es auf den Linoleumboden. Sie steckte den Finger in den Mund und saugte sich an ihrem Fleisch fest, als sei es eine Stange, die ihr jemand hingehalten habe, um sich festzuklammern, und wie angewurzelt, mit starren Augen, beobachtete sie die Tür, die jeden Moment aufspringen würde.

SONNABEND, 16. JULI, ABENDS

Marko Rössner und Sylvia Gerlach standen nebeneinander am Fenster und sahen hinaus auf die Straße, die um diese Zeit nicht allzu belebt war. Unter ihnen ertönte ein kurzes Hupen, dann war wieder alles ruhig, der Verkehr floss gemächlich dahin. Es war der typische Wochenendverkehr, der die meisten Menschen zu einem freundlichen Fahrstil veranlasste und sogar die Autos, in denen sie saßen, sympathisch wirken ließ. Wie locker auf eine Schnur gezogene, blank geputzte Perlen zogen die PKWs vorbei, und Sylvia Gerlach fragte sich, wie es wäre, wenn sie jetzt auch ihre vier Räder unter sich hätte und nach Hause fahren könnte. Ein schmerzliches Lächeln umspielte ihren Mund. Ihre Freunde saßen jetzt irgendwo draußen und amüsierten sich, während sie immer noch im Dienst war, doch sie hatte es ja so gewollt. Selbst wenn die Arbeit bei der Kripo ihr viel abverlangte, so war sie trotz gelegentlicher Zweifel sicher, den richtigen Job gewählt zu haben. Allerdings hatte sie den Verdacht, dass ihr Chef nicht dieser Meinung war.

Sie war hundemüde und unterdrückte ein Gähnen. Im Laufe des Tages hatte sie sich zweimal beim Sekundenschlaf ertappt. Das erste Mal war sie vor dem PC eingeschlafen und davon aufgewacht, dass sie mit dem Kopf gegen den Bildschirm gerumst war, das zweite Mal war sie in der morgendlichen Fallbesprechung, an der das ganze Team um Rössner teilnahm, eingenickt. Die Heiterkeit der Kollegen, die sich über ihr Schnarchen amüsierten, hatte sie geweckt, und den ganzen Tag über hatte sie sich einiges an Frotzeleien anhören müssen. Mit einem raschen Seitenblick auf Kriminalhauptkommissar Rössner überlegte sie nun, wie er es aushielt, tagelang mit so wenig Schlaf auszukommen. Länger als vier Stunden hatte keiner von ihnen in den letzten Nächten im Bett verbracht.

Trotz all der Arbeit, der Spuren, die sie verfolgt hatten, waren sie im Mordfall Sabrina Delson nicht wesentlich weiter gekommen. Seufzend kehrte sie dem Fenster den Rücken und betrachtete die Pinnwand, an der Zettel und Fotos klebten. Das Foto der Leiche von Sabrina Delson befand sich links oben, rechts oben hing das Foto von Pippa Gonzales. Zwischen die Aufnahmen hatte Kriminalhauptkommissar Marko Rössner einen Pfeil gesetzt, der in beide Richtungen zeigte, und darüber drei Fragezeichen in dickem Rot gemalt. Sie fragten sich, ob es zwischen den zwei Frauen eine Verbindung gab. Es existierten Hinweise, die diesen Rückschluss zuließen, aber es gab auch Indizien, die dagegen sprachen. Es war wie eine Irrfahrt im Nebel. In weiter Ferne tauchte eine Spur auf, so hell und vielversprechend wie ein Leuchten, doch kaum meinten sie, ein Stück weiter gekommen zu sein, schien der Weg plötzlich irrelevant und verlief im Nichts. »Wo ist die Schnittstelle, wenn es eine gibt?«, seufzte sie leise und stöhnte ärgerlich: »Ich zermartere mir das Hirn und komme nicht drauf.«

Marko Rössner betrachtete die junge Kollegin, und sein Blick war voll unverhohlener Skepsis. Er fragte sich schon seit längerem, über wie viel Grips sie verfügte. Während der gesamten Zeit der Ermittlungen hatte sie nicht mit einem einzigen erhellenden Gedanken zur Aufklärung des Falls beigetragen, und er rechnete auch jetzt nicht ernsthaft damit, dass sie ihn irgendwie weiterbrachte. Dennoch sagte er sich, dass er die Hoffnung nicht aufgeben dürfe, *ein blindes Huhn findet auch mal ein Korn.* Unwillkürlich musste er grinsen. Wenn nicht, würde er dafür sorgen, dass sie bald in eine andere Abteilung versetzt würde. Zur Sitte zum Beispiel.

»Ist was?« Bereit, mitzulachen, sah Sylvia Gerlach ihn an.

Rössner schüttelte den Kopf, löste sich vom Fensterbrett und ging hinüber zur Pinnwand. Ein letztes Mal würde er heute noch rekapitulieren, was sie bislang an Erkenntnissen gewonnen hatten, und dann würde auch er nach Hause fahren. Er überlegte, wann er endlich einmal wieder Zeit finden würde, in den Boxring zu steigen. Heute sicher nicht.

Vielleicht würden sie in den Fakten doch noch etwas entdecken, was sie bislang übersehen hatten. Sam Delson war wieder auf freiem Fuß, und sie mussten mehr oder weniger von vorn anfangen.

Er strich sich über den beinahe kahlen Kopf. Es gab diese Momente, in denen alles ausweglos schien, die Hirne vom vielen Denken stumpf und unflexibel geworden waren, und dann blitzte auf einmal eine zündende Idee wie ein Lichtstrahl auf und wies ihnen den Weg.

»Also noch einmal«, setzte er an und ging zur Pinnwand hinüber. »Ich beginne mit der Rekonstruktion des Tatablaufs, wie wir ihn anhand der Fußspuren herleiten können. So könnte es sich zugetragen haben: Sabrina Delson und ihr Mörder streiten. Er wird handgreiflich, sie versucht zu fliehen. Nach fünf Metern holt er sie ein, zieht die Waffe und schießt. Nacheinander feuert er zwei Schüsse ab, die Lunge und Herz treffen. Als sie tot am Boden liegt, greift er einen schweren Stein und zertrümmert in einem

Anflug maßloser Wut ihr Gesicht. Die Mordwaffe, eine Smith & Wesson, sowie der Stein sind bis heute unauffindbar. Motiv: unklar.«

Sylvia Gerlach schwieg einen Moment, dann fuhr sie fort: »Das Sperma in der Vagina von Sabrina Delson stammt nach DNA-Abgleich nicht von ihrem Mann, was ihren Liebhaber, dessen Identität uns nicht bekannt ist, in den engen Kreis der Verdächtigen bringt.«

Die Kommissarin steuerte ihren Schreibtisch an. Ein massiv auftretendes Hungergefühl verursachte ihr eine leichte Übelkeit, was dazu führte, dass sie trotz aller Vorbehalte gegen Süßigkeiten eine Tafel Schokolade aus der Schublade zog, die sie für den Notfall hier deponiert hatte. Rasch steckte sie sich ein Stück in den Mund. »Trauben-Nuss«, sagte sie und streckte ihrem Chef die Tafel hin: »Auch eins?«

Rössner schüttelte den Kopf und fuhr fort: »Im Umkreis beider Leichenfundorte stellen wir Schuhsohlenabdrücke mit identischem Profil der Größe 46 sicher. Die Tiefe der Abdrücke lässt den Rückschluss zu, dass der Träger ein Gewicht von ca. 90 Kilogramm hat.« Er hielt einen Moment inne. »Wir können davon ausgehen, dass sich ein und dieselbe Person an beiden Tatorten aufgehalten hat. Es könnte Zufall sein oder auch nicht. Möglicherweise wurden sowohl Sabrina Delson als auch Pippa Gonzales von derselben Person getötet.«

Sylvia Gerlach nickte und sagte: »Kleiner Exkurs. Sam Delson trägt Schuhgröße 45, sein Gewicht beträgt 84 Kilogramm. Als Pippa Gonzales durch eine Gasexplosion in ihrem Zirkuswagen stirbt, befindet er sich in Untersuchungshaft. Er kann also nicht ihr Mörder sein.« Sie hielt einen Moment inne, bevor sie weiter sprach. »Was den

Mord an Sabrina Delson betrifft, so bleibt immer noch ein Tatverdacht gegen ihren Mann bestehen, auch wenn er ein neues Alibi vorweisen kann. Er ist als gewalttätig und extrem eifersüchtig bekannt. Eine seiner Schusswaffen, eine Smith & Wesson, bleibt unauffindbar. Wir wissen bis heute nicht, ob Sam Delsons Waffe die Mordwaffe ist.«

Mit schmalen Augen sah sie ihren Chef an. »Nun komme ich zu den Gründen, die dagegen sprechen, dass beide Frauen von ein und demselben Täter getötet wurden.

Fakt ist: Beide Tötungsarten unterscheiden sich voneinander. Pippa Gonzales' Körper, oder das, was davon übrig blieb, weist keinerlei Anzeichen von Verletzungen oder Spuren von Gewalteinwirkung auf«, erklärte sie, griff erneut zur Schokolade und biss schnell eine Ecke ab. »Entschuldigung, ich muss das jetzt haben, ich breche sonst gleich zusammen.« Nachdem sie ausgekaut und auch noch ein Glas Wasser hinuntergestürzt hatte, fuhr sie fort: »Die Mitbewohnerin der Spanierin, Dele Sanchi, 28 Jahre alt, Guatemaltekin aus Cobán, ist seit ihrem Tod spurlos verschwunden. Nach Auskunft der Ausländerbehörde verfügt die Frau über keine Arbeitserlaubnis. Der Zirkusdirektor behauptet jedoch, sie habe ihm eine entsprechende Genehmigung vorgelegt. Es besteht der Verdacht der Urkundenfälschung.«

Marko Rössner schrieb den Namen Dele Sanchi unter den Namen Pippa Gonzales und fuhr fort: »Rückfragen bei den zuständigen Behörden haben ergeben, dass Sanchi am 30. Mai aus Guatemala City ausgereist und am 31. Mai in Frankfurt als Touristin in Deutschland eingereist ist. Ein Rückflugdatum ist nicht bekannt. Von Frankfurt aus hat sie sich vermutlich mit dem Zug nach Köln begeben, wo sie sich um 23 Uhr abends bei der Bahnhofsmission meldete. Danach verwischt sich ihre Spur, was sie in dieser Zeit getan hat, wissen wir nicht. Seit dem 18. Juni ist sie bei *Roncalli* als Allroundhilfe beschäftigt. Der Zirkus, der in Köln zu Hause ist und sein Winterlager hier hat, gastiert ungewöhnlich lange hier, bis zum 25. Juli, und so lange währt auch ihr befristeter Arbeitsvertrag.«

Der Kriminalhauptkommissar schrieb die Daten auf die Pinnwand und runzelte die Stirn. »Am Tag vor Pippa Gonzalez' Tod, also am 13. Juli, hat der Zeltmeister des *Circus Roncalli* einen lautstarken Streit zwischen der Toten und Dele Sanchi mit angehört.«

Sylvia Gerlach schob die Tafel Schokolade entschlossen zurück in die Schublade und fragte: »Ist das ein Mordmotiv?«

»Nein, aber das und ihr Verschwinden reichen für einen Anfangsverdacht, die Kollegin getötet zu haben.« Der Kriminalhauptkommissar zog den kleinen batteriebetriebenen Propeller aus der Hosentasche, den es in diesem Sommer überall zu kaufen gab, und schaltete ihn ein. Er hielt sich das Gerät vors Gesicht und schloss die Augen, dann bewegte er es hin und her, so dass das kleine Ding ihm etwas kühle Luft und neue Energie verschaffte. »Vielleicht ging es nicht nur um Kleider, sondern auch um einen Mann«, sagte er.

Sylvia Gerlach überlegte einen Moment. »Mag sein. Ich glaube aber nicht, dass Dele Sanchi die Baskin umgebracht hat. Sie wird von beinahe allen Kollegen als freundlich und zurückhaltend beschrieben. Wir sollten überprüfen, ob es eine Verbindung zwischen den Opfern gibt und wenn ja, welche. Ich glaube, dass Dele Sanchi der Faden sein könnte, den der Mörder und seine Opfer an den Enden in Händen halten.«

»Glaube nicht, sondern wisse«, sagte Rössner.

Sylvia Gerlach verzog das Gesicht. »Ja, Chef.«

»Was schlagen Sie vor, sollten wir tun?«

Alter Fuchs, dachte sie und sagte: »Zunächst sollten wir Sam Delson observieren. Darüber hinaus sollten wir ihm noch einmal einen Besuch abstatten. Wir zeigen ihm das Familienfoto, das wir im Wohnwagen sichergestellt haben, und auf dem Dele Sanchi noch einigermaßen erkennbar ist. Eventuell erkennt er sie wieder. Vielleicht ist sie die Frau, die sich auf seinem Grundstück herumgetrieben hat, und er hat uns keine Märchen erzählt, sondern die Wahrheit gesagt.« Sie sah ihren Chef entschlossen an, bevor sie erklärte: »Ich würde einen Durchsuchungsbefehl für den Zirkus beantragen. Vielleicht hält sich Dele Sanchi dort irgendwo versteckt. Außerdem sollten wir genauestens überprüfen, ob die beiden ermordeten Frauen gemeinsame Freunde haben.«

»Oder Feinde.« Rössner nickte. »Einverstanden. Leiten Sie die notwendigen Maßnahmen ein.«

»Sofort.« Sylvia Gerlach schob ihren Schreibtischstuhl beiseite, und ihr Blick streifte die Blumentöpfe. Rasch steckte sie prüfend ihren Finger in die Erde. »Zu trocken«, murmelte sie, griff nach der grünen Plastikgießkanne und versorgte die Pflanzen mit dem notwendigen Nass.

»Danach gehen Sie nach Hause », sagte Rössner und fügte in einem Anflug von Milde, die ihn selbst erstaunte, hinzu: »Dort schlafen Sie sich erst einmal richtig aus und morgen machen Sie frei.«

Überrascht sah sie ihn an. »Ja, aber …«

»Keine Widerrede, ich kümmere mich um alles Weitere. Und jetzt verschwinden Sie«, sagte er streng.

SONNABEND, 16. JULI, ABENDS

Die Klänge eines lauten Tuschs und die entfernte, aber dennoch gut verständliche Stimme des Zirkusdirektors, der das Publikum begrüßte, wehten zu ihm herüber. Kurz darauf folgte ein langer Applaus.

Florians Augen verfolgten jede Bewegung des Mannes, der sich an der Tür des Zirkuswagens zu schaffen machte. Ihm war klar, dass er etwas unternehmen musste, und bevor er noch lange überlegte, lief er auch schon auf den Mann zu.

»Hey, was machen Sie da?«, brüllte er und griff sich einen Ast, der auf dem Boden lag. Er war stabil genug, um sich damit zu verteidigen. Der Mann drehte sich um, und für einen Moment stand er still. Florian sah in das maskierte Gesicht, unter dem schwarzen Strumpf war keine Regung zu erkennen, nicht einmal zu erahnen. Er war mittelgroß, von kräftiger Statur. Seine rechte behandschuhte Hand fuhr in die Hosentasche, und plötzlich zielte er mit einer Waffe auf ihn.

»Keinen Schritt weiter«, stieß er hervor.

Florian blieb wie angewurzelt stehen. Instinktiv versuchte er die Gefährlichkeit der Situation einzuschätzen. Bluffte er nur? Er machte einen Schritt nach vorn.

»Stopp, habe ich gesagt!« Die Stimme klang scharf. Der Mann kam mit erhobenem Arm auf Florian zu und zielte nun mitten auf sein Gesicht. Florian spürte, wie ihm das Blut aus den Adern wich und er dachte: *Soll das jetzt etwa alles gewesen sein?* Wenn er jetzt starb, von einem Unbekannten hier, an dieser Stelle, niedergeschossen wurde, würde er im letzten Moment seines Lebens laut schreien. Es war absurd. Vor weniger als einer Stunde hatte er noch Eis und Popcorn gegessen, und nun hing sein Leben an einem seidenen Faden. Dieser Mann, den er nie zuvor gesehen hatte und der sein Gesicht versteckte, würde entscheiden, ob es aus und vorbei sein würde.

Florian wusste nicht weiter. Stumm starrte er auf das Strumpfgesicht. Ihm zitterten die Knie. Sie fixierten sich einige Sekunden, die sich zu kleinen Ewigkeiten zogen, doch dann kam der erlösende Moment. Der Mann drehte sich um und rannte davon.

Florian taumelte zum Wohnwagen und lehnte seinen Rücken dagegen. Die Regentropfen des Tages durchnässten sein Hemd, doch er spürte die Feuchtigkeit kaum. Seine Brust hob und senkte sich, und es dauerte eine ganze Weile, bis er sich wieder unter Kontrolle hatte. Plötzlich vernahm er ein leichtes Knarren. Er wandte den Kopf und sah, dass die Tür des Wohnwagens einen Spalt breit geöffnet wurde. Aufmerksam betrachteten ihn dunkle Augen. »Muchas gracias«, hörte er eine Frauenstimme flüstern. »Muchas gracias, senor. Sie haben mein Leben gerettet.«

SONNTAG, 17. JULI

Das Tief hatte sich über Nacht verzogen, und der Himmel war so blau wie es einem Sonntag gebührt. Die Welt wirkte wie reingewaschen, klare Luft wehte durch das geöffnete Fenster und bescherte Florian frische Energie. Jana hatte einen Strauß Wiesenblumen, die sie in dem kleinen Blumenlädchen am Chlodwigplatz erstanden hatte, auf den Tisch gestellt, und die noch warmen Croissants verströmten einen hinreißenden Duft. Aus den Schalen mit Kaffee dampfte es heiß, und hätte an diesem Vormittag nicht Dele Sanchi, die von der Kripo gesuchte Guatemaltekin, vor ihm gesessen, wäre er vermutlich auf die Idee gekommen, Jana darum zu bitten, ihm etwas vorzuspielen. Sie war Meisterin auf der klassischen Gitarre, hatte in früheren Zeiten Musik studiert, und sie liebte insbesondere Paganini und Corelli, diese begnadeten italienischen Musiker, deren Kompositionen auch ihn immer wieder begeisterten. Er fand, es gab an einem Sonntagmorgen nichts Schöneres, als ihr zuzuhören. Florian beobachtete Dele Sanchi dabei, wie sie an ihrem Kaffee nippte. An ihrer Seite saß Gino, und als ob er sie beschützen müsse, hatte er seinen Arm um ihre Stuhllehne gelegt.

Am gestrigen Abend, nachdem der Mann vor dem Wohnwagen die Flucht ergriffen hatte, hatte sie die Tür geöffnet und ihn hineingezogen und sie hatte sich immer wieder bei ihm dafür bedankt, dass er ihr Leben gerettet hatte. Dabei hatte sie gezittert wie Espenlaub. Florian war schnell klar geworden, wen er vor sich hatte. Die von der Kripo gesuchte Guatemaltekin.

Als sein Handy klingelte, hatte er geflucht, aber ein kurzer Blick auf das Display hatte ihm gezeigt, dass es Sylvia Gerlach war, und so hatte er abgenommen. Er hatte nur kurz mit ihr gesprochen, aber es hatte gereicht, um zu erfahren, dass die Kripo am nächsten Morgen in aller Frühe den Zirkus durchsuchen würde. Während er mit ihr telefonierte, hatte er Dele genau beobachtet. Er hatte jede ihrer Bewegungen registriert, darauf gefasst, dass sie jeden Moment die Flucht ergreifen würde, und wie unbeabsichtigt hatte er sich vor die Tür gestellt, doch seine Sorge war unbegründet gewesen. Sie war auf die Eckbank gesunken und dort war sie mit hängenden Schultern sitzen geblieben.

Als er sie da hocken sah, blass und zerknittert wie eine Papiertüte ohne Inhalt, hatte er etwas getan, was ihn selbst verwunderte. Er hatte der Kommissarin verschwiegen, wo er war und was er gerade erlebt hatte und er hatte mit keinem Wort erwähnt, in wessen Gesellschaft er sich befand. Kurz hatte sich sein Gewissen geregt, denn er hatte an ihre Abmachung gedacht, doch dann hatte er sich gesagt, dass sie nicht besprochen hatten, *wann* er ihr seine Neuigkeiten, sofern er überhaupt damit aufwarten konnte, mitteilen würde.

Er hatte das Handy wieder in die Hosentasche gesteckt und sich mit seinen langen Beinen zu Dele Sanchi auf die Eckbank gezwängt. Er war sich viel zu groß und ungelenk für diesen kleinen Wohnwagen vorgekommen und hatte gedacht, dass so ein Gefährt nur etwas für Zwerge sei.

»Er wollte mich umbringen«, hatte sie gehaucht und hinzugefügt: »*Ich* sollte sterben, nicht Pippa.«

Florian hatte sie angestarrt: »Sind Sie sicher?«

Dele hatte stumm genickt.

»Aber warum?«

Sie hatte mit den Schultern gezuckt und anstatt seine Frage zu beantworten hatte sie gesagt: »Ich habe mit ihrem Tod nichts zu tun, ich schwöre es.«

Plötzlich hatten sich ihre Augen geweitet, denn die Erinnerung traf sie mit aller Wucht. Der Mann, der sich an Ginos Wohnwagen zu schaffen gemacht hatte, war derselbe wie der, der sie und Luz vor einigen Tagen im Zirkus beobachtet hatte. Dessen Blick sie in Angst versetzt hatte. Sie konnte darin das Böse spüren, das Entsetzen, das sich durch ihre Vergangenheit zog und nun nach ihrer Zukunft griff. Sie hatte aus dem Fenster gesehen und ihn an seiner Haltung erkannt, an der Form seines Körpers, der Art, wie er die Arme bewegte und den Kopf hielt, es gab keinen Zweifel. Doch immer noch quälte sie sich damit, herauszufinden, wann er ihr zum allerersten Mal begegnet war. Da war ein Bild, doch es war zu weit weg, sie konnte es nicht fassen. Es schwamm dicht unter der Oberfläche ihres Bewusstseins, aber wie ein Gesicht im Wasserspiegel war es in sich verzerrt und verschoben. Und wenn sie dachte, es würde klarer werden, verschwand es wieder in der Tiefe.

Sie hatte Florian angefleht, ihr zu glauben, und da erst war ihm bewusst geworden, dass sie annahm, er sei von der Kripo. Rasch hatte er sie aufgeklärt. Er hatte ihr gesagt, wer er war und dass er ein rein journalistisches Interesse daran habe, den Mörder von Pippa Gonzales und Sabrina Delson zu finden. Und er hatte gefragt, ob sie von Sabrinas Tod gehört habe. Dele hatte genickt.

Während er mit ihr gesprochen hatte, hatte er einen seltsamen Kitzel verspürt und sich beinahe dafür geschämt. Es war die Art von Aufgeregtheit gewesen, die den Angler überkommt, wenn er einen Fisch am Haken hat, der Kampf aber noch nicht entschieden ist.

Dele hatte von Pippa erzählt, und die Worte waren nur so aus ihr heraus geströmt. Sie hatte von ihren gemeinsamen Abenden berichtet und von ihrer Einsamkeit, und sie hatte von Pippas Hoffnung gesprochen, der Armut in ihrem Heimatland zu entfliehen. Sie hatte ihre Abenteuerlust beschrieben, ihre Sehnsucht nach fernen Ländern, die Vorliebe für schöne Kleider und ihren Traum von einem Mann, dem sie eines Tages begegnen und mit dem sie ein glückliches Leben führen würde.

Je länger Florian ihr zugehört hatte, desto mehr hatte er den Eindruck gewonnen, dass sie die Baskin gemocht hatte, dass die beiden in der kurzen Zeit, die sie sich kannten, zu Freundinnen geworden waren, und irgendwann war er sich sicher gewesen, dass Dele die Spanierin nicht getötet hatte.

»Du bist immer wieder für eine Überraschung gut«, hatte Jana zu ihm gesagt, als sie am gestrigen Abend nach der Vorstellung in seine Wohnung gekommen war und er ihr erklärt hatte, dass Dele Sanchi in seinem Gästezimmer schlief.

Jetzt, 15 Stunden später, saß sie am Küchentisch in seiner Wohnung, den italienischen Wachhund namens Gino an ihrer Seite. Das Leben ist grotesk, überlegte er, während er mit seiner italienischen, chromblinkenden Kaffeemaschine hantierte und unter Zischen und Speien für seine Gäste und sich einige Tassen zubereitete.

Dele hatte sein Angebot, bei ihm zu übernachten, angenommen, aber erst, nachdem er ihr von der bevorstehenden Razzia erzählt hatte. Er hatte bei der Jungfrau Maria geschworen, sie nicht zu verraten, und sie hatten einen

Deal vereinbart. Sie würde ihm alle Fragen beantworten, und er würde nach einem Weg suchen, ihr zu helfen und die Polizei von ihrer Unschuld zu überzeugen.

Gino war in der Pause im Wohnwagen erschienen. Nachdem sie ihm die Situation erklärt hatte, war auch er der Meinung gewesen, dass sie bei Florian übernachten sollte.

Jetzt saßen sie zusammen an seinem Küchentisch, er, Jana, Dele und Gino.

»Eins müssen Sie mir erklären«, sagte Florian und griff nach einem Croissant, das er in den frisch gebrühten Kaffee tunkte. »Wenn Sie Pippa nicht getötet haben, warum verstecken Sie sich dann? Wäre es nicht sinnvoller, mit der Polizei zu reden?«

Sie schüttelte den Kopf.

»Warum nicht?«

»Weil ich gefälschte Papiere habe«, antwortete sie zögernd. »Ich bin als Touristin eingereist, da bekommt man keine Arbeitserlaubnis. Meine Aufenthaltsgenehmigung ist gefälscht.«

Ginos Blick wanderte von Florian zu Jana, und er fügte erklärend hinzu: »Für Aufenthalte über drei Monate oder Aufenthalte, die zur Aufnahme einer Erwerbstätigkeit führen, sind Ausländer in Deutschland grundsätzlich visumpflichtig. Dele besitzt aber kein Visum.«

Von draußen klang aufgeregtes Vogelgeschrei ins Zimmer. Im Hof stritten Raben, vermutlich um etwas Essbares. Florian kannte ihre Stimmen, dennoch nervte ihn der Krach in diesem Moment und er stand auf, um das Fenster zu schließen. *Gefälschte Papiere …*

»Warum sind Sie nach Deutschland gekommen?«, wollte er wissen. »Um hier zu arbeiten und Geld zu verdienen?«

Dele starrte auf den Tisch, und sie gab keine Antwort.

Während alle darauf warteten, dass sie doch noch etwas sagen würde, betrachtete er sie. Ihre Kleidung und ihre Schuhe wirkten billig.

»Deutschland hat mich schon immer interessiert«, sagte sie leise, hob aber noch immer nicht den Blick. »Schon als ich beinahe noch ein Kind war.«

»Sie sprechen sehr gut Deutsch«, bemerkte er, und in seiner Stimme klang die Frage mit, wo sie es gelernt hatte.

»Unser Padre in meiner Heimat hat es mir beigebracht. Er kommt aus Süddeutschland, aus Würzburg.« Endlich blickte sie ihn aus mandelförmigen Augen an, die ihn an feuchte Erdschollen erinnerten.

Florian strich sich über das Kinn, das unter seinen Händen kratzte, und setzte sich wieder. Nachdenklich musterte er ihr schwarzes Haar sowie die niedrige Stirn, ihre Haut einer Indianerin und die kräftigen Hände, die sich verkrampft in ihrem Schoß aneinander festhielten.

»Sie können sich nicht ewig verstecken, in der Illegalität leben, abtauchen. Sie müssen sich bei der Polizei melden.«

Mit schreckgeweiteten Augen sah sie ihn an.

Er hielt einen Moment inne und sagte: »Es gibt noch einen anderen Grund, weswegen Sie das sollen.«

Die Luft im Raum war stickig. Draußen im Hof ging der Streit zwischen den Vögeln weiter.

»Sie kennen Sabrina Delson«, sagte er und fügte hinzu. »Sie kennen sie persönlich, nicht nur aus der Zeitung …«

»Was soll das?«, schaltete Gino sich ein.

»Halten Sie sich da raus«, erwiderte Florian knapp.

Plötzlich begann Dele Sanchi zu weinen. Sie schlug die Hände vors Gesicht, und sie hielt damit die Splitter ihrer Vergangenheit fest. Ihre Schultern zuckten, und wieder tropften Tränen aus ihren Augen, dicke, runde Tränen. Einige rannen den stämmigen Hals entlang und fielen auf den Kragen ihrer Bluse. Andere trafen auf ihre Hände, die sie jetzt zur Faust geballt hatte.

Landeplätze der Gefühle. Florian verspürte das Bedürfnis, aufzustehen, sie in den Arm zu nehmen, sie zu trösten, doch er blieb sitzen und regte sich nicht.

»Was hast du denn?«, fragte Gino erschrocken. »Warum weinst du?«

Jana beeilte sich, ihr ein Taschentuch zu reichen, und langsam hob Dele den Kopf. Ihre Augen waren gerötet, aus ihrer Nase lief glasklarer Rotz.

»Ich sage Ihnen, woher Sie Sabrina Delson kennen«, erklärte Florian. »Sie haben sie beobachtet und haben ihr nachgestellt. Sie sind einige Male auf ihrem Grundstück gewesen, und als Sabrina Sie zur Rede stellen wollte, sind Sie weggelaufen. Zumindest zunächst. Und dann sind Sie wiedergekommen. Stimmt's?«

Dele schluckte. Florian sah, wie sich ihr Kehlkopf bewegte.

»Stimmt's?«, wiederholte er die Frage.

Sie nickte, allerdings so zaghaft, dass man es kaum wahrnehmen konnte, aber es reichte ihm, um weiterzumachen.

Dele sah an ihm vorbei aus dem Fenster, in die großen Blätter der Kastanie.

»Was wollten Sie von ihr?« Seine Stimme klang schrill.

»Was soll das?«, brüllte Gino ihn an. »Lassen Sie sie in Ruhe, Mann!«

Gino legte eine Hand auf ihren Arm. Sie stieß sie jedoch weg, erhob sich und ging hinüber zum Fenster. Sie öffnete die Flügeltüren, die Florian vor wenigen Minuten erst geschlossen hatte, atmete tief ein und dann begann sie zu reden: »Es war ein heißer, trockener Tag vor vielen Jahren«, flüsterte sie. »Der Mais stand hoch. Ich ging ins Feld, um ein paar Kolben zu ernten. Die Sonne stand tief, ich war allein. Meine Mutter töpferte, und meine Geschwister spielten oder arbeiteten. Vielleicht bereiteten sie auch das Abendessen vor, das tun sie immer am frühen Abend. Sie warteten darauf, dass ich zurückkäme, der Mais sollte zu den Bohnen und Tomaten in den Topf, an diesem Abend sollte es Chili geben.« Dele hielt ihre Augen geschlossen, als sie weitersprach: »Hinter mir hörte ich ein Rascheln. Ich glaubte, eines meiner Geschwister sei gekommen, und ich drehte mich um. Da stand ein Mann, den ich nicht kannte. Er stand mit dem Rücken zum Licht, sein langer Schatten fiel direkt auf mich. Er grinste, dann kam er auf mich zu ...« Dele schwieg einen Moment, bevor sie fortfuhr: »Ich spürte seine Hand auf meiner Schulter, ein Hieb wie von einer Axt, und ich fiel um. Er stand über mir, breitbeinig, und dann knöpfte er sich die Hose auf ...« Deles Stimme war kaum noch zu hören. »In diesem Moment dachte ich an meine Mutter, an den Ton zwischen ihren Händen, und ich sah, wie sie die Scheibe dreht.« Sie schluckte. »Er nahm meinen Kopf und schlug ihn auf die Erde, wieder und wieder.«

Gino war kreidebleich geworden.

»Hör auf, du brauchst nicht weiterzuerzählen«, flüsterte Jana.

»Irgendwann bin ich bewusstlos geworden«, sagte Dele. »Meine Geschwister fanden mich, als es bereits dunkel war. Achteinhalb Monate später, mein Bauch war schon sehr dick, ist er wiedergekommen, um mich zu holen. Ich wollte nicht, aber er hat mich gezwungen. Ich musste mit in die Stadt, wo er wohnte, ich musste sein Bett machen, und für ihn kochen und putzen. Angerührt hat er mich nicht mehr. Als es so weit war, hat er mich ins Krankenhaus gebracht, und als das Baby kam, haben sie es mir sofort weggenommen.«

»*Sie*?«, fragte Florian.

»Der Mann und eine Frau. Ich hatte sie nie zuvor gesehen.«

»Und dann?«, fragte Jana. »Was passierte dann?«

Dele sah Florian an, als sie weitersprach: »Dann … nichts. Ich habe mein Kind nie wiedergesehen, ich wusste nicht einmal, ob es ein Junge oder ein Mädchen war. Sie haben mir umgerechnet ungefähr 50 Dollar in die Hand gedrückt und mich gezwungen, Blanko-Dokumente zu unterschreiben. Inzwischen weiß ich, dass es die nötigen Unterschriften waren, um mein Kind zur Adoption freizugeben.« Ihr Mund zuckte, er bewegte sich hin und her wie ein zappelnder Fisch. »Jahre später habe ich dem Padre davon erzählt und mich auf sein Drängen in Cobán an eine Menschenrechtsorganisation gewandt. Die Organisation verfügt über Kontakte zu den Behörden, zu Verwaltungsangestellten, die nicht korrupt sind, und so haben sie mit akribischer Geduld Aktenberge durchforstet und Informationen über mein Kind gesucht, und irgendwann sind sie fündig geworden.« Dele sah erst Florian, dann Jana und Gino an. »Und jetzt will ich es zurück, ich will es wiederhaben. Es ist ein Mädchen. Ich wurde zu den Unterschriften gezwungen.« Der Guatemaltekin schossen Tränen der Wut in die Augen. »Inzwischen weiß ich, wo meine Tochter ist.«

Florian fühlte Schwindel, ihm wurde beinahe schwarz vor Augen.

»Sie lebt in Köln, und ihr Name ist Luz Delson.«

MONTAG, 18. JULI, VORMITTAGS

Florian zermarterte sich den Kopf. Hatten Sabrina und Sam gewusst, auf welche Art Luz gezeugt worden war? Seitdem Dele von ihrer Vergewaltigung berichtet hatte, war er so aufgewühlt, dass er kaum noch einen klaren Gedanken fassen konnte. Sie hatte behauptet, dass es in Guatemala eine Adoptionsmafia gebe, die in großem Stil Kinder aus dem Land schaffe und ins Ausland verkaufe, in erster Linie nach Amerika. Eine Adoptionsmafia, die vor allem indigene Frauen ohne nennenswerten Bildungshintergrund ihrer Kinder beraube, sie manchmal sogar bewusst vergewaltige, so wie es ihr widerfahren war, und die ihnen die Kinder nach der Geburt wegnähme. Ein Netz von Kriminellen habe daraus ein Geschäft gemacht: Ein Millionengeschäft.

Er saß hinter seinem Schreibtisch und versuchte, seine Gedanken an Dele endlich beiseite zu schieben und sich auf die bevorstehende Redaktionskonferenz zu konzentrieren, als das Telefon klingelte. Patricia, die Sekretärin, wünschte ihm einen guten Morgen, doch er konnte ihrer Stimme anhören, dass etwas nicht stimmte. »Bist du krank?«, fragte er, von ihrer belegten Stimme verunsichert.

»Nein, das nicht …« Sie druckste herum. »Regine bittet mich dir auszurichten, du mögest in ihr Büro kommen.«

Er sah auf die Uhr. »Die Redaktionskonferenz findet doch erst in einer Stunde statt.«

»Du sollst aber gleich zu ihr kommen.«

Florian merkte auf. »Weißt du, worum es geht?«

»Nein, sie hat nichts gesagt, aber …«

»Ja?«

»Sie hat schlechte Laune, und ich denke, es hat mit dir zu tun.«

Florian raffte sämtliche Unterlagen zusammen, die ihm für die Sendung *Eliteschulen in Deutschland* relevant erschienen, und machte sich mit gemischten Gefühlen auf den Weg zu Regine Liebermanns Büro, das sich im obersten Stockwerk des Altbaus befand. Unterwegs schwebte ihm leichtfüßig Theo entgegen, dessen wasserstoffblond gefärbtes Haar aussah, als habe die Farbe gerade erst eine Auffrischung erhalten. Florian überlegte, wie viele Minuten oder gar Stunden er täglich in seinem Badezimmer zubrachte, damit beschäftigt, sich zu rasieren, sich einzucremen oder sonstige Körperpflege zu betreiben. Er schätzte, dass allein das Styling seiner Frisur ihn mindestens 15 Minuten kostete. Der Praktikant wirkte morgens oft, wenn er ins Büro kam und nicht am Abend zuvor bei Freunden oder in einer Kneipe versackt war, wie ein Top-Model, das gerade im Begriff war, sich auf den Laufsteg zu begeben. Wenn er Theo betrachtete, wunderte er sich nicht, dass viele Frauen über das gepflegte und geschmackvolle Aussehen homosexueller Männer ins Schwärmen gerieten. Er lächelte dem Praktikanten zu, der, einen feinen Duft verströmend, an ihm vorüberglitt und strich sich unwillkürlich über das eigene Haar. Sogleich bereute er, am Morgen nicht etwas mehr Wert auf das eigene Erscheinungsbild gelegt zu haben.

Seine Chefin sah nur kurz auf, als er eintrat, und sie grüßte erstaunlich knapp. Irritiert blieb er in der Tür stehen. »Bin ich zu früh?«

Es dauerte einen Moment, bis er ein »Nein« vernahm. »Setz dich«, forderte sie ihn schließlich auf und fügte hinzu:

»Ich bin gleich soweit.« Sie kritzelte etwas auf ein Blatt Papier, und er hörte nichts als das schabende Geräusch des Stiftes. Während sie schrieb, betrachtete er sie. Alles an ihr wirkte dynamisch. Das markante Kinn, das von Ehrgeiz und Energie sprach, die gerade Haltung, das akkurat geschnittene, gerade herabfallende, halblange blonde Haar. Er war sich sicher, dass die meisten Männer Probleme mit ihrer Stärke hatten, und er selbst musste sich eingestehen, dass er sich hin und wieder etwas mehr Weichheit an ihr wünschte. Aber wäre sie dann auch noch eine gute Chefin? Er wusste, dass sie nicht liiert war, zumindest nicht in einer festen Beziehung lebte.

Irgendwann legte sie den Stift aus der Hand und sah auf. »Wann bist du heute Morgen zur Arbeit gekommen?«

»Gegen halb elf.«

»Ich finde das ein bisschen spät.« Ihr Gesichtsausdruck war ernst.

»Ja, das ist es«, gab er zu. »Aber ich hatte Gründe. Es tut mir leid.«

Sie lehnte sich in ihrem Schreibtischstuhl zurück und betrachtete ihn. »Und was war am Freitag los? Da warst du um kurz nach halb eins verschwunden und bist danach nicht wieder aufgetaucht, von den anderen Tagen der letzten zwei Wochen will ich gar nicht reden. Ich nehme an, auch dafür hast du gute Gründe?«

»Es tut mir wirklich leid.« Florian überlegte, was er zu seiner Entschuldigung vorbringen konnte.

»Du weißt, dass ich dich sehr schätze, aber deine Arbeitsmoral lässt in der letzten Zeit zu wünschen übrig. Jeder Redakteur bei *Profi Entertainment* kann seine Arbeitszeit selbst einteilen und auch selbst entscheiden, wann und wie viel er arbeitet, aber so selten wie du war in den vergangenen Wochen keiner meiner Mitarbeiter im Büro. Ich bezweifle sehr, dass da noch das Ergebnis stimmt, und wenn ich mir Curt anhöre, scheinen meine Zweifel berechtigt zu sein.« Sie fixierte ihn. »Ich habe immer darauf vertraut, dass die Freiheiten, die ich euch gewähre, nicht ausgenutzt werden.«

Florian biss sich auf die Lippen. Was hatte Curt ihrer Chefin erzählt? »Ich versichere dir, dass nichts mir ferner liegt, als dich auszunutzen.«

»Gut.« Sie griff nach dem Stift, den sie zwischen ihren schmalen Fingern hin und her drehte. »Was macht die Sendung? Hast du inzwischen alle Talkgäste unter Vertrag?«

»Noch nicht, leider.« Florian seufzte. Er musste dringend die Formalitäten erledigen, es war ihm bewusst, dass er in dieser Beziehung geschlampt hatte. »Ich kümmere mich sofort darum«, erwiderte er etwas kleinlaut und fügte hinzu: »Heute Nachmittag habe ich alles unter Dach und Fach. Definitiv.« Er dachte daran, dass er noch einiges Drehmaterial für die Einspielfilme sichten musste, und ab 16 Uhr hatte er dafür schon einen Schnitttermin gebucht. *Profi Entertainment* hatte drei eigene Schnittplätze im Keller und beschäftigte fest angestellte Cutter, was die Sache in der Regel erleichterte. Dennoch würde es ein langer Abend werden, wie immer einen Tag vor Sendung, die sie live aus der *Vulkanhalle* ausstrahlten.

»Ich muss mich auf dich verlassen können, wir dürfen uns keine schlechte Quote erlauben, Barrick wartet nur darauf. Die Sendung muss top werden, du weißt das.«

Florian nickte. Sie brauchten dringend bessere Quoten. Bei den letzten drei Sendungen hatte der Marktanteil unter 15 Prozent gelegen, was eindeutig zu wenig war und den Fortbestand der Sendung gefährdete. Sie mussten dem

Unterhaltungschef beim Sender wieder Erfolge präsentieren, ansonsten würde in Kürze die Programmdirektion intervenieren, und was das bedeutete, war ihnen allen klar. Jeder aus ihrem Team wusste, wie schnell Sendungen abgesetzt wurden, inzwischen auch bei den öffentlich-rechtlichen Sendeanstalten, nicht nur bei den privaten.

»Wenn du Unterstützung brauchst, rede mit Curt.«

Florian blinzelte. Mit dem Redaktionsleiter wollte er nur ungern zusammenarbeiten, und Regine wusste das. Meistens fand sie Wege, Curt von ihm fernzuhalten. Warum nicht auch heute? Hatte sie ihn bereits kalt gestellt? »Theo könnte mich unterstützen …«, schlug er vor.

»Dann greif ihn dir«, lenkte sie ein. »Du weißt hoffentlich, wieviel auch für dich vom Erfolg oder Misserfolg der nächsten Sendung abhängt.«

Ihm war klar, wie sehr Regine mit ihrer Kritik an seiner im Büro verbrachten Arbeitszeit recht hatte, in den letzten zwei Wochen war er viel zu selten hier gewesen, und er schalt sich selbst einen Dummkopf dafür. Wenn *Profi Entertainment* die Sendung *Diens-Talk* verlor, verlor auch er seinen Job, soviel war sicher. Außerdem wollte er Regine weder verärgern noch enttäuschen.

»Mach dir keine Sorgen«, versuchte er sie zu beruhigen. »Die Inhalte der Sendung sind trotzdem gut vorbereitet.«

»Hoffentlich. Wenigstens ist das Gegenprogramm auf den anderen Sendern morgen nicht allzu stark.«

Florian nickte. »Ich bin sicher, dass wir gute Chancen auf mehr als 17 % Marktanteil haben.«

Sie äußerte sich nicht dazu, stattdessen sagte sie: »Ich bin gespannt, was du uns gleich in der Redaktionskonferenz präsentierst.«

»Die Sendung wird dir gefallen.«

»Hast du Probleme?«, fragte sie plötzlich mit weicher Stimme, und die Frage kam für ihn völlig unerwartet.

Er benötigte einen Moment, um eine Antwort zu finden, und schließlich sagte er: »Mehr als genug, aber nicht von der Art, wie du denkst …nein, privat ist alles okay.« Er dachte an Jana, und auf einmal war er sich doch nicht mehr ganz so sicher, ob seine Behauptung zutraf. Immerhin war die Wohnungsfrage zwischen ihm und ihr noch nicht geklärt. Er sah sie an. »Was mich in den letzten Wochen sehr beschäftigt hat, ist der Mord an einer Freundin. Außerdem geht mir die Gasexplosion bei *Roncalli*, bei der die junge Baskin gestorben ist, nicht aus dem Sinn. Es könnte sein, dass die beiden Morde irgendwie zusammenhängen.«

Regine Liebermanns Augen weiteten sich. »Ich habe von all dem gelesen, aber was hast *du* damit zu schaffen?«

»Ich bin da in etwas hineingeraten …«

»In was?«

»In die Ermittlungsarbeiten der Kripo … die Tote vom *Decksteiner Weiher* … ich war früher einmal mit ihr befreundet.«

»Dann tut mir ihr Tod sehr leid für dich.«

Florian schluckte. »Um ehrlich zu sein, ich ermittle wieder ein bisschen auf eigene Faust.«

»Du spielst Detektiv? So wie damals bei Max?«

Florian dachte an seinen besten Freund, der vor Curt Redaktionsleiter in der Firma gewesen war und seit zwei Jahren in einer Urne auf dem Melatenfriedhof lag, und plötzlich spürte er den Verlust geradezu körperlich. Es gab viele Situationen, in denen er Max vermisste, aber gerade jetzt hätte er ihn dringend an seiner Seite gebraucht. Nur allzu gern hätte er mit ihm über Dele Sanchi gesprochen und über das, was sie von der guatemaltekischen Adoptionsmafia berichtet hatte. Vielleicht könnte sich daraus sogar ein explosives Thema für *Diens-Talk* ergeben …

Er beugte sich vor und sah seiner Chefin in die klaren blauen Augen. »Ich gebe dir mein Wort darauf, dass die Sendung morgen deine Erwartungen erfüllt. Vielleicht habe ich im Anschluss aber ein bedeutend spannenderes Thema für dich.«

»So?« Skeptisch nahm sie wieder den Stift zur Hand und drehte ihn zwischen ihren Fingern hin und her.

»Ja. Die zwei toten Frauen wären der Aufhänger. Möglicherweise gibt es die Verbindung, von der ich bereits sprach, und möglicherweise steckt dahinter eine beispiellose, organisierte Kriminalität.« Florian spuckte die letzten Wörter regelrecht aus.

»Würdest du bitte ein bisschen konkreter werden.«

»Ich spreche von Kinderhandel, der sich in einem weitverzweigten internationalen Netz bis nach Köln erstreckt.«

Regine Liebermann strich sich eine Haarsträhne hinter das Ohr, und Florian starrte sie an. »Gib mir ein paar Tage für die Recherche. Wenn du willst, kann ich mich nach der Sendung über die Eliteschulen sofort darum kümmern.«

Seine Chefin schwieg. Sie war Profi und so wusste sie, dass manch heiß erscheinendes Thema sich als lauwarme Suppe entpuppte.

»Einverstanden?« Seine Augen brannten.

Regine Liebermann lehnte sich in ihrem Bürostuhl zurück und dachte an die bevorstehenden Vertragsverhandlungen mit dem Sender. Die Wörter *Quote und*

Marktanteil hingen über ihr wie ein Damoklesschwert, von ihnen hing die Zukunft des Unternehmens ab. *Profi Entertainment* produzierte neben *Diens-Talk* zwar noch andere Sendungen, darunter Event-Shows zu aktuellen Anlässen wie Halloween, Muttertag oder Weihnachten, aber *Diens-Talk* war ihre Haupteinnahmequelle. Sie wurde wöchentlich ausgestrahlt, und umso wichtiger waren hier gute Quoten. Sie schürzte die Lippen, schlug schwungvoll die Beine übereinander und entschied: »In Ordnung. Aber spätestens kommenden Montag will ich brauchbare Ergebnisse haben.«

Die anschließende Redaktionskonferenz verlief ohne größere Turbulenzen. Der Ablaufplan wurde abgesegnet, und selbst Hermann Barrick verhielt sich erstaunlich zahm, bis auf unwesentliche Veränderungen im Programmablauf war er mit allem einverstanden gewesen. Zufrieden und mit einem leicht triumphierenden Seitenblick auf Curt kehrte Florian in sein Büro zurück und widmete sich den restlichen Schnittplänen für die Zuspielfilme. Innerhalb von zwei Stunden hatte er sie fertiggestellt, und ein kurzer Blick auf die Uhr bestätigte ihm, bis zum Schnitt noch Zeit für eine Recherche zum Thema Adoptionsmafia in Guatemala zu haben. Er zog eine Tüte mit Gummibärchen aus der Schublade, schob sich eine Handvoll davon in den Mund, und dann begann er zu googeln.

MONTAG, 18. JULI, ABENDS

Florian sank müde auf sein Sofa, das in unmittelbarer Nähe des Fensters stand, und lauschte dem Klang von Janas Gitarre. Sie spielte Corelli, begleitet von ihrer Freundin, der Violinistin. Die CD war der Mitschnitt einer Aufführung, die sie im Winter in der Maternuskirche in Rodenkirchen gehabt hatten. Seine Mutter hatte den Kontakt zum Pfarrer hergestellt und die Veranstaltung initiiert. Er seufzte und nahm einen Schluck Suze gemischt mit Tonic Water. Eine französische Freundin brachte ihm immer eine Flasche aus Frankreich mit. Die Eiswürfel in seinem Glas klimperten, und er lauschte versonnen dem Geräusch.

Es war nach 23 Uhr, zu spät, um es noch einmal bei Sam zu probieren. Er hatte ihm bereits drei Nachrichten auf seinem Anrufbeantworter hinterlassen und um dringenden Rückruf gebeten, doch Sam hatte sich bislang nicht gemeldet. Florian ärgerte sich darüber, denn schließlich hatte Sam ihn erst vor kurzem um seine Hilfe gebeten. Außerdem brannte er darauf, die Hintergründe von Luz' Herkunft in Erfahrung zu bringen. Er musste ihn unbedingt sprechen. Warum reagierte er nicht?

Florian streckte die Beine aus und stopfte sich ein Kissen in den Rücken. Er war allein in seiner Wohnung und er genoss die Ruhe, die wieder eingekehrt war. Jana war nach der Arbeit direkt zu sich nach Hause gefahren, und Dele war bereits gestern Abend mit Gino zurück in den Zirkus gekehrt. Die Durchsuchung war vorüber, und die Gefahr, von der Kripo entdeckt zu werden, war nur noch gering. Dele wollte in Ginos Nähe sein. Jana hatte ihr für den Fall, dass der Fremde sie noch einmal bedrohte, ihr eigenes Pfefferspray in die Hand gedrückt. »Nimm es, du kannst es gut gebrauchen«, hatte sie gesagt. Seit Jahren trug sie es immer bei sich.

»Brenzlig kann es vor allem dann für dich werden, wenn Gino in der Vorstellung ist«, hatte sie hinzugefügt, und Dele hatte die kleine Spraydose dankend angenommen.

Florian vermittelte die Tatsache, dass sie das Spray bei sich trug, ebenfalls ein Gefühl der Sicherheit, denn ganz wohl war ihm bei dem Gedanken daran, dass Gino nicht immer in Deles unmittelbarer Nähe sein konnte, nicht. Er schloss die Augen und lauschte der Musik und dachte daran, wie der Italiener sie angesehen hatte, die Zukunft im Blick. Er sah seine Hand, die sich so zupackend wie selbstverständlich auf ihren Arm gelegt hatte, seinen Körper, der ihr so zugeneigt gewesen war. Florian war sich sicher, dass Dele ihn mochte, seinen Geruch nach Sägemehl, die Festigkeit, mit der er auf der Erde stand.

Er starrte auf das Telefon, doch es blieb stumm. Die Musik war zu Ende, aber er war zu träge, um aufzustehen und etwas anderes aufzulegen. Etwas umständlich, ohne seine Position zu verändern, angelte er vom Sofa aus nach dem Handy und wünschte Jana per SMS eine gute Nacht. Ginos Verliebtheit erinnerte ihn an seine eigenen Gefühle, und er nahm sich vor, am Wochenende im *Kölner Blick* die Wohnungsanzeigen zu studieren.

Auch Sylvia Gerlach schrieb er eine Nachricht, er kündigte an, dass er sich nach der Sendung, also Mittwoch früh, bei ihr melden würde.

Schließlich streckte er die Hand nach dem Poststapel aus, den er auf den kleinen Tisch neben der Couch abgelegt hatte. Schon wieder ein Brief von der GEZ. Sie wollten wissen, welche Rundfunkgeräte sich in seinem Hausstand befanden, und ob sich seine Geräteausstattung seit dem vergangenen Jahr verändert hätte. Genervt legte er das Schreiben beiseite, vermutlich würde er es gar nicht erst beantworten.

Er ließ den Kopf auf das Kissen sinken. Sollte er mit Jana zusammenziehen oder nicht? Fest stand, dass es sein Daseinsgefühl völlig verändern würde, eine Situation wie jetzt, ungestört, von niemandem bedrängt oder gefordert, wäre vermutlich kaum noch möglich. Wie zum Hohn meldete sich plötzlich der Schmerz in seinem Backenzahn zurück. Florian verzog das Gesicht.

Auf dem Tisch neben dem Sofa war eine Ansichtskarte liegen geblieben, darauf ein Motiv, wie es sie zu Hunderten gab. Azurblaues Meer, ein langer Sandstrand mit Liegen und bunten Schirmen, im Vordergrund eine blonde Schönheit mit Strohhut, die in die Kamera winkte. *Alanya* las er im rechten unteren Bildrand, und lächelnd dachte er an den Rentner. Er griff sich die Karte und begann zu lesen. Mit bemerkenswert schwungvoller Schrift sendete Klaus Hamacher herzliche Grüße aus dem türkischen Badeort. Er schwärmte von einer Urlaubsbekanntschaft, die ihn verjünge und sein Leben beschleunige, und er kündigte an, dass er sich nach seiner Rückkehr bei Florian melden würde. Er schrieb, er wolle ihm gern noch etwas zum Thema *Decksteiner Weiher* erzählen.

DIENSTAG, 19. JULI, NACHMITTAGS

Das Tachometer zeigte 70 km/h, und er wusste, dass er zu schnell fuhr. Die Geschwindigkeitsgrenze auf der Rheinuferstraße war von 70 km/h auf 50 km/h gesenkt worden, aber in diesem Moment war ihm das völlig egal. Sollten sie ihn doch blitzen. Er lockerte die Krawatte, öffnete den Kragen und drehte die Klimaanlage auf.

Obwohl die Hitze ihm zu schaffen machte, wollte er noch eine Runde um den *Decksteiner Weiher* joggen, und anschließend würde er zu *ihm* fahren. Zu ihm, der einmal sein Freund gewesen war und den er jetzt als Feind fürchten musste. Ja, er war zu seinem Feind geworden. Langsam murmelte er das Wort vor sich hin und ließ es sich auf der Zunge zergehen. *F e i n d.* Er schluckte und er spürte, wie sich sein Unterkiefer verkrampfte. Ihm blieb keine andere Wahl. Er musste es tun und er durfte keine Zeit mehr verlieren.

Auch das Bild der Guatemaltekin geisterte durch seinen Kopf. Die Situation hatte sich jedoch verändert, und er musste Prioritäten setzen. Es war wichtig, einen kühlen Kopf zu bewahren und sich zu sagen, dass das Wichtigste zuerst erledigt werden musste.

Zweimal hatte sie Glück gehabt, verdammtes Glück, aber ein drittes Mal würde sie ihm nicht davonkommen, das musste doch zu bewerkstelligen sein. Er grübelte, wie. Noch hatte er keine Lösung gefunden, keinen Weg, der ihm die Richtung wies. Wieder und wieder durchdachte er die Möglichkeiten.

Inzwischen hatte er herausgefunden, dass sie sich immer

noch im Zirkus versteckt hielt, doch dort war zu viel los. Er durfte nicht erneut riskieren, beobachtet zu werden. Der Gedanke daran, dass er beinahe erwischt worden wäre, ließ sein Herz schneller schlagen, und er spürte, dass ihm trotz der klimatisierten Temperatur im Wagen immer noch zu warm war.

Was wäre, wenn er außerhalb des Zirkusgeländes aktiv wurde? Nachts? Sie schlich doch manchmal mit diesem Jongleur draußen herum.

Seine Zunge fühlte sich pelzig an. Er griff nach der Mineralwasserflasche, die neben ihm auf dem Beifahrersitz lag, und schraubte mit einer Hand am Verschluss. Irgendwann hatte er es geschafft und sie geöffnet, dann setzte er die Flasche an und nahm gierig ein paar Schlucke.

Die Gefahr, dass die Polizei die junge Frau bald fand, war groß. Er musste schneller sein, unbedingt.

Grelle Sonnenstrahlen fielen direkt in seine Augen. Rasch klappte er die Sichtblende herunter, beinahe hätte er einen Unfall verursacht und wäre dem Wagen vor ihm hinten drauf gefahren. Er fluchte, schraubte den Verschluss wieder auf die Flasche, die er zwischen die Beine geklemmt hatte, und legte sie zurück auf den Beifahrersitz. Wenn die Polizei die Guatemaltekin gefunden hatte und sie plaudern würde, würde es auch nicht mehr lange dauern, und sie klingelten an seiner Tür.

Aber wie sollte er sich dann verhalten? Was sollte er zugeben und wie viel musste er verschweigen?

Hatte er überhaupt noch Handlungsalternativen?

Machte es vielleicht Sinn, sich der Polizei zu stellen?

Er drosselte die Geschwindigkeit, denn am rechten Straßenrand erkannte er eine mobile Blitzanlage. Vorsichtig passierte er die Stelle.

Nein, niemals. Niemals würde er sich stellen.

Was wäre, wenn er mit dem eigenen Leben Schluss machte? Sich in eine Wanne voll *kalten* Wassers legte … bei dem Gedanken musste er grinsen, es war Sommer … den Fön anschaltete und ihn hineinfallen ließ? Das war einfach, konnte aber sehr schmerzhaft sein und lange dauern. Außerdem wusste er, dass manche Leichen nach dem Stromtod im Wasser regelrecht gekocht wurden, wenn man sie nicht bald fand. Ein Fön schaltete sich nicht automatisch ab, er lief weiter und erhitzte das Wasser bis zum Siedepunkt. Nein, diese Art von Tod barg keine hübsche Vorstellung.

Was wäre, wenn er sich den Revolver an den Kopf hielt und abdrückte? Er schüttelte sich, das Bild des in der Gegend verspritzten Gehirns ekelte ihn, und er kam zu dem Schluss, dass Selbstmord keine Lösung war. Es wäre nichts weiter als ein feiger Akt. Nein, und er musste auch an Andere denken. Vor Jahren hatte er Verantwortung übernommen, und jetzt ging es darum, ihr gerecht zu werden. Probleme waren dazu da, um gelöst zu werden.

Er straffte sich, drückte den Kopf gegen die Nackenstütze und spürte, wie verspannt er war. Alle Muskeln taten ihm weh. Er musste cool bleiben, die Nerven bewahren, und sich jetzt einzig und allein auf das konzentrieren, was er sich für heute vorgenommen hatte.

Langsam lenkte er den Wagen auf den Parkplatz vor dem *Haus am See*, band sich in der drückenden Hitze des frühen Nachmittags die Joggingschuhe zu und sprintete los.

MITTWOCH, 20. JULI, VORMITTAGS

Florian und Eddie saßen zusammen unterm Sonnenschirm in einem Café am Rheinauhafen und hatten sich ein Frühstück bestellt: Eier mit Speck und Croissants. Der Boulevardjournalist sah ebenso erschöpft aus wie Florian, und seine Haut wirkte genauso grau.

Florian hatte nur vier Stunden geschlafen. Die Sendung am Abend zuvor hatte einen Marktanteil von 17,5 % erzielt, was verglichen mit den vorherigen Quoten als großer Erfolg gewertet werden konnte. Insbesondere der Talkgast Susan Gayle, Rektorin des *Roosevelt Gymnasiums* in Lindenthal, hatte sich als Volltreffer erwiesen. Sie hatte mit ihren arrogant anmutenden Äußerungen über *Eliteschulen in Deutschland* die Gemüter erhitzt und damit die Stimmung aufgeheizt, und viele Fernsehzuschauer waren dem verbalen Schlagabtausch zwischen ihr und den anderen Talkgästen mit Vergnügen gefolgt.

»Ich habe Dele Sanchi ausfindig gemacht«, sagte Florian zwischen zwei Bissen und setzte hinzu: »Sie behauptet, die leibliche Mutter von Sabrinas Tochter zu sein.«

Eddie starrte ihn an. »Glückwunsch. Und jetzt will sie ihr Kind zurück?«

Florian nickte und erzählte Eddie von der Vergewaltigung und dem kriminellen Netzwerk, das sich laut Dele hinter der Adoptionspraxis in Guatemala verbarg.

Eddie legte sein Besteck beiseite. Auf einmal verspürte er keinen Hunger mehr. »Sie rauben dort Kinder, vergewaltigen Frauen, und nach der Geburt verkaufen sie die

Babys wie einen Exportartikel? Meinst du, die Guatemaltekin sagt die Wahrheit?«

»Ja.« Florian fuhr sich mit der Zunge über die Lippen. »Ich bin mir sicher, dass sie sich die Geschichte nicht aus den Fingern gesogen hat. Du hättest sie sehen sollen, als sie Jana und mir am Sonntag davon erzählte. Sie war aschfahl im Gesicht, und ich dachte, sie müsse sich jeden Augenblick übergeben. Wir haben damit gerechnet, dass sie zusammenbricht.«

Eddie schwieg. Schließlich fragte er: »Wieso kam sie erst jetzt nach Köln, um ihr Kind zu suchen, und nicht schon früher?«

Florian dachte daran, was Dele ihm und Jana am Sonntagnachmittag erzählt hatte, bevor sie mit Gino zurück zum Zirkus gefahren war. »Nachdem Sie von einer Menschenrechtsorganisation in Cobán, die monatelang für sie recherchiert und alle Hebel in Bewegung gesetzt hat, erfahren hat, dass ihre Tochter in Köln lebt, musste sie sich erst einmal das Geld für ein Flugticket zusammensparen, und das hat Jahre gedauert.« Florian sah Eddie an. »In Guatemala zählen sie und ihre Familie zu den Ärmsten der Armen, sie verdienen fast nichts. Ihre Mutter versucht, sich und ihre sieben Kinder mit etwas Maisanbau und Töpferarbeiten durchzubringen, der Vater ist Wanderarbeiter und selten zu Hause. Das Geld, das er verdient, vertrinkt er meist. Außerdem wollte Dele Deutsch lernen, um sich hier verständigen zu können, und auch das hat Jahre gedauert …« Er blickte Eddie in die Augen, die sich hinter dicken, rechteckigen Brillengläsern verbargen: »Sie war noch ein Kind, als sie vergewaltigt wurde, gerade einmal 15 Jahre alt.«

Eddie nahm die Brille ab und legte sie auf den Tisch. Er sah sehr müde aus.

»Einem deutschstämmigen Pfarrer, der in Cobán lebt, hat sie sich offenbart. Er hat ihr Beistand geleistet und ihr bei ihrem Vorhaben geholfen. Beide haben jahrelang auf ihre Reise nach Deutschland hingearbeitet.«

Eddie strich sich über die Augen und nahm einen Schluck von dem Kaffee. Vorsichtig setzte er die Tasse wieder ab.

»Der Pfarrer hat die besagte Menschenrechtsorganisation ausfindig gemacht, und die hat sie dann bei der Suche nach ihrem Kind unterstützt.«

»Und wie haben sie den Aufenthaltsort des Mädchens herausgefunden?«

»Dele wurde nach der Geburt dazu gezwungen, die nötigen Adoptionspapiere zu unterschreiben, unter anderem Einverständniserklärungen. Anhand dieser Papiere, die die Menschenrechtsorganisation nach langer Suche zwischen irgendwelchen Aktendeckeln ausgegraben hat, ließ sich der Name ihres Kindes feststellen, ebenso der Aufenthaltsort. Das war Glück, denn oft ist die Identität der Kinder auch gefälscht. Von außen betrachtet wirkt der Adoptionsvorgang übrigens ganz legal, dahinter verbergen sich jedoch Gewalt und ein kriminelles Netzwerk. Dass sich betroffene Frauen um Hilfe an eine Menschenrechtsorganisation wenden wie in Deles Fall, ist übrigens die ganz große Ausnahme.«

Eddie räusperte sich, und Florian sah ihn aufmerksam an. »Kann ich mich darauf verlassen, dass alles, was ich dir gleich noch erzähle, erst einmal unter uns bleibt?«

»Ja.« Eddie nickte ernst.

»Gut. Ich habe sie vorübergehend bei mir versteckt, und ich habe Dele Sanchi versprochen, ihr dabei behilflich zu sein, als leibliche Mutter anerkannt zu werden.«

Eddies Augenbrauen schossen in die Höhe. »Um das zu erreichen, muss sie sich aber den Behörden stellen, außerdem müssten genetische Tests in die Wege geleitet werden!«

Florian seufzte. »Da liegt das Problem. Die Situation ist verzwickt, deswegen muss ich dringend zuallererst einmal mit Sam sprechen. Ich muss wissen, auf welchem Weg er und Sabrina ihre Tochter bekommen haben. Dele behauptet, Luz sei von Amerikanern adoptiert und erst einmal nach Amerika gebracht worden, das ginge aus den guatemaltekischen Adoptionspapieren hervor.«

Eddies Augen blitzten. »Sabrinas Mann ist Amerikaner«, sagte er mit Nachdruck.

»Ja, aber Luz besitzt die deutsche Staatsangehörigkeit, das hat Jana für mich überprüft. Ich stelle mir die Frage, wer das alles organisiert hat. Ich möchte wissen, wie die Adoption vonstatten ging.«

Eddie erhob sich und rückte seinen Stuhl, der inzwischen halb in der Sonne stand, wieder zurück in den Vollschatten. Florian sah ihm dabei zu, er hatte den Eindruck, dass sein Freund vor allem deswegen aufgestanden war, weil er den Drang verspürt hatte, sich zu bewegen. Vielleicht musste er seiner Ergriffenheit Luft machen. Als er wieder Platz genommen hatte, sprach Florian weiter. »Meine Mutter, die Sabrina aus dem Tennisclub kennt, glaubt, dass sie und ihr Mann viel Geld für das Kind bezahlt haben.«

»Wieviel?«, fragte Eddie.

»Etwa 30.000 Dollar.«

»Dann haben sie sich die Erfüllung ihres Kinderwunschs ja einiges kosten lassen. Ekelhaft.« Eddies Mundwinkel zuckten.

»Was mich vor allem beunruhigt, ist, dass Sam sich nicht

bei mir meldet. Ich habe ihn schon mehrfach um Rückruf gebeten.« Florian zog sein Handy aus der Hosentasche und warf zum wiederholten Male einen prüfenden Blick darauf. »Immer noch nichts«, sagte er und legte das Gerät resigniert neben seinen Teller auf den Tisch.

»Wundert es dich? Wahrscheinlich will er nach der U-Haft einfach nur seine Ruhe haben, ich würde sein Verhalten nicht überbewerten.«

»Vielleicht hast du recht, aber ich habe ein ungutes Gefühl …« Florian massierte seine Stirn, als ob ihm das helfen könnte, seine Gedanken besser zu ordnen. »Dele behauptet, es gebe Mittelsmänner hier, die die illegalen Adoptionspraktiken in Guatemala stützen und gut daran verdienen.«

»In Köln? Wenn das stimmt, haben wir einen fetten Skandal«, sagte Eddie.

»Und gute Schlagzeilen sowie eine Sendung zum Thema.«

Eddie nickte.

Florian sah ihn lange an. Er überlegte, wie weit er ihn in die bevorstehenden Recherchen einspannen konnte, ohne Gefahr zu laufen, dass Eddie das Thema beim *Kölner Blick* längst breitgewalzt hatte, bevor sie damit auf Sendung gingen. Schließlich entschied er, dass er ihm vertrauen und sich auf ihn verlassen konnte, und so sagte er: »Dele behauptet, dass sie mit Sam über Luz sprechen wollte. Sie sei deswegen sogar in der Kanzlei gewesen, in der er arbeitet, aber man habe sie nicht vorgelassen.«

»Interessant.« Eddie wiegte den Kopf. » Wie heißt die Kanzlei?«

»*Clark & Johnson*. Sie haben ihr Büro mitten auf der Schildergasse.«

»Dann scheinen sie ja eine Menge Geld zu haben.«

»Davon können wir ausgehen.«, Florian ließ seinen Blick über den Rhein schweifen. Im glitzernden Sonnenlicht zog ein riesiges Containerschiff vorbei, es tutete laut, und er zuckte unter dem unerwarteten Geräusch leicht zusammen.

»Weiß Sam, dass Dele in der Kanzlei war, oder hat eine eifrige Sekretärin sie einfach abgewimmelt, ohne dem Chef etwas von ihr zu sagen?«, unterbrach Eddie seine Gedanken.

Florians Blick kehrte zu ihm zurück. »Keine Ahnung. Eine Frage mehr, die ich ihm stellen möchte.«

Erneut überprüfte Florian das Display seines Handys. »Immer noch nichts.«

Eddie beugte sich zu ihm vor. »Hat Dele Sanchi Kontakt zu dem Kind?«

»Sie behauptet nein.

»Glaubst du ihr?«

»Nein. Sie sagt, sie sei mehrfach auf dem Grundstück gewesen. Es wäre also unwahrscheinlich, wenn sie es nicht zumindest versucht hätte, mit ihr zu sprechen, zumal sie zu Sam nicht vorgedrungen ist.«

»Mir ist die Frau suspekt.«

Florian presste die Lippen zusammen. »Wahrscheinlich lügt sie, da gebe ich dir recht, aber ich denke nicht, dass sie eine Mörderin ist.«

»Warum?«

»Das sagt mir meine Menschenkenntnis«, erklärte Florian.

»Wieso versteckt sie sich vor der Kripo? Das passt in meinen Augen nicht zusammen.«

Florian überlegte einen Moment, ob er Eddie in Deles

Geheimnis einweihen sollte. Schließlich sagte er: »Sie hat keine Arbeitserlaubnis. Wenn sie sie finden, ist sie in Nullkommanichts auf dem Rückweg nach Guatemala.«

Eddie betrachtete eingehend seine Fingernägel und sah erst wieder auf, als Florian zu sprechen begann: »Sie braucht jetzt vor allem Menschen, die ihr helfen, sonst wird sie ihre Mutterschaft nie beweisen können.«

»Ja, und?«, fragte Eddie. »Soll das Mädchen etwa mit ihr zurück nach Guatemala reisen, um dort in einer ärmlichen Hütte zu hausen? In ein Land, das sie nicht kennt? In Begleitung einer Frau, die ihr völlig fremd ist?« Er starrte Florian an. »Sam ist Anwalt, er würde es zu verhindern wissen, das gebe ich dir mit Brief und Siegel.« Er setzte seine Brille ab und putzte sie mit so viel Druck, dass Florian glaubte, das Glas würde jeden Moment zerspringen, aber es quietschte nur unter dem Poliertuch.

»Was hast du an Hintergrundinformation über Adoptionen in Guatemala? Erzähl mal«, forderte Eddie ihn auf.

Florian zog eine Mappe aus seiner dunkelroten Aktentasche hervor, legte sie auf den Tisch und griff nach einem Zettel mit handschriftlichen Notizen. »Also: Guatemala zählt 13 Millionen Einwohner und erlebte 36 Jahre von 1960 bis 1996 einen Bürgerkrieg. Weltweit gilt es nach China als das zweitgrößte Exportland für Adoptivkinder. Die meisten von ihnen wurden während des Bürgerkriegs ohne großen bürokratischen Aufwand in die USA vermittelt, in erster Linie Kriegswaisen.« Er sah kurz auf, bevor er sich wieder den Notizen widmete. »Nach 1996, so heißt es in einem Artikel der *taz*, ging das Geschäft erst richtig los. Von 1997 bis 2007 wurden nach den Statistiken des staatlichen Menschenrechtsbüros in Guatemala mehr als 28.000 guatemaltekische Kinder zur Adoption ins Ausland freigegeben.«

»Das ist wahnsinnig viel«, entfuhr es Eddie.

Florian nickte. »Insbesondere junge indigene Mütter werden ihrer Kinder beraubt, zum Teil werden sie bewusst vergewaltigt, nur um ihnen gleich nach der Entbindung die Kinder wegzunehmen.« Er sah seinen Freund an. »Deles Schicksal ist also kein Einzelfall.« Florian griff nach seiner Tasse, setzte sie aber sofort wieder ab, denn sie war bereits leer. Mit Nachdruck sagte er: »Kinder werden geraubt, den Eltern gestohlen. Beim Einkaufen, im Bus, vor der Haustür. Frauen werden vergewaltigt, nur um gezielt an die *Ware Kind* zu gelangen. Das ist unfassbar, und bei uns in den Medien wird kaum darüber berichtet.«

Eddie nickte. »Erhalten die Frauen Geld für ihre Kinder?«

»Soviel ich weiß, werden ihnen ein paar hundert Quetzales in die Hand gedrückt, umgerechnet vielleicht bis zu 60 Dollar, und dann werden die Kinder für bis zu 30.000 Dollar ins Ausland verkauft.«

Er hielt inne, denn er spürte, dass allein das Reden darüber seinen Puls in die Höhe schnellen ließ.

»Diese Schweine«, zischte Eddie.

»28.000 Adoptionen in zehn Jahren, das machen 2.800 pro Jahr, und das sind mehr als 200 pro Monat bis 2007.«

Eddie biss sich auf die Unterlippe.

»Im Jahr 2008 wurde dann das neue Adoptionsgesetz in Guatemala verabschiedet, das dem Kinderhandel, in den Richter, Anwälte, Waisenhäuser und mehr als 160 darauf spezialisierte Agenturen und Kinderkrippen verwickelt waren, ein Ende bereiten sollte. Doch der Sumpf ist tief.

Der neu eingerichtete *Nationale Rat für Adoptionen*, der die Identität und Vorgeschichte von Kindern ab sofort prüfen soll, funktioniert schlicht und ergreifend nicht. Jeden Monat werden schätzungsweise immer noch zwischen 50 und 100 Kinder ins Ausland verkauft. Manche von ihnen liegen in den Betten der Kinderkrippen wie Obst in der Steige auf dem Großmarkt, und genau so werden sie auch verschachert.«

Nun konnte auch Florian nicht mehr still sitzen. Er legte die Mappe aus der Hand und fuhr sich mit beiden Händen durch sein braunes Haar, dessen Spitzen bereits weit über den T-Shirt-Kragen reichten. Die unterschiedlichsten Gedanken wirbelten durch seinen Kopf, und Bilder von Deles Vergewaltigung, wie sie sie geschildert hatte, tauchten auf wie Schemen im Nebel.

Am Tisch neben ihnen wurde es laut, und Florian war dankbar dafür, weil ihn das Geräusch in das Hier und Jetzt zurückholte. Eine junge Frau bestellte für sich und ihren Freund zwei Glas Cola. Ihr Hund, der auf den Namen Oskar hörte, schwänzelte zu ihnen herüber, und wie mechanisch begann er, das Tier ausgiebig mit beiden Händen zu streicheln. Das ganze Ausmaß dessen, was in Guatemala geschah, auch heute noch, war ihm auf beinahe unerträgliche Art und Weise bewusst. Florian presste die Lippen zusammen. Sabrina und Sam waren in diese Machenschaften verwickelt. Er musste nur noch herausfinden, wie.

MITTWOCH, 20. JULI, FRÜHER NACHMITTAG

Vor Sams Haus herrschte Tumult. Menschen drängten sich vor weiß-roten Absperrbändern und reckten die Hälse, ein Rettungswagen stand in der Einfahrt.

»Was ist hier los?« In einem Anflug von Panik bahnte Florian sich einen Weg durch die Menge.

»Da ist jemand gestorben«, antwortete ein Mann. Ein anderer starrte ihn mit einem dümmlichen Ausdruck im Gesicht wortlos an. »Wissen Sie, wer?« Florians Herz raste. »Wer?«, wiederholte er. In diesem Moment erkannte er Sylvia Gerlach, die vor der Garage des Hauses in ein Funkgerät sprach, und er begann wie wild zu winken. Sie steckte das Gerät zurück in den Gürtel und drehte sich um. Ihr Blick traf seinen, und langsam kam sie auf ihn und Eddie zu. Eddie war bereits damit beschäftigt, die ersten Fotos zu schießen, er hatte den Apparat immer bei sich.

»Kommen Sie bitte hier herüber.« Mit einer entsprechenden Geste beorderte die Kommissarin Florian und Eddie zu einem Busch hinter das Absperrband.

»Um Himmels willen, was ist denn hier los?« Florians Stimme klang erstickt vor Sorge.

»Sam Delson ist tot«, antwortete Sylvia Gerlach.

Florian schluckte. Er benötigte einen Moment, bis er sich wieder gefasst hatte. »Lisa und Luz geht es gut?«

Sie nickte.

»Was ist passiert?« Florian fühlte sich wackelig in den Knien, sein Atem stockte. Ihm kam der Gedanke, dass er jetzt nichts mehr von Sam erfahren würde. Absolut nichts.

»Es sieht ganz nach einem Suizid aus«, bemerkte die Kommissarin und erklärte: »Sam Delson hat Abgase ins Auto geleitet.« Sie blickte hinüber zu Marko Rössner, der in ein Gespräch mit dem Rechtsmediziner vertieft war. Sie schien unsicher, wie lange sie mit Florian und seinem Freund noch hier stehen bleiben konnte, ohne seinen Unmut zu provozieren.

»Eddie Klump vom *Kölner Blick*«, stellte Florian rasch vor. Eddie nickte kurz. »Wir kennen uns. Ist nicht das erste Mal, dass ich vor Ort bin, wenn es Tote gibt.«

»Wer hat ihn gefunden?« Florian sah die Kommissarin fragend an.

»Die Schwester seiner Frau. Als sie heute Morgen in die Garage kam, um den Gartenschlauch anzuschließen, weil sie die Pflanzen wässern wollte, hat sie ihn entdeckt. Da war er schon einige Stunden tot.«

Florian befeuchtete seine Lippen. Sie fühlten sich trocken und spröde an. »Wo ist Lisa jetzt?«

»Im Haus, zusammen mit Delsons kleiner Tochter.«

Ihn durchfuhr ein Stich. »Wie geht es ihr?«

»Schlecht.« Sylvia Gerlach sah ihn an, als habe er eine sehr dumme Frage gestellt, aber Florian machte es in diesem Moment nicht das allergeringste aus.

»Wann ist es passiert?«, fragte er.

»Vermutlich gestern Abend. Wenn die Obduktion erfolgt ist, wissen wir es genau.« Sie starrte ihn an. »Warum haben Sie sich so lange nicht bei mir gemeldet?« Sie warf ihren Kopf in den Nacken, und ihre blonden Locken wippten.

»Ich hatte keine Zeit«, antwortete er, und in gewisser

Weise stimmte es ja auch. Er versuchte ein entschuldigendes Lächeln. »Ich wollte Sie heute Abend anrufen …«

Ihr kühler Blick bewirkte, dass er sich plötzlich schäbig vorkam. Rasch fragte er: »Haben Sie heute Abend frei?«

Sie nickte.

»Dann kommen Sie doch in die *Schreckenskammer*. Kennen Sie die?«

»Klar. Acht Uhr?«

»Gut.«

Er überlegte, ob er sie fragen sollte, ob er ins Haus gehen könne, um mit Lisa zu sprechen, doch er verwarf den Gedanken wieder. Die war momentan mit anderen Dingen beschäftigt, wahrscheinlich kümmerte sie sich um Luz. Er sah hinüber. Das Haus wirkte abweisend und einsam, so als wolle es nichts von all dem an sich heranlassen, was hier draußen vor sich ging.

Eddie schoss immer noch Fotos. Florian erstarrte, als er bemerkte, dass Sam, verborgen unter einer Kunststoffplane, auf einer Bahre zu dem großen Wagen transportiert wurde, der bereits mit geöffneten Türen in der Einfahrt wartete. Zwei Männer schoben die Bahre mit einer kraftvollen Geste hinein, aus der dennoch Ehrfurcht sprach, und kurz darauf vernahm er das dumpfe Geräusch zufallender Türen. Mit reglosem Blick beobachtete er, wie der Wagen startete. Er fuhr langsam an und nahm Sam mit auf den Weg in die Finsternis, aus der keine Morgenröte mehr kam.

MITTWOCH, 20. JULI, ABENDS

Es war ein windstiller Abend, die laue Luft umschmeichelte seinen Körper, und die Menschen, die ihm begegneten, hatten keine Eile.

Florian und Sylvia Gerlach hatten einander gegenüber im hinteren Teil der *Schreckenskammer* an einem der Holztische Platz genommen, und jeder von ihnen hatte ein Kölsch vor sich stehen. Die Kriminalkommissarin schien durstig zu sein, sie setzte das Glas an ihre Lippen und nahm einige lange Schlucke. Ihre lockigen Haare standen widerspenstig ab, und Florian stellte zum ersten Mal, seit er sie kannte, fest, dass sie eine nicht zu bändigende Naturkrause besaß. Ihre Lippen waren in dem fleischfarbenen Ton geschminkt wie ihn Frauen aus den 60er Jahren benutzten. Sie schien vom Büro aus erst einmal nach Hause gefahren zu sein, um sich umzuziehen, anders als am Nachmittag trug sie nun eine weiße Hose und ein blaues T-Shirt, das ein helles Dekolleté freigab.

»Sam Delsons Tod hat uns gerade noch gefehlt«, seufzte sie und nahm dankend vom Köbes das nächste Kölsch entgegen.

Florian hatte den Schock über seinen Tod immer noch nicht überwunden. Seine Gedanken waren ineinander verknotet, und verzweifelt versuchte er, eine klare Linie zu finden. Erst war Sabrina umgebracht worden, und jetzt war Sam gestorben. Warum? Außerdem gab es noch die ermordete Spanierin. Welche Rolle spielte Dele bei all dem?

»Dass Sam keinen anderen Ausweg als Selbstmord sah …« Florian schüttelte verständnislos den Kopf und betrachtete die Kommissarin mit einem langen Blick: »Schrecklich. Vielleicht hat er Sabrina doch umgebracht und konnte mit dieser Schuld nicht länger leben.«

Sylvia Gerlach erwiderte nichts, und Florian sagte: »Ich kann diesen Selbstmord nicht nachvollziehen. Warum hat Sam nicht an seine kleine Tochter gedacht, die gerade erst die Mutter verloren hat?«

»Es war kein Suizid, Sam wurde umgebracht«, sagte die Kriminalkommissarin.

»Wie bitte?« Florian riss die Augen auf.

»Sie haben richtig gehört. Sam wurde umgebracht.«

»Aber wieso? Sie haben doch gesagt, es sei Suizid gewesen, er habe die Abgase seines Autos ins Wageninnere geleitet …«

»Das dachten wir zunächst, aber im Laufe des heutigen Nachmittags hat die Spurensicherung Auffälligkeiten festgestellt. Wir können inzwischen zu 100 % davon ausgehen, dass er im Wageninneren eingeschlossen wurde. Vermutlich war er da aber schon bewusstlos.« Sylvia Gerlach griff an den Ausschnitt ihres T-Shirts und zog ihn sich ein Stück vom Hals.

Als ob sie sich die ganze Welt vom Leibe halten will, dachte Florian.

»Und das, obwohl wir ihn observiert haben.« Sie schüttelte ärgerlich den Kopf. »Hätten wir besser nicht nur ihn, sondern auch sein Grundstück genau im Auge behalten.«

»Sie haben ihn observiert, und Ihre Kollegen haben niemanden bemerkt? Keinen Fremden?« Florian war fassungslos.

»Ganz so war es nicht«, sagte sie. »Wollen Sie es hören?«

Er nickte.

»Gestern Nachmittag fuhr der Wagen eines mobilen KFZ-Reparaturservices vor Sam Delsons Haus vor. Seine Schwägerin, die sich zu der Zeit im Haus befand, hat den Mechaniker persönlich hereingelassen, Sam war noch im Büro. Es muss gegen 16 Uhr gewesen sein. Der Mann hat behauptet, dass Sam ihn bestellt habe, weil der Wagen Probleme mit der Vorderachse hätte.«

»Kam ihr das nicht eigenartig vor?«

»Nein. Sie sagt, sie sei froh darüber gewesen, dass es überhaupt so einen mobilen Service gebe, Sam habe so gut wie keine Zeit gehabt, sich auch noch um solche Dinge zu kümmern, und der Wagen, ein Mercedes des S-Klasse, sei sein Augenstern gewesen. Im Sommer sei er allerdings häufig mit dem Fahrrad zur Arbeit gefahren. Seit er aus der U-Haft entlassen wurde, hatte er beinahe täglich das Rad genommen.«

»Um sich abzureagieren.«

»Möglich. Im Büro hatte er jedenfalls Anzug, Oberhemd, Krawatte und Schuhe deponiert, sodass er sich dort jederzeit umziehen konnte.«

Florian bemerkte, dass er von Minute zu Minute gespannter wurde. »Haben Sie den Mann vom Reparaturservice überprüft?«

»Selbstverständlich.« Die Kommissarin nahm noch einen Schluck Kölsch. »Der Reparaturservice existiert nicht.«

»Und das Autokennzeichen?«

»Hatten die Kollegen notiert. Es existiert so wenig wie der Reparaturservice.«

»Und nun?«

»Wir fahnden jetzt nach dem Auto, einem zwei Jahre alten dunkelgrauen VW Transporter mit Werbeaufdruck, aber ich mache mir keine allzu großen Hoffnungen, dass wir das Fahrzeug finden. Und wenn doch, dann sicher in irgendeiner verlassenen Garage.« Sie seufzte.

»Der Mann hat Sams Wagen also nicht repariert, sondern für den vermeintlichen Selbstmord präpariert?«

»So ist es. Nachdem er fertig war, hat er sich von Lisa verabschiedet, und dann ist er verschwunden. Wir gehen davon aus, dass es sich um denselben Mann handelt, der Sam in die Garage gelockt und ihn dann umgebracht hat.«

»Verdammter Mist.«

Die Kommissarin runzelte die Stirn. »Wir haben übereinstimmende Fußspuren an der Mauer und in der Garage gefunden. Haare aus dem Innenraum des Wagens werden noch untersucht, mit etwas Glück ist eins vom Täter dabei, dann hätten wir seine DNA. Und wenn wir die haben, finden wir hoffentlich auch ihn. Im Zweifel fordern wir die Bevölkerung zu einem freiwilligen Test auf.« Sylvia Gerlach stützte die Ellbogen auf den Tisch und faltete die Hände. »Lisa und Luz haben sich kurz vor 19 Uhr mit Lisas Wagen auf den Weg zum Zirkus gemacht. Als sie wieder zurück nach Hause kamen, war es ungefähr 22.30 Uhr. Sie hat das Mädchen sofort zu Bett gebracht.

Die Kommissarin nickte. »Lisa sagte aus, dass es bei ihrer Rückkehr im Haus ruhig gewesen sei. Sie habe noch an Sams Schlafzimmertür geklopft, um ihm gute Nacht zu wünschen, aber da er nicht geantwortet habe, sei sie auf Zehenspitzen wieder davon geschlichen.«

»Sie denken, dass er zu diesem Zeitpunkt bereits tot war?«

»Ja. Dem Zustand der Leiche nach zu urteilen, ist er zwischen 20 Uhr und 22 Uhr gestorben. Gefunden hat sie ihn heute Morgen um neun Uhr, nachdem sie Luz mit ihrem eigenen Wagen zur Schule gebracht hatte. Der steht immer vor dem Haus, nicht in der Garage«, erklärte sie.

»Hat Lisa den Mechaniker beschreiben können?« Florian spürte, wie sein Herz zu klopfen begann.

»Er trug eine graue Baseballkappe und einen dunkelblonden Vollbart, seine Haare waren mittelblond. Sie schätzt, dass er ungefähr 1,80 m groß war. Außerdem hatte er eine Brille mit runden Sonnengläsern auf, sodass sie die Farbe seiner Augen nicht erkennen konnte.«

Florian glich im Geist diese Informationen mit dem Aussehen des Mannes vor der Schule und dem vor Ginos Wohnwagen ab. Außerdem dachte er an die Beschreibung des Mannes, die die Verkäuferinnen des Sexshops gegeben hatten.

Sylvia Gerlach beobachtete ihn aufmerksam. »Er war mit Sicherheit verkleidet.«

Florian nickte, davon ging auch er aus, was aber die Sache nicht einfacher machte.

»Wir lassen trotzdem ein Phantombild anfertigen. Es wird morgen in allen Tageszeitungen erscheinen.« Florian ging durch den Kopf, dass Eddie Glück gehabt hatte. Der Zufall hatte ihm eine schöne Story beschert, und das mitten im Sommerloch.

Sylvia Gerlach bestellte noch ein weiteres Kölsch, und Florian wunderte sich darüber, aber vielleicht waren Kriminalkommissarinnen generell aus einem harten Holz geschnitzt und vertrugen einiges.

»Wir vermuten, dass Sam seinen Mörder gekannt hat.«

Die Kommissarin warf dem Köbes, der zwei Kölsch auf den Tisch stellte, ein dankbares Lächeln zu. Sie lehnte sich auf ihrem Stuhl zurück und sah ihn herausfordernd an. »Jetzt sind Sie dran. Ich hoffe, dass Sie auch etwas Spannendes zu bieten haben.«

Florian grinste. »Die wesentliche Neuigkeit ist, dass ich mit Dele Sanchi gesprochen habe.«

Ruckartig setzte sich die Kriminalkommissarin auf. »Das ist nicht Ihr Ernst.«

»Doch.«

»Wann? Wo? Was hat sie gesagt?«

Ihre Fragen überschlugen sich.

Florian erzählte ihr von Deles Vergewaltigung, der guatemaltekischen Adoptionsmafia und Deles Wunsch, ihre vermeintliche Tochter zurück zu bekommen, und er erzählte der Kommissarin auch von der gefälschten Arbeitserlaubnis.

»Wo ist sie jetzt?«

»Das kann ich Ihnen nicht sagen.«

»Warum nicht?«

»Weil sie dann Probleme wegen Urkundenfälschung bekommt und wahrscheinlich ganz schnell nach Guatemala ausgewiesen wird.«

Sie beugte sich weit über den Tisch, und er konnte den Ansatz ihrer kleinen Brüste sehen. »Warum schützen Sie die Frau?«

»Weil ich ihr helfen möchte.«

Sylvia Gerlach lehnte sich wieder zurück und betrachtete ihn lange. »Vielleicht decken Sie eine Mörderin. Ich an ihrer Stelle würde mir das noch einmal gut überlegen. Sie machen sich strafbar.«

Florian betrachtete sie lange und fragte dann: »Noch ein Kölsch?«

Sie überlegte einen Moment, dann nickte sie.

Nachdem der Köbes zwei weitere Gläser gebracht hatte, sagte er: »Dele Sanchi muss um ihr eigenes Leben fürchten.«

»Erklären Sie mir das bitte.« Die Kommissarin hob die Augenbrauen, und Florian erzählte ihr von Deles Vermutung, dass nicht die Baskin, sondern *sie* bei der Gasexplosion sterben sollte, und dass Dele glaubte, dass sie beobachtet wurde. Dass jemand versucht hatte, Ginos Wohnwagen aufzubrechen, verschwieg er, denn wo Dele sich aufhielt, wollte er auf keinen Fall preisgeben. Nicht zu diesem Zeitpunkt.

Je länger er sprach, desto aufmerksamer hörte Sylvia Gerlach zu, und er spürte, dass ihre Bereitschaft, ihm Glauben zu schenken, mit jedem Satz wuchs. Irgendwann, sie hatten bereits jeder das fünfte Kölsch geleert, sagte sie: »Wenn Sie recht haben, wird dieser Mensch wieder versuchen, sie umzubringen, aber was hat sie getan? Warum trachtet er ihr nach dem Leben?«

Florian ließ sich mit der Antwort Zeit. Zunächst versuchte er, Sylvia Gerlachs Einfluss auf ihren Chef einzuschätzen, und schließlich sagte er: »Klären Sie, auf welchem Wege Luz nach Deutschland kam. Sie haben doch Zugang zu allen Papieren in Sams Haus oder nicht?« Prüfend sah er sie an.

»Wir haben einen Durchsuchungsbefehl, und der besitzt immer noch Gültigkeit«, antwortete die Kommissarin.

»Suchen Sie nach den Adoptionsunterlagen. Sam und Sabrina haben Luz auf illegalem Weg adoptiert, da bin ich beinahe sicher. Glauben Sie mir, diese Spur führt uns zu Sabrinas Mörder.«

Sylvia Gerlach strich sich erneut über ihren Hals und wieder fiel ihm auf, wie blass ihre Haut war. Vermutlich hatte sie schon lange tagsüber nicht mehr frei gehabt, geschweige denn in der Sonne gelegen, und plötzlich wollte er sie noch einmal lächeln sehen. Er überlegte einen

Moment, dann sagte er voller Überzeugung: »Sie werden den Fall bald gelöst haben.«

Sie lächelte tatsächlich. Beide schwiegen eine Weile.

»Woran denken Sie?«, fragte die Kommissarin.

Er starrte in ihre blauen Augen. »Was halten Sie davon, wenn wir Dele Sanchi als Lockvogel einsetzen?«

DONNERSTAG, 21. JULI, VORMITTAGS

Florian ließ das Telefon lange klingeln, aber in der Wohnung des Rentners nahm niemand ab. Hamacher war also vermutlich immer noch in der Türkei, vielleicht planschte er gerade im Meer. Auf Florian hatte er nicht den Eindruck gemacht, als gehöre er zur Sorte der rüstigen Seniorenschwimmer, die frühmorgens in die Kölner Bäder einfielen und prustend und schnaubend Strecke machten, um dann voll neuer Energie aus dem Wasser zu steigen.

Er hatte die Zeitung vor sich auf dem Schreibtisch ausgebreitet und betrachtete das Phantombild des Mannes, der als KFZ-Mechaniker in Sams Haus gewesen war. Nichts an der Zeichnung rief eine Erinnerung in ihm wach, aber Sylvia Gerlach hatte ja auch die Vermutung geäußert, dass er verkleidet gewesen sei.

Der Mann musste gewusst haben, dass Sam nicht zu Hause war, als er mit seinem angeblichen Reparaturauftrag vorbeikam, und vermutlich hatte er sich auf dem Anwesen und im Haus ausgekannt. Abends war er dann aller Wahrscheinlichkeit nach mit Sam durch die hausinnere Verbindungstür vom Flur in die Garage gelangt, andernfalls hätten die Kripobeamten die beiden sehen müssen. Verschwunden war er, wie er gekommen war, hinterm Haus über die Mauer.

Florian hatte die Kommissarin am Morgen angerufen und nach den Details gefragt, auch hatte er in Erfahrung bringen wollen, ob Sabrinas Handy inzwischen sichergestellt worden war. Es war jedoch genauso wenig gefunden worden wie die Tatwaffe und das Werkzeug, mit dem ihr Gesicht zerschmettert worden war. Wiederholte Ortungsversuche über sogenannte *stille SMS* waren fehlgeschlagen, was den Rückschluss zuließ, dass die SIM-Karte nach ihrem Tod aus dem Handy entfernt worden war.

Da er nichts mit dem Begriff *stille SMS* anfangen konnte, hatte die Kriminalkommissarin erklärt, dass eine *stille SMS* ein Ortungsimpuls war, der von einem Polizeiserver abgesandt wurde und das Handy der Zielperson dazu veranlasste, Kontakt mit der örtlichen Funkzelle aufzunehmen. Die Zielperson merkt nichts, denn am Handy selbst ist dieser Vorgang weder zu hören noch zu sehen. Rechtlich sei die Maßnahme umstritten, würde aber dennoch häufig eingesetzt.

Sylvia Gerlach hatte darüber hinaus berichtet, dass sie über den zuständigen Mobilfunkvertragspartner alle vor ihrem Tod eingehenden wie ausgehenden Anrufe und auch die Empfängernummern der von Sabrina versendeten Kurznachrichten überprüft hätten, allerdings habe sich keine heiße Spur ergeben. Sabrina hatte überwiegend mit Freundinnen telefoniert, auch häufig mit der Kinderschutzorganisation, für die sie ehrenamtlich tätig gewesen war. Nummern von Männern seien kaum darunter gewesen.

Florian griff zur Mineralwasserflasche, die neben seinem Schreibtisch stand. Er schenkte sich gerade ein großes Glas ein, als die Tür sich öffnete und Jana eintrat.

»Na, war es schön gestern Abend?«

»Schön? Interessant war es.« Irritiert sah er sie an, dann berichtete er, was Sylvia Gerlach von Sams Todesumständen erzählt hatte, die Hälfte der Informationen stand nicht in der Zeitung und war somit neu für sie.

»Müde siehst du aus«, sagte sie, nachdem er zu Ende berichtet hatte.

»Es ist spät geworden.« Er dachte an die Reaktion der Kommissarin, als er den Vorschlag gemacht hatte, Dele als Lockvogel einzusetzen. Sie war von der Idee begeistert gewesen, woraufhin er versprochen hatte, Dele zu fragen, ob sie einverstanden wäre. Als Gegenleistung hatte er vorgeschlagen, dass die Kripo anregen sollte, die Urkundenfälschung unter den Tisch fallen zu lassen und für die Ausstellung einer gültigen Arbeitserlaubnis zu plädieren. Darüberhinaus schlug er die Durchführung eines DNA-Tests vor, um festzustellen, ob Dele tatsächlich Luz' leibliche Mutter war.

Sie waren übereingekommen, dass die Kommissarin die Idee am nächsten Tag ihrem Chef präsentieren und sich dann zurückmelden würde. Beim Abschied hatte er sie kurz in den Arm genommen, und beinahe freundschaftlich waren sie auseinandergegangen.

»Florian, häng' dich nicht so in die Geschichte rein. Ich habe Angst um dich.«

Er lachte. »Das musst du nicht. Es ist doch alles im grünen Bereich.« Er erzählte ihr von der Lockvogelidee, doch Jana reagierte verhalten.

»Und was wäre passiert, wenn der Typ vorm Wohnwagen auf dich geschossen hätte?«

»Dann läge ich vermutlich mit einer Schusswunde im Arm oder im Bein im Krankenhaus.«

»Ich fürchte, du wärst tot.«

»So schnell stirbt man nicht.« Langsam zog er sie zu sich heran und er roch ihren Duft, dieses Gemisch aus Bergamotte und Sandelholz und Jasmin, das er so liebte. Er versenkte seine Nase in ihrem Haar, das so stoppelkurz war, dass es ihn kitzelte.

Sie schob ihn ein kleines Stück von sich weg. »Sage mir bitte, wenn ich dich unterstützen kann.«

Er lächelte. Mit einem Finger zeichnete er ihre Sommersprossen nach, aber es waren zu viele, um daraus eine Linie zu ziehen, zudem war sein Finger dafür ein bisschen zu dick.

Nach einem Moment der Unschlüssigkeit fragte er: »Könntest du für mich über *Children's Hope* recherchieren? Das ist die Kinderschutzorganisation, für die Sabrina gearbeitet hat. Ich habe es immer noch nicht geschafft, dort vorbei zu gehen. Alles ganz legal ...« Er lächelte in Anspielung auf ihre Hackerkünste, die sie schon oft in verbotene Daten-Gefilde geführt hatten.

»Was brauchst du?«

»Aufgabenschwerpunkte, offizielles Spendenvolumen etc. Vor allem die Namen der Mitarbeiter interessieren mich. Check doch einmal, ob du über einen gewissen Christian Sauer ausführliche Informationen finden kannst. Mit ihm war Sabrina angeblich über das kollegiale Maß hinaus befreundet. Auf ihrer Beerdigung hat er phantastisch gesungen.«

Jana kniff die Augen zusammen, dann gab sie ihm einen Kuss. »Mache ich gern, aber denke dran, ich nehme 150 Euro die Stunde.«

DONNERSTAG, 21. JULI, ABENDS

In seiner Küche roch es nach Tomaten, Basilikum und Salbei, und Florian lief das Wasser im Mund zusammen. Die dünnen Kalbsschnitzel für die Hauptspeise hatte er bereits mit je einer Scheibe Parmaschinken und Salbei belegt, die gerösteten Weißbrotscheiben für die Bruschetta-Vorspeise mit Knoblauch und Olivenöl eingerieben, und nun musste nur noch der Tisch gedeckt werden. Ein Blick auf die Uhr offenbarte ihm, dass seine Gäste in zehn Minuten vor der Tür stehen würden, vorausgesetzt, sie waren pünktlich. Rasch holte er die Leinenservietten, die seine Mutter ihm vor Ewigkeiten geschenkt hatte, aus dem Schrank, glättete sie mit einigen Handstrichen und zwängte sie in alte silberne Serviettenringe. Auch sie waren Bestandteil seiner ›Aussteuer‹ gewesen, ebenso wie das silberne Tafelbesteck und die Kristallgläser. Bei dem Gedanken daran, mit welch feierlichem Gesicht ihm seine Mutter die Aussteuerkiste beim Auszug überreicht hatte, musste er grinsen. Marie-Louise Halstaff legte Wert darauf, dass er auch außerhalb ihres Hauses gute Tischsitten pflegte, und ihm war es recht. Je älter er wurde, desto mehr hatte er den Inhalt der Kiste zu schätzen gewusst, denn er hatte nicht eine einzige Frau bekocht, die nicht von dem feinen Porzellan, dem Leinen und dem alten Silber beeindruckt gewesen wäre.

Florian öffnete die Kühlschranktür und überprüfte die Temperatur des Weißweins. Er war noch eine Spur zu warm. In dem Moment, in dem er überlegte, die Flasche kurz ins Eisfach zu legen, klingelte es.

Vor der Tür standen nicht wie erwartet Jana und Eddie,

sondern seine Nachbarin, eine junge alleinerziehende Mutter, den zweijährigen Sohn auf dem Arm. »Ticke … Ticke«, brabbelte er und die Nachbarin lachte: »Er meint Zicke. Entschuldigen Sie die Störung, aber ich glaube, wir haben Ihre Katze gesehen.«

Florians Augen weiteten sich vor Freude. »Wo?«

»Nicht weit von hier, in der Darmstädter Straße, ich bin relativ sicher, dass es Zicke war, aber sie sah recht verwahrlost aus.«

Florian spürte, wie die Aufregung durch alle seine Glieder fuhr.

»Kurz vor Ladenschluss streunte sie beim türkischen Gemüsehändler herum, vielleicht sollten Sie dort einmal nachfragen. Er sagte, er habe ihr schon öfter ein paar Abfälle hingeworfen, die sie gierig verschlungen habe.« Die Nachbarin sah ihn voller Mitleid an. »Sie war wohl ziemlich abgemagert und sie hinkte auch.«

Florians erster Impuls bestand darin, sofort hinunter auf die Straße zu rennen und nachzusehen, ob er sie finden würde, was völlig unsinnig war, und so besann er sich und bat die Frau samt Sohn, dem sie inzwischen einen Schnuller in den Mund geschoben hatte, zu sich herein. Zu seiner Erleichterung wehrte sie jedoch dankend ab. »Tobias muss ins Bett, er wird schon ganz quengelig.« Wie zur Bestätigung wand der Kleine sich auf ihrem Arm und begann zu brüllen.

Sie hatten sich schon voneinander verabschiedet, als sie, bereits eine Treppenstufe tiefer, über den Kopf ihres Sohnes hinweg fragte: »Wussten Sie eigentlich, dass Frau Demant von Gegenüber nicht mehr aus dem Krankenhaus nach Hause kommt, sondern gleich ins Pflegeheim übersiedelt?«

Florian zuckte zusammen. »Oh, das tut mir leid.« Er hatte die ältere Dame, die seit Jahrzehnten auf demselben Stockwerk wie er wohnte, immer gemocht. Manchmal hatte er etwas für sie eingekauft, und wenn sie sich im Treppenhaus begegnet waren, hatten sie meistens ein paar Worte miteinander gewechselt. Vor einigen Wochen war sie in ihrer Wohnung gestürzt und hatte einen Oberschenkelhalsbruch erlitten, und seither hatte er sie nicht mehr gesehen.

Im Treppenhaus hörte er die Stimmen von Jana und Eddie, laut polternd kamen sie die Stufen hoch. Die Nachbarin verabschiedete sich endgültig, das Gebrüll ihres Kindes war unerträglich geworden, und rasch wünschte sie Florian, mit einem lächelnden Blick auf Jana, der sie schon mehrfach begegnet war, einen schönen Abend.

Ohne Jana und Eddie auch nur zu begrüßen, strömten die Worte aus ihm heraus, und er berichtete, dass Zicke ganz in der Nähe beim Gemüsehändler gesehen worden war.

»Dann nichts wie runter«, entschied Jana. »Vielleicht versteckt sie sich hier irgendwo.«

Nur wenige Sekunden später fiel die Haustür hinter ihnen ins Schloss.

Länger als eine Stunde hatten sie nach Zicke gesucht, aber gefunden hatten sie die Katze nicht. Doch jetzt, wo Florian wusste, dass sie lebte, fühlte er sich leicht und hoffnungsfroh.

Inzwischen hatten sie gegessen, die Teller waren bereits in der Spülmaschine verschwunden, und nun saßen sie auf seiner Terrasse und ließen ihre Blicke über den Sportplatz und den angrenzenden Friedhof streifen. Die Abenddämmerung tauchte alles in ein sanftes Licht. Jana ging hinein und kehrte mit einer Kerze in der Hand zurück. Als sie den Docht entzündet und sich auf ihrem Stuhl entspannt zurückgelehnt hatte, berichtete sie: »*Children's Hope* hat im vergangenen Jahr 45 Millionen Euro an Spendengeldern eingenommen. 85 % der Gelder wurden auch tatsächlich Spendenzwecken zugeführt, der Rest ist in die Verwaltung geflossen und wurde für Personal, Public Relations Maßnahmen und Werbung verwendet. Es sieht ganz danach aus, als ob der Laden korrekt arbeitet. Sie haben sechs fest angestellte Mitarbeiter, darunter Christian Sauer, und der ist seit fünf Jahren dort beschäftigt. Er ist für die Erdbebenopfer in Haiti und traumatisierte Kindersoldaten in Afrika zuständig. Sabrina als Ehrenamtliche hat ihn bei seiner Arbeit unterstützt.«

»Weißt du etwas über ihn persönlich?«, fragte Florian.

»Er ist 42 Jahre alt und lebt mit seinem Lebensgefährten in einem Stadthaus in Sülz. Sie joggen zusammen dreimal die Woche abends um den *Decksteiner Weiher*. Wenn er sich nicht in Krisengebieten aufhält, geht er auch gern ins Konzert. Außerdem liest er viel.«

»Was noch?«

»Neben den Festangestellten sind insgesamt 15 ehrenamtliche Mitarbeiter für *Children's Hope* tätig, Sabrina war eine von ihnen«, erklärte Jana und fügte hinzu: »Christian Sauer hat übrigens schon vor seiner Anstellung bei *Children's Hope* für namhafte Kinderschutzorganisationen gearbeitet. Es scheint, als sei er ein alter Hase im karitativen Geschäft.«

»Ich habe mich am Nachmittag mit ihm getroffen«, sagte Florian.

Jana und Eddie sahen ihn verblüfft an.

»Ich bin einfach spontan zu ihm ins Büro gefahren, in der Hoffnung, dass er ein paar Minuten Zeit für mich hat. Als er hörte, dass ich über Sabrina sprechen wollte, wurde ich sofort vorgelassen.« Florian nahm die Flasche Wein aus dem Kühler und schenkte nach. »Was er mir über Sabrina erzählt hat, war ziemlich aufschlussreich. Ich glaube, ich habe jetzt eine heiße Spur …«

»Inwiefern?« sagten Jana und Eddie beinahe wie aus einem Mund und starrten ihn an.

»Christian Sauer hat mir erzählt, dass Sabrina sich seit ein paar Wochen intensiv für Auslandsadoptionen interessiert hat. Auch für Adoptionsrecht und Adoptionsagenturen in Guatemala.«

»Hat er eine Ahnung warum?«, wollte Jana wissen.

Florian betrachtete ihr Gesicht. Im zunehmenden Dämmerlicht erschien sie ihm schöner denn je. Ihr ausgeschnittenes, dunkelgrau glänzendes Top ließ die Knochen ihres Brustbeins frei, und er dachte, dass die kleine Mulde an ihrem Hals seltsam verletzlich wirkte. Langsam schüttelte er den Kopf. »Nein, aber er hat mich zwei Stunden mit einer Menge Ordnern allein gelassen. Ich konnte sie mir im Konferenzraum in aller Ruhe ansehen.«

Jana rückte ein Stück vor, und Eddie strich sich bedächtig über sein Kinn. »Was hast du entdeckt?«, wollte er wissen.

»Einen sehr interessanten Namen.«

»Spann uns nicht auf die Folter«, sagte Jana.

Florian holte tief Luft. »Susan Gayle. Ich habe den Namen Susan Gayle entdeckt.«

Nachdem Eddie aufgebrochen war, standen Florian und Jana noch eine Weile an die Terrassenbrüstung gelehnt und betrachteten den Mond, der als orangerote Scheibe am Himmel stand und märchenhaft riesig wirkte.

»So nah …«, sagte Jana. »Als könne man ihn mit den Händen greifen.«

Von der Straße klang das heisere Gebell eines Hundes zu ihnen herauf.

»Ich habe die Briefe gelesen, die du Sabrina geschrieben hast«, sagte Jana unvermittelt.

Florian hielt die Luft an, ein Tumult an Gefühlen wirbelte in ihm hoch. In diesem Moment fehlten ihm die Worte. Einerseits spürte er den aufsteigenden Drang danach, laut zu werden, sie wegen ihrer Neugier und dem damit einhergehenden Vertrauensbruch zusammenzustauchen, andererseits schämte er sich über die vermutlich wehleidigen Zeilen, die er Sabrina damals geschrieben hatte.

Er hatte den Stapel Briefe, den Marlies ihm vor wenigen Wochen bei ihrem Gespräch im Tennisclub übergeben hatte, zunächst ungelesen in der obersten Schublade seines Sekretärs deponiert, dort wo sich auch der Stadtplan, die Busfahrkarten, seine Stifte und Schreibpapier befanden. Im Grunde genommen war es nicht verwunderlich, dass Jana die Briefe entdeckt hatte, und noch weniger erstaunlich war es, dass sie der Versuchung, sie zu lesen, nicht hatte widerstehen können. Florian räusperte sich. Immerhin war sie so ehrlich gewesen, es ihm zu sagen.

»Was hat dir das Lesen gebracht?«, fragte er und bemühte sich um einen neutralen Tonfall.

»Eine ganze Menge.« Jana sah ihn an und fügte mit leiser Stimme hinzu: »Ich habe einiges über dich gelernt.«

»Ach …« Er spielte mit dem Stil seines Glases. Eine feminine Geste, wie er bemerkte. Abrupt setzte er das Glas auf der breiten Brüstung der Terrasse ab.

»Du musst sehr unter der Trennung gelitten haben.«

»Stimmt, aber das wusstest du schon vorher oder?«

»Wenn Sabrina Sam nicht kennengelernt hätte, hättest du sie geheiratet. Das behauptest du jedenfalls in einem deiner Briefe.« Aufmerksam sah sie ihn an und dann sagte sie: »Ich glaubte immer, du wärst gegen feste Bindungen.«

»Das bin ich im tiefsten Inneren auch.«

»Aber erst, nachdem mit ihr Schluss war. Als ihr noch zusammen wart, wäre dies alles für dich vorstellbar gewesen: Eine gemeinsame Wohnung, Heirat, Kinder ...«

Florian lachte, doch sein Lachen klang unsicher. »Wir wären sicher unglücklich geworden.«

Jana drehte ihn zu sich herum und fixierte ihn. »Wovor hast du Angst, Florian?«

Der Mond erhellte sein Gesicht. Er erwiderte nichts.

»Ich sage dir, wovor du dich fürchtest.«

In diesem Moment wurde ihm klar, was sie aussprechen würde, und er wusste, dass sie recht hatte, aber er blieb stumm wie ein Fisch.

Jana holte tief Luft. »Du fürchtest dich davor, dass ich dich verlassen könnte, so wie Sabrina dich verlassen hat.« Sie hielt einen Moment inne und fügte hinzu: »So wie auch Katharina dich verlassen hat.«

Florian blinzelte.

»Du hast Angst davor, mir zu nah zu sein.«

Er schwieg.

»Deine Angst davor, noch einmal so enttäuscht zu werden wie damals, ist ungeheuer groß.«

In diesem Moment begann er zu weinen.

FREITAG, 22. JULI, MORGENS

Jana und Florian waren sehr spät ins Bett gegangen. Noch lange hatten sie über sein früheres Verhältnis zu Sabrina gesprochen, und als sie endlich, von den vielen Worten erschöpft, in die Laken gesunken waren, hatte es keine fünf Minuten gedauert, und Jana war eingeschlafen. Im Gegensatz zu ihm. Das Gespräch hatte ihn aufgewühlt, und als er sie im hellen Mondlicht vor sich liegen sah, war sie ihm so zart und perfekt erschienen. Ihr ebenmäßiges Gesicht, die hohen Wangenknochen, der gerade Körperbau, alles an ihr schien ohne Makel zu sein, und was sie ihm gesagt hatte, war ihm klug und richtig erschienen. Sie hatte ihn weder angeklagt noch war sie beleidigt gewesen, doch als er neben ihr lag, war er sich auf einmal derb und unfähig vorgekommen. Noch lange hatte er an die Decke gestarrt und nachgedacht.

Jetzt saßen sie einander am Frühstückstisch in seiner Wohnung gegenüber. Er hatte die Jalousien heruntergelassen, damit die Sonne die Butter, die neben Croissants und zwei Marmeladentöpfchen auf dem Tisch stand, nicht schmolz, und die gleißenden Strahlen sie nicht blendeten. Auf seinem Handy hatte er eine SMS von Sylvia Gerlach. Die Kommissarin bat ihn, so schnell wie möglich mit Dele zu sprechen, denn Rössner hatte für die Lockvogelidee grünes Licht erteilt.

Mit zufriedener Miene schlürfte er seinen Kaffee und genehmigte sich eine extra Portion Orangenmarmelade, die er dick auf sein Brötchen strich.

»Susan Gayle, Mitinhaberin und Rektorin des privat

geführten *Roosevelt Gymnasiums*, ist also zu 50 % Inhaberin einer guatemaltekischen Adoptionsagentur, aber wer hält die anderen 50 %?«, fragte Jana in seine Gedanken hinein. Ihre Lippen tauchten in den weißen Milchschaum ein und schlürften etwas Flüssigkeit von der Oberfläche.

»Guatemaltekische Anwälte.« Florian beobachtete, wie sie den Schaum von den Lippen leckte.

Mitten in der Bewegung hielt sie inne.

»Es könnte erklären, warum so viele dunkelhäutige Kinder das *Roosevelt Gymnasium* besuchen«, sagte er und erzählte ihr, dass ihm die hohe Anzahl der dunkelhäutigen Kinder in der Schule aufgefallen war. Danach stand er auf und ließ kaltes Leitungswasser in ein Glas laufen, das er mit einem Zug leerte.

»Du meinst, sie verdient nicht nur Geld damit, die Kinder nach Deutschland zu vermitteln?«

»Ja. Jahre später kassiert sie erneut, wenn sie auf ihrer Schule landen, weil sie ordentlich Schulgeld von den Eltern verlangt.«

Jana runzelte die Stirn.

»Ich gehe davon aus, dass Luz über Gayles Agentur nach Deutschland gekommen ist. Überleg doch einmal: Sabrina adoptiert ein Kind, das aus Guatemala stammt, und ausgerechnet die Mitinhaberin und Rektorin der Schule, auf die sie ihr Kind Jahre später schickt, ist auch Mitinhaberin einer guatemaltekischen Adoptionsagentur. Ist doch seltsam, nicht?«

»Seit wann ist Susan Gayle Mitinhaberin?«

»Seit 1997, dem Ende des Bürgerkriegs.«

»Also noch bevor Luz adoptiert wurde«, schlussfolgerte Jana.

Florian nickte. »In den Jahren davor wurde die Agentur

von den guatemaltekischen Anwälten und einem Amerikaner betrieben.«

»Etwa von Sam?«, fragte Jana entsetzt.

»Nein.« Florian schüttelte den Kopf. »Der Name Delson taucht in Sabrinas Ordnern nicht auf.«

Jana schwieg einen Moment und bat Florian ebenfalls um ein Glas Wasser. »Arbeitet *Children's Hope* mit der guatemaltekischen Agentur zusammen?«, fragte sie.

»Nein.« Florian reichte ihr das Wasser und setzte sich wieder. »Christian Sauer hat mir erzählt, dass Sabrina alles, was diese Agentur in Cobán betrifft, sie heißt übrigens Help the children, aus rein privatem Interesse recherchiert hat. Sie hatte Daten darüber auch auf einem USB-Stick gespeichert, doch wo der Stick sich jetzt befindet, weiß er nicht. Ich werde Sylvia Gerlach den Tipp geben, dann können ihre Kollegen in Sams Haus gezielt danach suchen. Sie müssten jetzt sowieso gerade dort sein.«

Jana überlegte einen Augenblick. »Meinst du, dieser Christian Sauer sagt die Wahrheit?«

»Ich denke schon. Was hätte er für einen Grund, zu lügen? Bis zu dem Moment, in dem ich ihn darauf ansprach, hat er die Angelegenheit nicht für allzu wichtig gehalten. Außerdem scheint er ein ehrenwerter Mann zu sein.«

Jana zog zweifelnd die Augenbrauen in die Höhe.

»Doch, seine Reaktion war echt.« Florian griff nach dem zweiten Croissant und strich diesmal Honig darauf. »Wir sollten diese guatemaltekische Agentur einmal genauer unter die Lupe nehmen.«

Jana nickte.

»Ich frage mich die ganze Zeit, was Susan Gayle gegen Sabrina gehabt haben mag«, sagte Florian.

»Sie konnte sie nicht ausstehen. Frauen können grässliche Zicken sein.«

»Da steckt mehr dahinter«, sagte Florian und spürte ein Kribbeln im Bauch, das in letzter Zeit häufiger auftrat und ihn in immer kürzeren Abständen in Alarmbereitschaft versetzte. »Aber ich schwöre dir, ich werde es herausfinden.«

FREITAG, 22. JULI, MITTAGS

Er saß am Ufer des *Decksteiner Weihers* auf einer Holzbank, in die Verliebte und Verzweifelte ihre Botschaften gekerbt hatten. Zum ersten Mal hatte er sich die Mühe gemacht, die Inschriften zu lesen, obwohl er meistens an dieser Stelle eine kurze Rast einlegte, wenn er sein Joggingprogramm absolvierte, und schon oft genug Gelegenheit dazu gehabt hätte. *Liebe ist nur ein Wort* stand da, *Peter und Maria forever, Frauen sind Nutten* und die Namen *Theo und Lilly*, umrahmt von einem Herz. Außerdem weitere unzählige Kritzeleien, die er kaum entziffern konnte.

Er seufzte. Die Bank unter ihm war unbequem, doch wenn er sein Gesäß exakt in die Mulde drückte, die sich in der Mitte befand, konnte er ganz gut sitzen.

Der See lag ruhig vor ihm, auf der Wasseroberfläche spiegelten sich Wolken. Schönwetterwolken, die so gar nicht zu seiner Stimmung passten.

Er bückte sich nach einem Stock, der unmittelbar vor ihm auf dem Boden lag und kratzte die Namen *Sabrina und Sam* in den Sand. Einen Moment starrte er darauf, dann zeichnete er zwei Kreuze unter die Namen, doch schon kurze Zeit später verwischte er das Geschreibsel hektisch mit dem Fuß, sodass eine kleine Staubwolke aufwirbelte. Dann straffte er sich, bewegte rollend die Schultern, um seine Verspannungen zu lockern, und ließ den Blick über den See gleiten. Es dauerte nicht lange und er spürte, wie das kaum merkliche Kräuseln der Wasseroberfläche und die aufsteigenden Blasen kleiner Fischmünder ihn beruhigten.

Die Pappeln am gegenüberliegenden Ufer standen still,

gerade und unbeweglich wie Soldaten, doch er meinte, ein leichtes Wispern zu hören, das aus den Blättern zu ihm hinüber wehte. Er spitzte die Ohren. Noch nie hatte er die Stimmen der Natur so deutlich vernommen, und es überraschte ihn, wie tröstlich sie waren. In einer naturwissenschaftlichen Zeitschrift hatte er einmal gelesen, dass Pflanzen miteinander kommunizieren, dass Bäume seltsame hohe Töne absondern, wenn man sie fällt, einzig zu dem Zweck, um andere Bäume zu warnen. Bei diesem Gedanken glitt ein Schatten über seine Stirn.

Wieviel hatte Sabrina Sam von alldem erzählt? Sam hatte angefangen, ihn auszuspionieren, aber was er wirklich in Erfahrung gebracht hatte, wusste er bis jetzt nicht. Er schlug mit dem Stock auf sein Knie.

Falls er etwas wusste, warum hatte Sam Stillschweigen bewahrt? Weil er Luz nicht verlieren wollte? Das schien die einzig plausible Erklärung zu sein.

Erneut traf ihn sein Schlag, mechanisch ausgeführt. Diesmal hatte er den Stock härter geführt, und unter dem Schmerz, der ihm wohltat, presste er die Lippen zusammen.

In der Garage, noch bevor er Sam zusammengeschlagen und in sein Auto gehievt hatte, hatte er ihn angebrüllt, ihn *Bestie* genannt. Sein Gesicht verzerrte sich. Noch immer konnte er Sams Stimme und den Hass darin hören.

Als Sam endlich still auf dem Rücksitz lag, hatte er den Wagen gestartet und den Schlauch durch den schmalen Spalt der Fensteröffnung in das Wageninnere gehängt.

Seine Hand umklammerte fest den Stock, und erneut schlug er zu. Der Schmerz tat gut. Leise stöhnte er auf.

Es wäre sicher nur noch eine Frage weniger Tage gewesen, dann wäre Sam wie Sabrina zu ihm gekommen und hätte ihn aufgefordert, die Geschäfte sofort einzustellen.

Auch Sabrinas größte Angst war es gewesen, Luz zu verlieren.

Vielleicht hatte sie deswegen so lange geschwiegen und niemand anderen eingeweiht. Er lächelte. Immerhin hatte alles gut funktioniert. Sein Plan war aufgegangen, die Ausführung war überraschend einfach gewesen. Er hatte Sam genauso in die Falle gelockt wie Sabrina.

Als er ihn betrachtet hatte, wie er dort lag, in seiner Luxuskarosse, die sein Grab werden sollte, hatte ihn eine eigenartige Mixtur der Gefühle übermannt. Und dann hatte er plötzlich angefangen zu lachen, denn Sams Gesicht hatte in seiner Ohnmacht seltsam komisch ausgesehen.

Mit leerem Blick starrte er über den See. Er hatte einen Freund verloren, ihn auf perfide Art und Weise umgebracht. Da war jene Kälte gewesen, die ihm die Tat ermöglichte, ihn von dem Geschehen distanzierte und in ihm den Eindruck erweckte, er befände sich in einem Theaterstück.

Als die Abgase einströmten, hatte er ohne Regung zugesehen, wie Sams Arme schlapp wurden. Ein Arm war vom Rücksitz gefallen und hatte lose herab gehangen. Er hatte beobachtet, wie seine Lippen eine letzte Bewegung versuchten. Wie ein kaum merkliches Zittern seinen Körper erfasste und er ein letztes Mal die Augen aufriss. Voll Ungläubigkeit hatte er an ihm vorbei in die Ferne gestarrt, hin zu einem Punkt, den nur die Toten sahen.

Er seufzte. Jetzt gab es nur noch eins zu tun, und wenn das erledigt war, würde er endlich Ruhe finden.

Sein Blick heftete sich auf den Stock auf seinem Knie, den er immer noch fest umklammert hielt. Dann, nachdem einige Minuten vergangen waren, entkrampfte er sich und legte ihn behutsam beiseite.

SONNABEND, 23. JULI, MITTAGS

»Luz ist verschwunden«, sagte Marko Rössner und strich sich mit einer müden Geste über die spärlichen, stoppelkurzen Haare. Er und seine Kollegin sahen Florian aufmerksam an.

»Wie vom Erdboden verschluckt«, ergänzte Sylvia Gerlach.

Florian und Sylvia Gerlach saßen sich in Rössners Büro im Polizeigebäude gegenüber, der Kriminalhauptkommissar besetzte den Platz am Kopfende des Konferenztisches.

Florian spürte, wie das Blut aus seinen Adern wich. Nur mühsam brachte er hervor: »Seit wann?«

»Seit gestern Mittag«, erwiderte Rössner und fragte: »Ein Glas Wasser?«

Florian nickte dankbar. »Wer hat sie zuletzt gesehen?«

»Zwei Schulkameradinnen. Nach Schulschluss ist sie wie üblich mit ihnen den Weg Richtung Bushaltestelle gegangen, aber sie scheint dort im Gegensatz zu den beiden anderen nie angekommen zu sein.«

»Haben sie nichts bemerkt? Jemanden, der Luz angesprochen hat? Einen Autofahrer, Fußgänger, Radfahrer? Der sie in seinen Wagen gezogen hat? Mit dem sie mitgegangen ist?« Florian spürte, wie Entsetzen ihn lähmte.

»Doch. Sie hat mit jemandem gesprochen und sie schien denjenigen auch gekannt zu haben. Der Beschreibung der Kinder nach war er groß, hatte mittelbraunes Haar und trug ein dunkles Jackett. Luz hat den Schulfreundinnen gesagt, sie sollten schon vorausgehen, sie käme gleich hinterher.«

Florian schüttelte verwundert den Kopf. »Und das haben die Freundinnen gemacht? Sie sind einfach weitergegangen?«

»Klar, es schien ja alles in Ordnung zu sein. Luz sei in keiner Weise ängstlich gewesen, behaupten die beiden«, erläuterte die Kommissarin und erklärte: »Kinder in diesem Alter sind nur mit sich beschäftigt, außerdem sind sie nach mehreren Schulstunden voller Bewegungsdrang. Warum hätten sie da stehenbleiben und auf Luz warten sollen? Sie schien den Mann zu kennen, und so sind die Mädchen nicht auf die Idee gekommen, dass irgendetwas nicht stimmen könnte. Sie haben ohne Luz den Bus genommen. Wir suchen jetzt an allen erdenklichen Orten nach ihr und diesem Mann.«

Die Kommissarin schob ihm das Glas Wasser hinüber, das die ganze Zeit unberührt mitten auf dem Tisch gestanden hatte.

»Lisa, Sabrinas Schwester, war der Meinung, Luz sei den Nachmittag über bei einer Freundin gewesen«, erklärte der Kommissar und sagte: »Deswegen hat sie erst gegen Abend damit begonnen, sich Sorgen zu machen, als Luz nicht nach Hause kam. Die Freundin wohnt ganz in der Nähe. In letzter Zeit war Luz angeblich öfter bei ihr. Die beiden haben nachmittags zusammen Hausaufgaben gemacht oder gespielt, so jedenfalls hat Luz es behauptet. Inzwischen wissen wir aber, dass es nicht stimmt.«

»Das heißt, Luz hat Lisa angelogen? Sie hätte demnach auch gestern nicht vorgehabt, zu dieser Freundin nach Hause zu fahren, sondern sie hatte etwas ganz anderes vor?«, fragte Florian.

Sylvia Gerlach nickte. »Wir fragen uns, ob sie mit dem Mann, der sie angesprochen hat, vielleicht verabredet war.

Und wir fragen uns, was sie an den anderen Tagen gemacht hat, wenn sie nicht bei der Freundin war. Hat sie sich mit demselben Mann getroffen?«

»Das darf alles nicht wahr sein.« Florian stützte seinen Kopf in die Hände. Er fühlte sich wie ausgehöhlt.

»Doch«, erwiderte die Kommissarin. »Es ist wahr.«

Florian dachte an Dele und spürte, wie ein ungutes Gefühl ihn beschlich.

»Wissen Sie vielleicht, was das Mädchen an all diesen Nachmittagen unternommen hat?« Rössners Stimme besaß eine auffällige Schärfe, und Florians Gedanken überstürzten sich.

»Sie wissen, dass Sie gesetzlich dazu verpflichtet sind, der Polizei ermittlungsrelevante Informationen mitzuteilen.« Rössner erhob sich und trat dicht vor ihn.

Florian sah auf.

»Im Übrigen haben Sie uns immer noch keine Rückmeldung gegeben, ob Dele Sanchi bereit wäre, für uns den Lockvogel zu spielen. Das wird nun immer wichtiger.«

»Aus einem einfachem Grund. Ich habe sie nicht angetroffen.« Florians Mundwinkel zuckten. »Ich habe ihr ausrichten lassen, mich zurückzurufen, aber sie hat es bislang nicht getan.«

»Kommt Ihnen das nicht seltsam vor?«, wollte der Kriminalhauptkommissar wissen.

»Doch.«

Den Oberkörper vorgebeugt, stützte Rössner beide Hände auf den Tisch. Völlig unerwartet herrschte er ihn an: »Verdammt noch mal, reden Sie endlich! Oder denken Sie etwa immer noch, das hier sei ein harmloses Spiel? Dazu angetan, dass sich ein Redakteur wie Sie ein paar Lorbeeren hinzu verdient, nur weil er ein öffentlichkeitswirksames Thema entdeckt hat, mit dem sich Quote machen lässt?« Die letzten Worte schleuderte er ihm wütend entgegen.

Florian spürte, wie seine Gesichtszüge sich verhärteten. Langsam rückte er auf seinem Stuhl ein Stück zurück, dann erhob er sich ebenfalls zu seiner vollen Größe. Der Stuhl hinter ihm fiel polternd zu Boden. »Nein«, sagte er, und er bemühte sich darum, ruhig zu bleiben. »Wenn Sie ernsthaft glauben, dass ich wüsste, wo Luz sich in diesem Moment aufhält oder wer sie in Händen hat, dann trauen Sie mir zu viel zu. Ich weiß nicht, wo das Mädchen steckt.« Der Ärger über den verbalen Angriff des Kriminalhauptkommissars hatte dazu geführt, dass er unbemerkt die Fäuste ballte.

Beide Männer starrten sich an. Schließlich schaltete Sylvia Gerlach sich mit sanfter Stimme ein und fragte vorsichtig: »Sie wissen doch aber, wo die Guatemaltekin ist?«

Florian überlegte einen Moment, dann entschied er, dass dies der Zeitpunkt sei, mit der Wahrheit herauszurücken. Jetzt ging es nicht mehr nur darum, Sabrinas und Sams Mörder zu finden und Dele vor der Kripo und einer raschen Ausweisung zu schützen, sondern es ging um Luz' Leben. Sofern sie überhaupt noch am Leben war. Aber warum Luz? Was wollte der Mann mit Luz? Er schluckte: »Sie ist immer noch bei *Roncalli*. Sie finden sie im Wagen des Jongleurs.«

Marko Rössner und Sylvia Gerlach betrachteten ihn verblüfft.

»Sicher?«, fragte der Kriminalhauptkommissar.

»Definitiv.«

»Dann nichts wie hin.« Rössner griff nach den Autoschlüsseln in seiner Hosentasche, und schon waren er und

Sylvia Gerlach durch die Tür. Bevor sie jedoch krachend hinter ihnen ins Schloss fiel, wandte sich die Kommissarin noch einmal zu ihm um. »Kommen Sie heute Abend um 20 Uhr in die *Schreckenskammer*.«

Als er in der alteingesessenen Kneipe eintraf, erwartete Sylvia Gerlach ihn wie schon beim letzten Mal im hinteren Bereich an einem der Holztische, vor sich ein Kölsch. Ihrer Haltung und ihrem Gesichtsausdruck konnte Florian sofort entnehmen, dass sie und Rössner Dele Sanchi nicht im Zirkus angetroffen hatten, und dass es auch von Luz nichts Neues gab.

Erschöpft ließ er sich auf einen der Stühle fallen. Den ganzen Nachmittag hatte er sich das Hirn darüber zermartert, ob dieser Mann Luz tatsächlich entführt hatte oder ob Dele hinter all dem steckte. Hatte er sich in ihr getäuscht? War sie vielleicht doch eine Mörderin?

Die Kommissarin lächelte ihn schwach an. »Nichts. Den Jongleur haben wir gesprochen, das scheint ja ihr Freund zu sein, aber von Dele fehlte jede Spur. Keinerlei Anzeichen, dass sie sich jemals in seinem Wohnwagen aufgehalten hat.« Prüfend sah sie ihn an. »Sie haben uns doch nicht in die Irre geführt?«

»Nein.« Warum nahm sie so etwas an?

»Mein Chef hat den Jongleur heute Nachmittag noch einmal verhört, und er ist ihn hart angegangen, aber entweder weiß er wirklich nicht, wo sie sich aufhält oder er versteckt die Guatemaltekin jetzt irgendwo anders.«

Der Köbes brachte zwei Kölsch. »Vielleicht tauchen Dele und Luz bald wohlbehalten wieder auf …«, murmelte die Kommissarin.

Die Vorstellung tat gut, aber er glaubte nicht daran.

Sylvia Gerlach seufzte: »Schade, dass mit Deles Verschwinden auch die Lockvogelidee geplatzt ist, sie hätte uns weiterbringen können.«

Florian nickte. »Vielleicht hätten wir Sams und Sabrinas Mörder auf diese Weise gekriegt.«

»Wenigstens habe ich mit dem Vorschlag bei Rössner gepunktet. Nochmals danke dafür.«

»Nichts zu danken.« Florian nahm einen langen Schluck.

»Hoffentlich lebt das Mädchen noch …« Sylvia Gerlach presste die Lippen aufeinander.

Er dachte an Lisa, die sich seit Luz' Verschwinden schwere Vorwürfe machte. Am Nachmittag war er bei ihr gewesen, und sie hatten gemeinsam überlegt, loszuziehen und das Kind auf eigene Faust zu suchen. Jede Aktivität war ihnen besser erschienen als diese untätige Warterei, die die Nerven so sehr zermürbte.

Die Klassenkameraden wurden von der Kripo befragt, ebenso Susan Gayle, die Rektorin und Mitinhaberin des *Roosevelt Gymnasiums*. Auch in der Ballettschule, die Luz besuchte, wollten die Kriminalbeamten sich umhören. Außerdem durchforsteten sie sämtliche Spielplätze der Umgebung und alle Grünanlagen.

Schließlich waren Lisa und er zum Zirkus gefahren. Als sie dort eintrafen, war Rössner jedoch schon wieder weg, und Gino war nach dem Verhör irgendwohin verschwunden. Niemand hatte ihnen sagen können, wo er steckte. Der Zirkusdirektor war enorm wütend auf Gino gewesen, weil die Nachmittagsvorstellung nun ohne ihn begann. Laut schimpfend, so dass alle es hören konnten, hatte er angekündigt, ihn zu feuern, sobald er sich wieder blicken ließ.

Anschließend waren sie in den Zoo gefahren, in der vagen Hoffnung, Luz dort zu finden. Sie liebte Tiere, insbesondere Bären, aber natürlich war das Mädchen auch dort nicht gewesen.

Und nun saß Florian nach diesem nervenaufreibenden Tag erschöpft mit der Kommissarin in der *Schreckenskammer*.

»Gibt es inzwischen irgendeine heiße Spur?«, fragte er, und als er in das Gesicht der Kommissarin sah, wusste er, dass sie eine Neuigkeit hatte.

»Nichts, was unmittelbar Luz betrifft, aber wir haben in Delsons Haus die Adresse eines Privatdetektivs gefunden, und mit ihm haben wir inzwischen geredet.«

Sam hatte es also noch geschafft, jemanden zu engagieren. Florian fragte sich, wer nun seine Rechnung zahlte.

»Sein Auftrag lautete, Dele Sanchi ausfindig zu machen. Auf der Suche nach ihr hat er Luz observiert, denn er ging davon aus, dass Dele versuchen würde, Kontakt zu dem Kind aufzunehmen.«

»Und? Hat er sie aufgespürt?«

»Nein, aber er hat einen Mann beobachtet, der Luz vor der Schule angesprochen hat.«

»Wann war das?« Florian horchte auf.

»Einen Tag vor Sams Tod.«

Rasch zog er sein Handy aus der Tasche und zeigte ihr die Fotos, die er von dem Mann geschossen hatte, den er und Jana vor dem *Roosevelt Gymnasium* beobachtet hatten.

»Es könnte derselbe gewesen sein«, sagte Sylvia Gerlach aufgeregt und fügte hinzu: »Auch wenn Ihr Foto unscharf ist und ihn nur aus der Ferne im Profil zeigt. Irgendwie kommt er mir dennoch bekannt vor … Ihnen nicht?« Auf ihrer Stirn erschien eine steile Falte.

Florian schüttelte den Kopf. »Hat der Detektiv denn keine Fotos gemacht?«

»Nein, und dazu hat er ihn auch noch aus den Augen verloren.«

»Scheint ja ein echter Profi gewesen zu sein …«

»Sie sagen es. Namen oder Adresse kennen wir also nicht. Geben Sie mal her …« Sie streckte die Hand nach Florians Handy aus und sah sich die Aufnahmen noch einmal genau an. »Wir schicken Ihre Fotos sofort an meinen Chef ins Präsidium und lassen sie dort durch alle Raster laufen.«

Er nickte, und nachdem er die Nummer von Rössners Handy für eine MMS eingetippt und auf *Senden* gedrückt hatte, und die Kommissarin kurz mit ihm telefoniert hatte, fragte er: »Gab es eigentlich Reaktionen auf das Phantombild in der Zeitung?«

»Einige. Wir überprüfen alle, gehen allen Hinweisen nach.«

»Was mich auch interessiert …«, begann Florian vorsichtig.

Die Kommissarin sah auf.

»Haben Sie in Sams Haus die Adoptionsunterlagen und Sabrinas Stick gefunden?«

»Ja. Sam und Sabrina haben Luz in Cobán adoptiert, mit Hilfe der Agentur Help the children, an der, wie wir inzwischen wissen, Susan Gayle 50 % der Anteile hält.«

»Und welche Informationen waren auf ihrem Stick?«

»Persönliche Daten über sämtliche Adoptiveltern in Köln, die Kinder aus Guatemala adoptiert haben. Name, Alter, Wohnort, Kaufpreis, der übrigens durchschnittlich 28.000 US Dollar beträgt. Es handelt sich ausschließlich um deutsch-amerikanische Adoptiveltern. Wenn Sabrinas Informationen stimmen, läuft die Sache so ab: Ein Ehepartner, der über die amerikanische Staatsbürgerschaft verfügt, reist nach Cobán, sucht sich dort ein Kind aus, das ihm gefällt, und Help the children sorgt mit Hilfe einheimischer Anwälte für die Abwicklung sämtlicher Formalitäten. Die Anwälte erledigen den Schriftverkehr mit den Behörden in Guatemala, wobei sich alle Beteiligten ihre Dienste selbstverständlich gut bezahlen lassen.«

»Sabrina hat also brisantes Material zusammengetragen …«

»Ja. Ihren Unterlagen nach ist die Anwaltssozietät *Clark & Johnson* in Köln Kontaktpartner der in Deutschland lebenden amerikanischen Paare mit Adoptionswunsch.«

Florian sah sie stumm an, und nach einer Weile fragte er: »Wie geht es weiter, wenn in Guatemala alle Formalitäten erledigt sind?«

»Dann wird eine amerikanische Kanzlei mit Sitz in Chicago aktiv.«

»Wie heißt sie?«

»*Clark & Associates*.«

Florian musste schlucken. »*Clark & Associates* ist die amerikanische Muttersozietät von *Clark & Johnson*.«

Sylvia Gerlach nickte.

»Im Gegensatz zur deutschen Tochter, die offiziell in erster Linie auf Wirtschaftsrecht spezialisiert ist, ist die amerikanische Muttersozietät neben Wirtschaftsrecht auch auf internationales Adoptionsrecht spezialisiert. Sie kümmern sich von den USA aus dann um die weiteren Formalitäten. Die Kinder werden quasi in den USA von Amerikanern adoptiert, bevor sie nach Deutschland ausreisen. Sie besitzen zunächst alle die amerikanische Staatsbürgerschaft, einige beantragen dann hier aber auch die deutsche Staatsbürgerschaft.«

Florian biss sich auf die Lippen. »Hat Sam davon gewusst?«

»Wir wissen es nicht, aber Sabrina definitiv nicht, falls sie das beruhigt. Zu dem Zeitpunkt, als sie Luz adoptiert haben, war ihr aber mit Sicherheit der unmoralische Aspekt ihres Handelns bewusst, sie haben viel Geld für Luz bezahlt. Wie Luz gezeugt wurde, wusste sie aller Wahrscheinlichkeit nach zu diesem Zeitpunkt ebenfalls nicht. Warum sonst hätte sie Jahre später erst, nachdem diese Guatemaltekin aufgetaucht ist, zu recherchieren beginnen sollen …«

Florian spürte den altbekannten Schmerz in seinem Backenzahn.

»Das *Roosevelt Gymnasium* wird insgesamt von 37 Kindern aus Guatemala besucht«, fuhr Sylvia Gerlach fort und nahm einen großen Schluck Kölsch.

»Wurden alle von Help the children aus Cobán vermittelt?«

»Ja.«

Florian rechnete. »Bei einem Preis von ca. 28.000 Dollar pro Kind macht das genau 1.036.000 Dollar gesamt. Susan Gayle ist also eine reiche Frau, auch wenn sie die Einnahmen teilen muss. Es sind immerhin um die 66.000 Amerikaner in Deutschland stationiert, und der Markt in Amerika ist riesengroß …«

Sylvia Gerlach schüttelte ihre blonden Locken und strich sich eine Strähne hinters Ohr. »Wir warten nur noch auf den Durchsuchungsbefehl für die Kanzlei und auch für Susan Gayles Haus. Ihnen habe ich zu verdanken, dass wir so schnell auf die Sache aufmerksam geworden sind …«

Florian brauchte einen Moment, um die Neuigkeit

zu verdauen. »Wissen Sie, was ich befürchte?«, fragte er schließlich und starrte die Kommissarin an.

»Ja?«

»Ich befürchte, dass jemand von *Clark & Johnson* Luz in den Händen hat. Sie benutzen Luz, um Dele aus ihrem Versteck zu locken.«

Die Kommissarin kniff die Augen zusammen, dann sagte sie langsam: »Natürlich! Dele Sanchi wurde von ihren Handlangern vergewaltigt und ihres Kindes beraubt, und jetzt will sie plötzlich ihr Kind zurück. Es besteht die Gefahr, dass sie mit ihrem Wissen an die Öffentlichkeit geht, so wie es vielleicht auch Sabrina und Sam getan hätten.«

»Und genau das ist der Grund, weswegen auch sie aus dem Weg geräumt werden muss.«

Sylvia Gerlach erhob sich brüsk, und das Schaben des Stuhls auf dem Holzboden verursachte ein unangenehmes Geräusch. »Ich schätze, wir haben keine Zeit zu verlieren.«

SONNABEND, 23. JULI, VORMITTAGS

Auf dem Zirkusgelände herrschte gemächliches Treiben, das Team war inzwischen gut auf alle Abläufe eingespielt. Artisten plauderten miteinander zwischen dem Zelt und den Wohnwagen, die Pressesprecherin saß wegen der Hitze an einem Tisch im Schatten des Restaurantwagens und unterhielt sich mit einem Journalisten, und der Direktor probte vor seinem Wagen für die Rolle als *Dummer August* eine neue Nummer.

Deles Augen nahmen alles auf. Sie spähte durch den schmalen Schlitz zwischen dem Wohnwagenfenster und der davor angebrachten Spitzengardine, unruhig wanderten ihre Pupillen hin und her. Draußen auf dem Gelände war alles wie immer. Die Kripo war wieder abgezogen, nachdem sie am vergangenen Tag ausführlich nach ihr gesucht hatte, weil Luz verschwunden war. Ihr Kind. Ihr Augenstern. Ihre Hoffnung und ihre Sonne. Dele schloss die Augen. Und nun glaubten sie, *sie* habe Luz entführt.

Gino hatte sie einer seltsamen Eingebung folgend letzte Nacht bei italienischen Freunden aus der Maremma untergebracht, die schon seit Jahren in Köln lebten. Er war der Meinung gewesen, dass sie dort sicherer aufgehoben sei als in seinem Wohnwagen. Seine Angst um sie war groß. Die Sorge, dass der Fremde wiederkommen könnte, erneut versuchen würde, ihr etwas anzutun, hatte den Ausschlag gegeben, und so war sie seinem Vorschlag gefolgt.

Außerdem traute Gino Florian Halstaff nicht. Er hatte zwar versprochen, ihr zu helfen, doch war er Journalist, und wie Journalisten handelten, sei hinreichend bekannt, hatte Gino gesagt. Sie wusste, dass Florian mehrfach versucht hatte, sie während ihrer Abwesenheit über Ginos Handy zu erreichen, und sie fragte sich, was er von ihr wollte, doch Gino hatte ihr geraten, ihn nicht zurückzurufen.

Seit der gestrigen Nacht war sie wieder hier, in seinem Wohnwagen. Dele faltete die Hände, presste sie zusammen, so dass die Knöchel weiß hervortraten, und betete. *Padre nuestro, que estás en el cielo … Bitte, gib mir meine Tochter zurück. Perdona nuestras ofensas, como también nosotros perdonamos … Vergib uns unsere Schuld, wie auch wir vergeben unseren Schuldigern. Bitte, gib mir das Mädchen zurück.*

Sie brachte das Vaterunser nicht zu Ende, ihre Gedanken kehrten immer wieder zu Luz zurück.

Als sie von Gino erfahren hatte, dass sie verschwunden war, hatte sie in Windeseile ihre wenigen Sachen gepackt, die sie in einer Plastiktüte mit zu Ginos Freunden genommen hatte, und war zurück zum Wohnwagen gelaufen. Als sie zitternd vor ihm stand, hatte Gino sie mit einer Mischung aus Freude und Erschrecken in die Arme geschlossen, und dann hatten sie sich geküsst.

Sie klammerte sich an den Funken Hoffnung, dass Luz sich irgendwo versteckt hielt und nur eine Gelegenheit abwartete, um zu ihr zu kommen.

Dele presste die Augen zusammen, und plötzlich spürte sie, wie ihr Herz zu stolpern begann. Für einen Moment wurde ihr schwarz vor Augen, und sie zwang sich, tief durchzuatmen. *Padre nuestro …* Ihre Hand tastete nach dem hölzernen Kreuz auf ihrer Brust und der Armbanduhr, die sie wie immer in einem Beutel unter ihrer Bluse trug. Die Dinge gaben ihr Kraft und Sicherheit, und nicht nur sie. Sie lächelte. Auch Gino war zu ihrem Schutzengel geworden.

Die laute Stimme des Zeltmeisters dröhnte herüber und riss sie aus ihren Gedanken. Einen Moment fragte sie sich, was die Hilfskräfte wohl diesmal verbrochen hatten, dann lehnte sie müde den Kopf an die Wand und horchte auf die Stimme. In der Manege schien noch kein frisches Sägemehl aufgeschüttet worden zu sein, und zwischen den Bänken lag noch der Müll des Vorabends herum. Sie dachte an Pippa, hörte sie über den Dreck fluchen, doch dann waren da wieder die Gedanken an Luz.

Wo war ihre Tochter? War sie auf dem Weg zu ihr?

Das Bild von dem Mann ging ihr durch den Kopf, der sie beide im Zirkus beobachtet hatte, und wie so oft fragte sie sich, wo sie ihm zum ersten Mal begegnet war. Sie sah ihn vor sich, wie er im Zirkuszelt in der hinteren Reihe saß. Sie erinnerte sich daran, wie er versucht hatte, die Wohnwagentür zu öffnen. Sie rief sich seine Statur und die Form seines Kopfes vor Augen, seine Größe und sein ungefähres Gewicht, und plötzlich kamen weitere Bilder aus der Tiefe ihres Bewusstseins, und die Bilder waren glasklar.

Sie sah ihn im Kaufhaus. Als sie ihre Sportschuhe gekauft hatte, war sie ihm begegnet, auch er hatte welche anprobiert.

Ein weiteres Bild, gestochen scharf. Er und Sam Delson, wie sie gemeinsam das Haus der Delsons verließen.

Dele umfasste das Kreuz, und in diesem Moment wusste sie, dass sie den Mann zweifelsfrei wiedererkennen würde. Und er wusste es auch.

SONNABEND, 23. JULI, FRÜHER NACHMITTAG

Es war für diese Stunde ungewöhnlich düster, die Luft lastete schwer auf allem. Unbeweglich hingen dunkle Gewitterwolken am Himmel, und Florians Augen glitten prüfend über den Horizont. Das Zwitschern der Vögel war verstummt, und selbst das Rauschen der Blätter an den Bäumen hatte abrupt nachgelassen, ein untrügliches Zeichen dafür, dass das Gewitter jeden Moment losbrechen würde. Er versuchte abzuwägen, ob sie es noch schaffen würden, sich vor dem Guss ins Trockene zu retten, oder ob es besser wäre, im Auto abzuwarten und das Unwetter in Sicherheit über sich ergehen zu lassen.

Jana schielte zu ihm herüber: »Komm, wenn wir einen Sprint einlegen, schaffen wir es.« Sie hatte die Hand auf den Türöffner gelegt, bereit, ihn hoch zu ziehen und jeden Augenblick loszurennen.

»Gut, dann aber schnell.« Florian stieß die Autotür auf, und schon rannten sie nebeneinander auf dem schmalen Fußweg zum *Haus am See*. Über ihren Köpfen zuckte der erste Blitz, wenig später grollte dumpf ein Donnerschlag. Regentropfen platzten vom Himmel. Dick und schwer fielen sie auf den sandigen Boden, drückten tiefe Dellen in das Wasser des Sees und veranlassten die Schwäne dazu, am Uferrand Schutz zu suchen.

Jana keuchte, und Florian spürte, wie seine Haare durchnässten und sein Hemd am Körper klebte. Im Gasthaus standen sie prustend nebeneinander, schüttelten sich das Wasser aus dem Haar und blickten sich in dem beinahe leeren Wirtsraum um.

Hamacher war noch nicht da.

Der Rentner war inzwischen aus der Türkei zurückgekehrt, und sie hatten sich für 14 Uhr im *Haus am See* verabredet.

Florians Gedanken wanderten zu Marko Rössner und Sylvia Gerlach, und er fragte sich, ob sie inzwischen von der Staatsanwältin den Durchsuchungsbefehl erhalten hatten, und ob die Mitarbeiter von *Clark & Johnson* ebenso wie Susan Gayle bereits vernommen worden waren. Vielleicht hatten sie inzwischen auch die Identität des Mannes auf den Fotos festgestellt. Rasch zog er sein Handy aus der Tasche und warf einen Blick darauf, aber von der Kommissarin war noch keine Nachricht eingegangen.

Im Gastraum waren nur drei Tische besetzt. Zwei ältere Frauen mit Dackel blickten schweigend aus dem großen Glasfenster. Sie beobachteten, wie der Wind unerbittlich an Büschen und Bäumen zerrte, und Florian kam es so vor, als sei das stille Einvernehmen der Frauen Ausdruck vieler gemeinsam verbrachter Stunden. Er überlegte, ob sie Schwestern waren. Sie strahlten eine Vertrautheit aus, die ihn anrührte.

Am Tisch hinter ihnen saß ein junges Paar, die Stühle hatten sie dicht zusammengeschoben. Auch sie blickten hinaus. Er hatte den Arm schützend um ihre Schultern gelegt, und sie schmiegte den Kopf an ihn.

Am dritten Tisch saß ein Paar in den 50ern. Mit undurchdringlichen Mienen sahen sie aneinander vorbei, hin zu entgegengesetzten Punkten irgendwo im Raum. Sie machten den Eindruck, als ob sie gerade gestritten hätten, und

Florian registrierte eine Bitterkeit in ihren Mienen, die sich über Jahre dort eingemeißelt zu haben schien.

Rasch steuerte er auf die Theke zu und schob Jana einen Hocker hin.

»Apfelschorle?«

Sie nickte, auch er entschied sich für die Apfelsaftschorle, und eilfertig nahm der Kellner die Bestellung auf. Nachdem er die Gläser vor sie hingestellt hatte, begann er mangels weiterer Bestellungen das stählerne Spülbecken zu polieren und leutselig das Unwetter zu kommentieren. Die Regentropfen prasselten ohrenbetäubend laut gegen die Scheiben.

»Vor ein paar Wochen hat es da drüben ein paar Bäume entwurzelt«, sagte er und deutete mit dem Zeigefinger Richtung Parkplatz. »Zwei Autos, die dort standen, sind durch herabstürzende Äste ziemlich verbeult worden.«

Florian sah geradeaus, ohne dem Mann weiter Beachtung zu schenken, denn die Tür von der Toilette zum Gastraum hatte sich geöffnet. Darin stand Hamacher, braun gebrannt. An der Leine hielt er seinen Hund, was Florian irritierte. Nahm er das Tier überall mit hin?

Grüßend kam der Rentner auf ihn und Jana zu, dann hievte er sich etwas schwerfällig auf den Barhocker, den Florian mit einer einladenden Geste herbeigezogen hatte.

»Sie sehen blendend aus.« Florian stellte den Rentner und Jana einander vor. »Gut erholt, ich könnte direkt neidisch werden.«

»Das liegt an der türkischen Sonne«, sagte Hamacher und fügte hinzu: »... und an den netten Leuten in Alanya. Sie glauben ja nicht, wie freundlich die Türken sind.«

»Nicht nur die Türken, oder?« Florian dachte an die

Andeutungen auf der Ansichtskarte. Er hatte den Eindruck, als sei der Mann um Jahre verjüngt.

»Ja, Sie haben recht … und das in meinem Alter …« Mit einem Seitenblick auf Jana, der ihn davon überzeugte, dass er bedenkenlos fortfahren könne, erklärte er: »Sie heißt Gerda. Es scheint, als habe sie mir neues Leben eingehaucht. Nach dem Tod meiner Frau war ich doch recht einsam …«

Florian und Jana sahen ihn voller Empathie an.

»Das Beste aber ist, dass sie aus Köln stammt, ein echtes *Kölsches Mädche,* und sie wohnt gar nicht weit von mir.« Der Rentner lächelte versonnen vor sich hin, dann sagte er: »Nur dem Raki habe ich nicht so ganz getraut …«

Als er eine Pause machte, ergriff Florian die Gelegenheit: »Auf Ihrer Karte schrieben Sie, dass Sie mir noch etwas Wichtiges mitteilen wollten?«

Der alte Mann nickte, doch er warf Jana einen unsicheren Blick zu.

»Machen Sie sich keine Sorgen«, sagte Florian schnell und fügte hinzu: »Alles, was wir besprechen, bleibt unter uns.« Ein schneller Blick auf sein Handy offenbarte ihm, dass Sylvia Gerlach sich immer noch nicht gemeldet hatte.

»Ich wollte Ihnen nur sagen, dass sich in der Handtasche der Toten außer dem Portemonnaie auch ein Handy befand.«

Florian starrte ihn mit aufgerissenen Augen entgeistert an. »Das haben Sie ebenfalls an sich genommen?«

Hamacher sah auf einmal sehr schuldbewusst aus.

»Aber wieso konnte die Kripo es dann nicht orten?«, fragte Jana und gab sogleich selbst die Erklärung: »Weil Sie in der Türkei waren! Vermutlich zu weit weg für die deutschen Ortungssysteme …«

»Nein. Ich habe die SIM-Karte aus dem Handy entfernt und bei mir zu Hause die Toilette hinunter gespült«, erklärte der Rentner. Um Verständnis bittend sagte er: »Als ich das ultramoderne Gerät einige Meter von der Leiche entfernt unter einem Busch auf dem Boden liegen sah, so ein Ding, das alles kann, wissen Sie, da konnte ich nicht widerstehen. Mein eigenes war völlig veraltet, so etwas Topmodernes und technisch Fortschrittliches hätte ich mir nie leisten können.« Er überlegte einen Moment, dann zog er das Handy aus der Tasche und legte es auf die Theke. »Wenn Sie meinen, dass ich es tun sollte, werde ich es jetzt der Polizei übergeben.«

Florian und Jana tauschten einen langen Blick.

»Ohne SIM-Karte?«, fragte Florian und schüttelte den Kopf. »Völlig nutzlos. Sie haben sich ein weiteres Mal strafbar gemacht, ist Ihnen das bewusst?«

Hamacher erwiderte nichts, und Florian dachte daran, dass die Kripo sich längst alle Verbindungsdaten von Sabrinas Mobilfunkpartner besorgt hatte. Er war enttäuscht, denn er hatte sich Interessanteres von Hamacher erhofft.

Der Rentner betrachtete seine Hände, die knotig und mit hervorgetretenen blauen Adern auf seinen Oberschenkeln lagen. Nach einer Weile sagte er zerknirscht: »Tut mir leid.«

Der Regen hatte nachgelassen, und erste Sonnenstrahlen brachen hervor. Sie fielen durchs Fenster ins Gasthaus, wo sie als helle Linien Muster auf die Tische warfen.

»Vielleicht ist es besser, wenn wir alle über das Handy Stillschweigen bewahren«, sagte Florian und fügte hinzu: »Behalten Sie das Teil und erzählen Sie keiner Menschenseele, woher Sie es haben.«

Noch immer blickte Hamacher auf seine Hände. Er

neigte sich herab zu seinem Hund, um ihm den Kopf zu tätscheln, und Florian blickte auf die schütteren weißen Haare, unter denen rosa die Kopfhaut durchschimmerte. In diesem Moment kam ihm eine Idee. Er holte sein eigenes Handy hervor und klickte die Fotos durch, bis er gefunden hatte, was er suchte.

»Haben Sie diesen Mann schon einmal gesehen?«

Hamacher hob den Kopf und griff nach dem Gerät, um die Aufnahmen genau betrachten zu können. Er zögerte einen Moment, dann sagte er: »Schwer zu sagen … es könnte aber sein, ja.«

Florian hielt den Atem an. Er hatte Hamacher das Foto von dem Mann gezeigt, der Luz vor dem *Roosevelt Gymnasium* angesprochen hatte, und nach dem inzwischen die Kripo fahndete. Von dem er mittlerweile annahm, dass er bei der Sozietät *Clark & Johnson* arbeitete. »Wo?«, fragte er eindringlich und wiederholte: »Wo haben Sie ihn gesehen?«

»Hier …«

»Was?«

»Ja, hier im *Haus am See.*«

»Wann?«

»Vor ein paar Wochen. Ich war mit dem Hund spazieren und habe Rast gemacht. Wenn nicht viel los ist, haben die Kellner meist nichts dagegen, wenn ich ein bisschen auf der Terrasse ausruhe, ohne etwas zu bestellen. Ich esse dann ein Brötchen, das ich mir mitgebracht habe und der da …«, Hamacher wies auf das Tier, »… bekommt eine Kaustange.«

»War der Mann allein?«, fragte Florian und bemühte sich darum, sich seine Aufgeregtheit nicht anmerken zu lassen.

Hamacher dachte nach. »Ja, ich bin mir ziemlich sicher.« Erst jetzt begriff er den Zusammenhang. »Sie meinen, er könnte der Mörder der Frau sein, die ich gefunden habe?« Verblüfft sah er Florian an, und Florian nickte langsam.

Der Rentner schluckte. »Ich könnte jetzt einen Whisky gebrauchen.«

»Malt?«

»Ja. Wenn es geht, einen doppelten.«

»Haben Sie den Mann öfter hier gesehen?«, schaltete Jana sich ein.

Hamacher schüttelte den Kopf. Der Kellner stellte den Whiskey vor ihn hin, und der alte Mann nahm einen großen Schluck.

Florian reichte sein Handy über die Theke: »Wenn er hier zu Gast war, erkennen *Sie* den Mann von diesem Foto vielleicht auch …«

Der Kellner betrachtete die Aufnahme eingehend, und irgendwann sagte er: »Ich glaube, er war erst vor ein paar Tagen hier …«

Florian spürte ein Kribbeln im Bauch.

»Ja, es ist möglich, dass er es war … Der Mann wäre beinahe von einem Schwan angegriffen worden, er saß draußen auf der Terrasse, ganz nah am See. Das war heute vor einer Woche, vormittags, ich hatte Dienst.«

Das Kribbeln hatte inzwischen Florians Kopfhaut erreicht. »Ein Stammgast?«, fragte Florian.

»Nein.«

»Wissen Sie, wie er heißt?«

Der Kellner schüttelte bedauernd den Kopf.

»Ist es möglich, dass er auch an dem Tag, als die Frau ermordet wurde, hier einkehrte? Am Dienstag, dem

28. Juni, gegen Abend?«, versuchte Florian dem Gedächtnis des Mannes auf die Sprünge zu helfen.

»Nein, ich glaube nicht.« Er hielt einen Augenblick inne, bevor er weiter sprach: »Die Frau jedoch war öfter hier. An sie erinnere ich mich gut, sie war sehr attraktiv. Wenn sie kam, dann meist in Begleitung ihres Mannes. Manchmal war auch das Kind dabei.«

Florian seufzte. »Schade, dass Sie seinen Namen nicht kennen. Das würde uns und der Kripo enorm weiterhelfen.«

Der Kellner dachte einen Moment nach, und dann sah er ihn mit großen Augen an. »Ich könnte den Namen aber herausfinden.«

Florian hielt den Atem an. »Tatsächlich?«

»Ja. Der Mann hat mit EC-Karte bezahlt. Seine Rechnung war nicht hoch. Ich weiß noch genau, was er getrunken hat … ich hatte mich darüber gewundert. Jemand, der um die Mittagszeit Averna bestellt, ohne etwas Deftiges gegessen zu haben, ist eher ungewöhnlich.«

»Sie brauchen also nur in den Kartenbelegen nachzusehen und dann finden Sie seinen Namen heraus?«

»Wahrscheinlich, ja.«

Florians Augen begannen zu leuchten, denn in diesem Moment wusste er: Er war kurz vor dem Ziel.

SONNABEND, 23. JULI, FRÜHER ABEND

»Es ist unglaublich«, murmelte Florian und eilte seiner Nachbarin entgegen, die ein kleines Bündel auf dem Arm hielt und ihm damit aus ihrer Wohnung im Hausflur entgegentrat. Es war kein Kleinkind, das sie da in eine graue Decke eingewickelt trug. Sein Herz schlug höher. Das orange-weiß gestreifte Fell und die spitzen Ohren waren unverkennbar. Vorsichtig nahm er ihr das Bündel ab und drückte es an seine Brust. Der Gemüsehändler habe Zicke eingefangen, erklärte sie. Da er Florian nicht zu Hause angetroffen habe, habe er bei ihr geklingelt und ihr das Tier anvertraut.

Florian überprüfte mit einem raschen Blick, ob Sylvia Gerlach sich in der Zwischenzeit gemeldet hatte, aber es gab immer noch keine Nachricht von ihr.

Im Wohnzimmer unterzogen er und Jana die Katze einer vorsichtigen Inspektion. Sie hinkte, sah insgesamt räudig aus und sie schien Schmerzen zu haben. Florian rief beim tierärztlichen Notdienst an, und anschließend machten sie sich in aller Eile mit ihr in einer Transportbox auf den Weg in die Praxis.

Er rechnete jeden Moment damit, dass die Kommissarin sich meldete und er fragte sich, warum es so lange dauerte. Er brannte darauf zu erfahren, ob Rössner und sie jemanden aus der Kanzlei festgenommen hatten, vielleicht sogar Luz gefunden hatten. Außerdem ersehnte er die Nachricht des Kellners, der versprochen hatte, sich sofort zu melden, wenn sein Chef die EC- Zahlungsbelege des vergangenen Sonnabends durchgegangen war.

Der Tierarzt versorgte Zicke mit Medikamenten und schiente ihr Bein. Es war zweifach gebrochen, und er eröffnete ihnen, dass sie vermutlich von einem Auto angefahren worden war. Aller Wahrscheinlichkeit nach würde sie nie wieder richtig laufen können. »Dann bleibt sie eben behindert«, sagte Jana, und Florian fügte hinzu: »Hauptsache, sie lebt.«

Zurück in der Wohnung, taten sie alles dafür, es Zicke so komfortabel wie möglich zu machen, und bald stellten sie fest, dass sie offenbar sehr zufrieden war, sich wieder in ihrer vertrauten Umgebung zu befinden. Nachdem sie ihr etwas Futter verabreicht hatten, legten sie die Katze zwischen sich auf das Sofa. Sie schnurrte laut vor sich hin, und Florian streckte gerade die Beine aus, als das Festnetztelefon klingelte. Es stand unmittelbar neben ihm auf einem kleinen Tisch, so dass er nur den Arm danach auszustrecken brauchte. Die hektische Bewegung, mit der er danach griff, hätte beinahe dazu geführt, dass es herunter gefallen wäre.

Eddie Klump war am Apparat.

»Ach, du bist's«, sagte Florian langgezogen. Seiner Stimme war die Enttäuschung deutlich anzumerken. »Was gibt's?«

»Ein bisschen mehr Begeisterung, bitte«, erwiderte Eddie indigniert. »Sorry«, entschuldigte Florian sich. »Ich warte auf einen Anruf von der Kommissarin.«

»Ich heiße zwar nicht Sylvia Gerlach, habe aber trotzdem etwas Interessantes für dich.«

Florian richtete sich abrupt auf. »Dann sprich.«

»Du wirst es nicht glauben.«

Florian drückte auf den Lautsprecherknopf, sodass Jana mithören konnte.

»Sabrina Delson hatte ein Verhältnis mit Susan Gayles Mann. *Er* ist der ominöse Liebhaber …«

»Wow.« Florian schwieg einen Moment, er musste die Nachricht erst einmal verarbeiten. »Wie hast du es herausgefunden?« Langsam strich er sich mit der Hand durchs Haar und dachte, dass es demnach kein Wunder war, dass Susan Gayle Sabrina nicht ausstehen konnte.

»Berufsgeheimnis.«

»Kompliment. Erzählst du es mir irgendwann?«

In der Leitung blieb es einen Moment still, dann erwiderte Eddie: »Also gut. Ein Anwalt aus der Kanzlei *Clark & Johnson* hat mir den Tipp gegeben, gerade eben, vor ungefähr 10 Minuten. Purer Zufall. Er ist der Freund eines Freundes. Er ist ziemlich aufgelöst, die Kripo hat ihn heute Mittag vernommen, so wie auch seine anderen Kollegen. Auf einmal standen sie vor seiner Tür und wollten etwas über die Aktivitäten von *Clark & Johnson* in Sachen Adoptionsrecht wissen, was ihn ziemlich verwundert hat. Er behauptet, damit hätte die Kanzlei rein gar nichts zu tun. Den Kripoleuten hat er übrigens nichts von dem Verhältnis gesagt …«

»Warum?«

»Sabrinas ehemaliger Liebhaber ist sein Chef, und bei dem will er sich nicht in die Nesseln setzen. Wir hocken übrigens gerade alle vor der *Malzmühle* am Heumarkt bei einem Kölsch.«

Florian spürte, wie ihn die Sorge um die Exklusivität des Themas ergriff. Er und Eddie waren Freunde, aber in gewisser Hinsicht waren sie auch Rivalen, zumindest beruflich. »Du weißt, dass du versprochen hast, *mir* das Feld zu überlassen?« Er dachte an ihr Gespräch im Rheinauhafen vor wenigen Tagen.

»Klar … ich werde keine einzige Zeile darüber verfassen. *Vorerst.* Meinst du, Dele Sanchi gibt mir ein Exklusiv-Interview?«

Florian seufzte und ließ sich zurück in die Kissen sinken. »Vielleicht. Ich werde die Kripo sofort über die neue Situation informieren.«

»Einverstanden.« Eddie machte eine Pause, bevor er weitersprach: »Als Sabrina ermordet wurde, war Susan Gayle übrigens im Theater.«

In diesem Moment summte Florians Handy, ein vertrauter Ton, der den Erhalt einer SMS anzeigte. Er deutete auf das Gerät, und Jana reichte es ihm. Er las, was auf dem Display stand, und plötzlich stockte ihm der Atem:

»Der Mann auf Ihrem Foto heißt Ron Gayle. Ich hoffe, das hilft Ihnen weiter«, hatte der Kellner geschrieben.

In Windeseile verabschiedete sich Florian von Eddie und wählte die Nummer von Sylvia Gerlach.

SONNABEND, 23. JULI, ABENDS

Dele schwebte in Lebensgefahr, Florian war sich sicher. Ron Gayle hatte das Kind in seine Gewalt gebracht, um die Guatemaltekin aus ihrem Versteck zu locken. Sein Hirn verweigerte die Vorstellung, was alles geschehen konnte.

Eins jedoch war klar: Sie mussten Dele so schnell wie möglich finden. Dummerweise hatte er Sylvia Gerlach nicht erreicht, ebenso wenig Marko Rössner, und so hatte er beiden auf die Mailbox gesprochen, dass sich die Hinweise verdichteten und vermutlich Ron Gayle der Mörder war.

Er hatte sich sofort wieder auf den Weg in den Zirkus gemacht. Der Jongleur war der Einzige, der wissen konnte, wo Dele sich aufhielt.

Aber wo steckte Gino? Bislang hatte er auf keinen seiner Anrufe reagiert.

Das Zirkuszelt tauchte vor ihm auf. Obwohl die Dämmerung noch nicht weit fortgeschritten war, wurde es von unzähligen gelben, blauen und roten Glühbirnen beleuchtet.

Florian zwang sich, langsamer zu gehen. Er wollte vermeiden, Aufmerksamkeit zu erregen, außerdem setzte ihm die Hitze des Tages zu, die wieder einmal drückend auf allem lastete und auf die Gemüter der Menschen drückte. Im Radio hatte er gehört, dass die Außentemperatur immer noch bei 33 Grad Celsius lag. Eine Mücke umschwirrte sein feuchtes Gesicht. Ärgerlich wischte er sie mit einer Hand beiseite, der sirrende Ton nervte ihn. Er konnte die Biester, die in heißen Sommern am Rhein zur Plage wurden, nicht ausstehen.

Ein rascher Blick auf die Zeitanzeige seines Handys machte klar, dass der zweite Teil der Abendvorstellung bereits begonnen hatte, und gerade in dem Moment, als er überlegte, wie lange die Vorstellung noch dauern würde, erklang aus dem Zelt ein lauter Tusch. Dann vernahm er die Stimme des Zirkusdirektors, der offenbar gerade als *Dummer August* auftrat und dem Publikum damit Lachsalven entlockte.

Florian ließ den Blick über das Zirkusgelände schweifen. Bei den Wohnwagen war wenig los. Einige Artisten, die ihren Auftritt bereits hinter sich hatten, standen in einer Gruppe zusammen und lachten, darunter die Schlangenfrau. Zu seiner Überraschung grüßte sie ihn, und Florian freute sich, dass sie ihn wiedererkannte. Sie hatten neulich ein paar Worte miteinander gewechselt. Mit erhobener Hand grüßte er zurück. »Ist Gino wieder da?«, rief er hinüber.

»Ja, er wird gleich auftreten. Der Chef hat es sich mit der Kündigung noch einmal anders überlegt«, bekam er zur Antwort. Der Arm der Schlangenfrau wies zu seinem Wohnwagen. »Er müsste da drin sein, klopfen Sie einfach.«

Florian atmete erleichtert auf, auch wenn er wusste, dass die Gelegenheit, mit ihm zu sprechen, so kurz vor dem Auftritt ungünstig war.

Laut pochte er gegen die Tür, aber drinnen rührte sich nichts. Er versuchte, einen Blick ins Innere des Wohnwagens zu werfen, doch zugezogene Gardinen vor den Fensterscheiben verhinderten dies. Still, beinahe bewegungslos, blieb er vor dem Wagen stehen, und dann klopfte er erneut. Wieder nichts. Florian presste sein Ohr an die Tür. Befanden Gino *und* Dele sich da drin?

Er hielt den Atem an und lauschte, doch nicht das kleinste Geräusch drang zu ihm. Ein wenig rückte er von der Tür ab, stand aber weiter unbeweglich, denn er versuchte, die Atmosphäre, die ihn umgab, in sich aufzunehmen, jede Regung zu registrieren. Er wusste, dass man Menschen, auch wenn sie nicht hör- oder sichtbar waren, doch spüren konnte. Vielleicht war es ihr Geruch, der ihre Anwesenheit verriet, eventuell auch die energetischen Schwingungen. Er hatte schon oft die Erfahrung gemacht, dass man die Präsenz von Menschen schlichtweg auf der Haut spüren konnte. Früher, in seiner Kindheit, als sie am Rheinufer unter den hohen Pappeln Verstecken gespielt hatten, war er in der Lage gewesen, die Mitspieler verblüffend schnell zu finden. *Immer der Nase nach*, hatte er sich damals gesagt, und erstaunlicherweise hatte es oft funktioniert.

Unschlüssig stand Florian vor dem Wohnwagen, die Gruppe von Artisten mit der Schlangenfrau hatte sich zerstreut. Sein Blick wanderte hinauf zum Mond, der nicht mehr ganz rund am Himmel stand, und dessen Kontur sich bei zunehmender Dunkelheit immer deutlicher von ihm abhob.

Die Dämmerung tauchte alles in ein mystisches Licht. Ein orangefarbener Lichtstrahl fiel auf den Wagen, und Florian blinzelte, so schön war der Anblick. In wenigen Minuten bereits würde die Welt nur noch von künstlichen Lichtern erhellt sein.

»Ich weiß, dass Sie da sind, bitte machen Sie die Tür auf«, sagte er nachdrücklich, und wider Erwarten öffnete sie sich plötzlich. Im Rahmen erschien Gino. Er trug ein dunkelblaues, glitzerndes Kostüm, das in krassem Gegensatz zu seinen eingefallenen grauen Gesichtszügen stand.

»Dele ist nicht hier«, sagte er schroff.

»Darf ich trotzdem herein kommen?«

»Nein. Ich habe in 20 Minuten meinen Auftritt und möchte jetzt nicht gestört werden. Lassen Sie mich bitte in Ruhe.« Mit diesen Worten zog er die Tür des Wohnwagens knarrend zurück ins Schloss.

Florian klopfte erneut, lauter diesmal. »Es ist dringend, Dele schwebt in Lebensgefahr! Nur Sie können jetzt helfen.«

Drinnen blieb es still.

»Haben Sie nicht gehört? Dele schwebt in Lebensgefahr! Öffnen Sie und hören Sie mir nur zwei Minuten zu!«

Die Tür ging wieder auf. Gino trat beiseite und ließ ihn in das Innere des Wagens ein. Florians Blick fiel auf die zwei Betten, die übereinander an der Wand angebracht waren. Aus dem Wandschrank hing ein Stück Seide, es war zwischen den Türen eingeklemmt, und der Stoff sowie seine hellgelbe Farbe wirkten so feminin, dass er stutzte.

»Aber Dele *war* da?«, fragte er.

Der Jongleur nickte. »Ja, sie war hier, aber erst, nachdem die Kripo schon wieder weg war.«

Gutes Timing, dachte Florian.

»Beeilen Sie sich, ich muss gleich ins Zelt … was ist los?«

Er fasste in wenigen Sätzen zusammen, was er befürchtete.

Gino starrte ihn entsetzt an und sagte. »Sie hat einen Anruf bekommen, von Luz.«

Florian runzelte die Stirn.

»Auf meinem Telefon. Dele hat ihr meine Nummer irgendwann einmal gegeben.«

»Was hat die Kleine gewollt?«

»Dele treffen.«

»Wo?«

»Auf der Südbrücke.«

Ihm stockte der Atem. »Was für eine Idee! Verdammt, sind Sie nicht skeptisch geworden?« Blitzschnell ging ihm durch den Kopf, dass die Südbrücke eine Eisenbahnbrücke war. Nur Züge, Radfahrer und Fußgänger konnten sie passieren, Autos nicht. Sie war damit um diese Zeit einer der einsamsten Orte in Köln. Seine Gedanken überschlugen sich.

Gino schwieg einen Moment, dann erwiderte er. »Dele war nicht zu halten. Normalerweise hätte ich sie begleitet, aber ich muss auftreten. Ich habe jedoch vor, hinterher ...«

Florian fiel ihm ins Wort. »Dann ist es vielleicht zu spät. Wann wollten sie sich dort treffen?«

Es klopfte an der Tür, und kurz darauf wurde sie aufgerissen. »Gino, dein Auftritt! Beeil dich!« Die Schlangenfrau steckte ihren Kopf ins Wageninnere.

»Wann?«, schrie Florian dazwischen, trat auf Gino zu und schüttelte ihn. »*Wann sind die beiden verabredet*?«

»Um 22 Uhr. Florian sah auf sein Handy, es zeigte 21:40 Uhr. Ihm blieben also nur noch 20 Minuten.

»Scheiß auf den Auftritt«, hörte er Gino sagen, und schon waren sie beide aus der Tür.

Bis sie endlich ein Taxi hatten, waren beinahe zehn Minuten vergangen. In der Stadt herrschte viel Verkehr. In einer Sonnabendnacht befanden sich viele Menschen auf den Straßen, zu Fuß, im Auto, auf Motorrädern und auch auf Fahrrädern waren sie unterwegs. Florian holte tief Luft. Das Schlimme war, dass alle diese Menschen unendlich viel Zeit zu haben schienen.

Schon am Neumarkt gerieten sie in einen Stau.

»Auf den Ringen ist es zurzeit noch schlimmer, seien Sie froh, dass wir nicht dort entlang fahren müssen«, sagte der Fahrer, und wie zur Bestätigung seiner Worte empfahl eine abgehackte Stimme aus dem Taxifunk Umwege. Florian überlegte einen Moment auszusteigen, verwarf den Gedanken aber sofort wieder. Von hier bis zur Südbrücke zu rennen, war einfach zu weit. Das Display seines Handys zeigte 21:50 Uhr. Der Schweiß trat ihm auf die Stirn.

Gino saß verkrampft neben ihm, wortlos starrte er aus dem Fenster.

Endlich ging es ein Stück weiter, langsam schoben sie sich voran. Im Taxi roch es nach fabrikneuem Leder. In einem Anflug von Übelkeit merkte Florian, dass ihm Frischluft statt der Klimaanlage lieber war. Er bat darum, das Fenster herunterkurbeln zu dürfen.

Der Taxifahrer warf ihnen im Rückspiegel einen prüfenden Blick zu. Es war ihm anzumerken, dass sie ihm suspekt waren, der kleine Südländer in seinem Glitzeranzug und Florian, hypernervös. Endlich ging es voran, ruckend gab der Fahrer Gas. Der Wagen schoss davon, auf die Südbrücke zu. Inzwischen war es 22:10 Uhr.

Florians Blick glitt aus dem Wagenfenster suchend nach oben, und plötzlich erkannte er Dele. Sie stand am Brückengeländer, und sie sprach mit einem Mann. Er erkannte auch ihn. Es war der Typ von den Fotos, zweifelsfrei, und ihm war klar, dass es sich um Ron Gayle handeln musste.

Niemand sonst war dort oben. Florian und Gino beobachteten, wie der Typ sie an der Schulter packte und ihr etwas in den Rücken bohrte, und Florian wusste sofort, dass es eine Waffe war. Sein Herz setzte einen Moment aus. Sie wehrte sich, doch Gayle hielt sie fest. Dann sagte er etwas, und plötzlich wurde Dele still. Sie senkte den Kopf, und ihre Arme hingen widerstandslos herab. Dann sah sie den Mann an, kurz darauf lockerte er seinen Griff, und sie begann, langsam auf das Geländer zu klettern. Sie schien keine Chance zu haben etwas anderes zu tun, denn er dirigierte sie mit der Waffe dorthin.

Gino hatte in seiner Muttersprache zu beten begonnen.

Als das Taxi endlich stoppte, rissen Florian und er die Türen auf und stürmten los. Ein kurzes Stück am Rheinufer entlang, dann die Treppenstufen im Brückenpfeiler hoch. Wie immer stank es da drin nach Urin. Florians keuchender Atem dröhnte ihm in den Ohren, Schweiß tropfte in seine Augen. Gino war direkt hinter ihm. Endlich kamen sie oben auf der Brücke an. Alles, was dann geschah, geschah wie in Zeitlupe. Wie angewurzelt blieben sie stehen.

Dele balancierte auf dem etwa 20 Meter hohen Brückengeländer, und sie breitete die Arme aus, als seien es Flügel. Es schien, als sammle sie ihre Kräfte, um jeden Moment abzuheben. Drei, vier Sekunden stand sie dort, bewegungslos wie eine Statue, in das silberne Licht des Mondes getaucht. Unter ihr wirbelte der Strom. Hinter ihr stand der Mann, noch immer hielt er den Revolver auf sie gerichtet.

In dem Moment, in dem er sich umdrehte und ihm direkt in die Augen blickte, erwachte Florian aus seiner Erstarrung und rannte los.

Voller Entsetzen sah er die Hand, die sich auf ihren Rücken legte. Dann kam der Stoß, und kurz darauf begann ihr Fall.

SONNTAG, 24. JULI, FRÜHER NACHMITTAG

Sylvia Gerlach strich Florian kurz über den Arm. Das Zittern hatte immer noch nicht aufgehört. Es kam in unregelmäßigen Schüben, so als ob es ihn daran erinnern wollte, was er in der vergangenen Nacht erlebt hatte.

»Ohne Sie würde Dele Sanchi nicht mehr leben«, sagte Kriminalhauptkommissar Marko Rössner und füllte Kaffee für ihn in einen Becher. »Sie brauchen etwas Warmes. Milch und Zucker?«

»Milch bitte«, antwortete Florian.

Rössner gab einen Schuss von der hellen Flüssigkeit in den Becher, und Florian musste ob der ungewohnten Fürsorge grinsen, was er jedoch zu verbergen suchte, indem er nach unten blickte. Das heiße Getränk tat ihm gut. Er schlürfte kleine Schlucke.

»Ihre Lippen sind immer noch etwas blau«, sagte Sylvia Gerlach und betrachtete ihn sorgenvoll.

Florian nickte.

»Alles in Ordnung?«, vergewisserte sich der Kriminalhauptkommissar.

»Bestens.« Florian dachte an sein Gespräch mit Regine Liebermann vom Vormittag. Er hatte sie über die Ereignisse der letzten Stunden informiert, woraufhin sie sofort mit dem Unterhaltungschef des Senders gesprochen hatte, und jetzt stand es fest: Sie würden am Dienstag mit dem Thema *Kinderhandel in Deutschland* auf Sendung gehen. Leider würde er Eddie wieder nicht auf dem Sofa platzieren können, seine aktive Mitarbeit in diesem Fall war einfach zu gering gewesen. Barrick forderte stichhaltige Gründe, und die hatte er nicht.

»Sie hätten bei Ihrer Rettungsaktion auch sterben können«, sagte Sylvia Gerlach und ihre Stimme klang vorwurfsvoll. »Die Strömungen des Rheins sind lebensgefährlich.«

»Ich weiß.« Florian musste niesen. »Ich habe aber in dem Moment, als sie von der Brücke gestoßen wurde, aufgehört nachzudenken, und so bin ich ihr einfach hinterher gesprungen. Dem Himmel sei Dank war es die richtige Entscheidung!« Florian fühlte sich der dramatischen Stunden zum Trotz heiter und gelassen.

Sylvia Gerlach und der Kommissar betrachteten ihn schweigend.

»Wie geht es Dele jetzt?«, fragte er.

»Ihr Zustand hat sich gebessert. Der Arzt aus dem Krankenhaus rief an und teilte mit, dass sie heute Morgen zum ersten Mal die Augen geöffnet und sofort nach Luz gefragt habe.«

Rössner hatte ihm erzählt, dass das Mädchen am vergangenen Abend gleich nach Gayles Festnahme aus dessen Haus befreit worden war. Sie war direkt ins Krankenhaus gebracht und von einem Arzt untersucht worden, glücklicherweise hatte sie keinerlei Verletzungen davon getragen. Nun wartete sie im Krankenhaus zusammen mit Lisa darauf, zu Dele zu dürfen.

»Wir haben den Gentest bereits in die Wege geleitet«, sagte Sylvia Gerlach, Florians Frage vorwegnehmend. Ein Lächeln umspielte ihre Lippen. »Es kann allerdings bis zu zwei Wochen dauern, bis wir wissen, ob das Mädchen wirklich ihre Tochter ist. Falls ja, werden wir uns bei der Ausländerbehörde für sie verwenden. Vielleicht bekommt sie wegen der besonderen Umstände doch noch eine Aufenthaltsgenehmigung mit Arbeitserlaubnis.«

»Und was ist mit der Urkundenfälschung?«

»Abwarten.« Marko Rössner schwieg einen Augenblick, bevor er weitersprach: »Manchmal werden die Dinge nur halb so heiß gegessen wie sie gekocht werden …«

»Das wäre großartig.« Florians Blick wanderte von Sylvia Gerlach zu Marko Rössner. Der Kriminalhauptkommissar hatte die kleine grüne Plastikgießkanne zur Hand genommen und war jetzt damit beschäftigt, die Pflanzen zu gießen. Florian grinste. Welch wundersame Veränderung hatte sich hier vollzogen?

Rössner stellte die Gießkanne wieder zurück auf ihren Platz. Die Überlegung, seine Kollegin zur Sitte versetzen zu lassen, hatte er in der Nacht verworfen, denn sie hatte erheblich zur Lösung des Falls beigetragen.

»Erzählen Sie mir bitte, was nach meinem Sprung ins Wasser geschah«, forderte Florian Marko Rössner und Sylvia Gerlach auf.

Die Kommissarin nickte zustimmend. »Als Sie nach der Guatemaltekin tauchten, hat sich der Jongleur sofort an die Fersen des flüchtenden Gayle geheftet, und als wir oben auf der Brücke ankamen, hatte er ihn bereits überwältigt.«

»Obwohl Gayle eine Waffe hatte?«

»Ja. Er hat zwar zwei Schüsse abgegeben, aber den Italiener verfehlt. Irgendwie ist es Gino dann gelungen, sie ihm aus der Hand zu schlagen. Alles Weitere war für uns nur noch ein Kinderspiel.« Sie lächelte. »Dank der Nachricht, die Sie uns hinterlassen hatten, waren wir rechtzeitig da.«

Florian schloss einen Moment die Augen. Er hörte erneut

die Sirenen, die er unter Wasser wie aus weiter Ferne vernommen hatte, und noch einmal sah er vor sich, wie aus dem Nichts das Polizeiboot erschienen war. Drei Polizisten hatten ihn und die bewusstlose Guatemaltekin, die er im Rettungsgriff gehalten hatte, aus dem Wasser gezogen. »Haben Sie Ron Gayle schon verhört?«

»Ja, und er hat alles gestanden«, erwiderte die Kommissarin. »Ihm war sofort klar, dass die Beweislast zu erdrückend ist, um jetzt noch zu leugnen, und so verhält er sich kooperativ. Aus rein egoistischen Motiven, denn ihm ist bewusst, dass sich ein solches Verhalten strafmildernd auswirkt.«

»Natürlich interessiert es Sie brennend zu erfahren, was er gesagt hat ...« , warf Rössner ein, und Florian nickte.

»Gayle behauptet, dass sein Verhältnis zu Sabrina Delson seit sechs Monaten bestand, und dass ihre Sadomasospiele völlig harmlos waren.«

»Wieso besaß sie dann trotzdem blaue Flecken an den Handgelenken?«

Rössner räusperte sich. »Dass bei solchen Spielen Flecke entstehen können, scheint relativ normal zu sein. Je nachdem, wie heftig man die Handfesseln anpackt, kommt es dazu. Einige der Flecken, die Sabrinas Leiche aufwies, sind allerdings mit Sicherheit auf die Auseinandersetzung kurz vor ihrem Tod zurückzuführen«, erklärte er und fügte hinzu: »Sie befanden sich an anderen Stellen ihres Körpers ... auf der Brust, am Oberarm und auch an den Beinen.«

Florian schluckte. »Warum hat er sie umgebracht? Hat er dazu etwas gesagt?«

»Ja. Aus dem Grund, den Sie und Sylvia Gerlach bereits vermutet haben.« Ein kurzer Blick streifte die Kollegin, dann fuhr Rössner fort:

»Sabrina Delson hatte herausgefunden, dass Ron Gayle und seine Frau Susan in die Machenschaften der guatemaltekischen Adoptionsmafia involviert waren, die bereits zu Zeiten des Bürgerkriegs ihre lukrativen Geschäfte aufgenommen hatte. Sie hat damit gedroht, mit ihrem Wissen an die Presse zu gehen, wenn er und Susan ihre Geschäfte nicht sofort stoppten. Gayle behauptet, dass er bei *Clark & Johnson* der Einzige ist, der die Hintergründe der Adoptionen kennt, und wir nehmen ihm das ab. Die anderen Anwälte scheinen tatsächlich nichts von der Schmutzigkeit des Geschäfts geahnt zu haben, geschweige denn, dass sie wussten, dass die Frau ihres Chefs in Guatemala auch noch Anteile an einer Adoptionsagentur besitzt.«

»Sabrinas Drohung wirkte also wie eine Lawine, die Gayle zum mehrfachen Mörder machte ...« Florian sah aus dem Fenster. Die Farbe des Himmels war eher grau als blau, und er überlegte, ob es im Laufe des Tages noch regnen würde.

»Hat Sabrina auch mit ihm über Dele gesprochen?«

»Ja. Er behauptet, dass die Guatemaltekin Sabrina damit konfrontiert habe, dass Luz ihr Kind sei, und sie soll ihr auch erzählt haben, auf welche Weise das Mädchen gezeugt wurde.«

Florian nickte, und Rössner erklärte: »Sabrina hat ihr angeblich zunächst keinen Glauben geschenkt, dann aber hat ihr die Geschichte keine Ruhe gelassen und sie hat zu recherchieren begonnen. Irgendwann ist ihr klar geworden, dass Luz nicht nur über den Umweg USA ...«

»... Clark & Associates«, warf Sylvia Gerlach ein.

»... zu ihrem Adoptivkind geworden war, sondern dass Dele aller Wahrscheinlichkeit nach die Wahrheit sagte«, vervollständigte der Kommissar seinen Satz. »Sabrina hat erkannt, dass in Guatemala tatsächlich Frauen vergewaltigt werden, einzig zu dem Zweck, Kinder zu zeugen, um sie nach der Geburt zu verkaufen. Und *sie* war eine der Käuferinnen. Ausgerechnet *sie*, die in Deutschland ehrenamtlich für eine Kinderschutzorganisation tätig war. Dass sie Luz in den USA adoptiert hatten, war für sie laut Gayle nicht so problematisch, die Adoptionsgesetze sind dort eben weniger streng als in Deutschland. Und dass sie für das Kind viel Geld bezahlt hatten, schien ihr erst Jahre später ein schlechtes Gewissen verursacht zu haben.«

Die Kommissarin übernahm das Wort. »Dennoch: Hätten die Gayles ihre Geschäfte gestoppt, wäre sie bereit gewesen, noch einmal für Luz zu zahlen. Ron Gayle hat ausgesagt, dass sie in diesem Fall vorhatte, Dele eine hohe Abfindung anzubieten.«

»Sie muss sich in einem schrecklichen Gewissenskonflikt befunden haben.« Florian überkam erneut ein Zittern, und Rössner schenkte ihm noch einmal heißen Kaffee nach.

»Aber warum hat er ihr Gesicht zertrümmert? Ich verstehe das nicht …«

»Er war extrem wütend auf sie. Immerhin hat sie ihn erpresst und damit seine Existenz bedroht«, antwortete Sylvia Gerlach und fügte hinzu: »Außerdem hat sie ihn, das behauptet er jedenfalls, beinahe den ganzen Tag, an dem sie starb, unter Druck gesetzt. Sie ist auf keinen seiner Beschwichtigungsversuche eingegangen.« Die Kommissarin beugte sich über den Tisch und goss Milch in seinen Becher, und die Geste verwunderte ihn. Offenbar meinten sie und ihr Chef es heute in jeder Hinsicht gut mit ihm.

»Ron Gayle hatte sich letztendlich nicht mehr in der Gewalt. In der Kanzlei ist er auch als Choleriker bekannt«, ergänzte Marko Rössner.

Florian biss sich auf die Lippen.

»Nachdem er ihr Gesicht verwüstet hatte, hat es ihm leid getan. Er hat versucht, ihre Schönheit wieder herzustellen, indem er ihr Kleid glättete und es ordentlich um sie herum drapierte. Ihre Haare hat er sternförmig ausgebreitet, und ihre Gliedmaßen hat er vom Körper abgespreizt, weil er es so besonders schön fand. Für ihn war es ein Akt der Wiedergutmachung. Als er uns davon erzählte, hat er zum ersten Mal geweint. Kennen Sie das nicht?« Die Kommissarin sah ihn an und erklärte sogleich: »Männer, die ihre Frauen krankenhausreif schlagen, kommen oft hinterher angekrochen und winseln um Verzeihung ...«

Florian strich sich mit beiden Händen durchs Haar. »Ja, aber das ist krank.«

»Genau.«

Florian atmete tief durch. »Und womit hat er ihr Gesicht zertrümmert?«

»Mit einem Stein, wie wir bereits vermutet hatten. Nach dem Mord hat er ihn weit hinaus in den See geschleudert.«

Etwas umständlich zog er ein Taschentuch aus der Hosentasche und nieste hinein. Der Anfall dauerte einen Moment, und erst, als wieder Ruhe eingekehrt war, fuhr die Kommissarin fort: »Die Mordwaffe gehörte übrigens tatsächlich Sam. Ron Gayle hat sie im Fußraum des Wagen seines Hauswarts in der Eifel entdeckt, der hatte Sam die Waffe offenbar bei seinem letzten Besuch gestohlen. So ein Hauswart, der gern jagt, aber nicht viel Geld besitzt, kann schon einmal in Versuchung geraten, wenn sich gleich mehrere Schusswaffen auf einmal unverschlossen und unbeaufsichtigt im Haus des Dienstherrn befinden«, erklärte sie und fuhr fort: »In jedem Fall hat Ron Gayle die Waffe in einem spontanen Entschluss aus dem Auto geholt, sie einfach an sich genommen und dann in seinem Keller versteckt. Das ist zu einem Zeitpunkt geschehen, als Sabrina ihn schon erpresste.«

Rössner ging hinüber zum Fenster und fragte: »Stört es Sie, wenn ich es öffne?«

Florian schüttelte den Kopf, und der Kommissar riss es weit auf.

Florian fuhr sich mit der Zunge über die Lippen. »Weswegen hat er Sam umgebracht?«

»Sabrina musste die Unterlagen, mit denen sie ihm drohte, ja irgendwo deponiert haben. Es wäre also nur eine Frage der Zeit gewesen, bis er sie fand.«

Verkehrslärm drang zu ihnen ins Zimmer, und Florian sehnte sich in diesem Moment nach Ruhe. Er runzelte die Stirn. »Und wo war Sam, als Sabrina umgebracht wurde?«

»Die Frage kann ich Ihnen beantworten«, erwiderte der Kriminalhauptkommissar. »An dem Abend, als Sabrina starb, war Sam in der Kanzlei, so behauptet es Ron Gayle. Eifersüchtig wie er war, hat er seinen Schreibtisch durchsucht, in der Hoffnung, irgendeinen Beweis zu finden. Hat er jedoch nicht …«

»Das hätte er Ihnen doch sagen können!«

»Dann hätte auch Ron Gayle es erfahren, weil er plötzlich zum Kreis der Verdächtigen gezählt hätte, und Sam wollte seinen Job nicht riskieren.«

»Okay, das kann ich nachvollziehen. Aber wieso hat Ron Gayle Sam ein neues Alibi geliefert?«

»Er wollte ihn zum Schweigen bringen, und das ging nur außerhalb des Gefängnisses. Sam war eine tickende Zeitbombe für ihn.«

Florian nickte versonnen.

»Das Gleiche gilt für Dele«, sagte der Kriminalhauptkommissar. »Um sie aus ihrem Versteck zu locken, hat er Luz benutzt. Er hatte schon vorher versucht, von ihr in Erfahrung zu bringen, wo Dele sich aufhält … und Sie haben ihn dabei fotografiert.« Marko Rössner kratzte sich hinterm Ohr. »Er hat sie übrigens gezwungen, von der Brücke zu springen, weil er wollte, dass es wie Selbstmord aussah. Gibt es sonst noch etwas, was Sie interessieren könnte?«, fragte er mit freundlicher Ironie in der Stimme.

Florian lächelte. »Wer von Ihnen beiden wird in der Sendung am Dienstag bei uns auf dem Talksofa sitzen?«

Die beiden Kommissare wechselten einen langen Blick. Irgendwann räusperte Marko Rössner sich, deutete mit dem Kopf Richtung Sylvia Gerlach und sagte: »Die junge, aufstrebende Kriminalkommissarin da vorn.«

MONTAG, 25. JULI, NACHMITTAGS

Florian und Jana saßen im Neonlicht des Krankenhausflurs auf einer Bank und warteten. Hin und wieder huschte eine Schwester in Kittel und Gesundheitsschuhen an ihnen vorbei, ein Tablett mit Medikamenten in der Hand, und manchmal sahen sie auch einen Arzt, der eilig in einem der Krankenzimmer verschwand. Es herrschte eine dumpfe Atmosphäre, und Florian verspürte in diesem Augenblick tiefe Dankbarkeit, dass seine alltägliche Wirklichkeit aus anderen Bildern bestand. Die Hektik bei *Profi Entertainment*, über die er so oft fluchte, erschien ihm plötzlich in einem freundlichen Licht. Die lauten Stimmen auf den Fluren der Redaktion, das Knallen der Türen, die Sticheleien unter Kollegen, ja selbst Curts Selbstgefälligkeit und Hermann Barricks eitles Machtgehabe waren in diesem Moment ein farbenprächtiges Mosaik mit willkommenen Versatzstücken seines Lebens.

»Können wir jetzt zu ihr?«, rief Florian einer Schwester hinterher, die auf leisen Sohlen an ihnen vorüber glitt. »Ist sie wach?«

»Nein, sie schläft noch immer.«

Florian seufzte und lehnte den Kopf an die Wand. Dele war am Sonntagnachmittag von der Intensivstation auf die Innere verlegt worden. Durch ihren Sprung in den Rhein hatte sie einen lebensgefährlichen Atemstillstand erlitten. Sie hatte enorm viel Wasser geschluckt und war beinahe daran erstickt. Außerdem hatte sie eine starke Unterkühlung davongetragen, und nur die sofort durchgeführten Rettungsmaßnahmen in der Nacht hatten bewirkt, dass sie letztendlich überlebt hatte. Als Nichtschwimmerin war sie nach wenigen Augenblicken schon in den Tiefen des Rheins versunken gewesen.

Florian musste husten, und kurz darauf nieste er. Jana legte ihre Hand auf sein Bein und sagte lachend, mit einem ironischen Unterton: »Gut, dass du als Hochleistungssportler eine so beneidenswerte Kondition besitzt. Eine Lungenentzündung wäre schlimmer gewesen.«

»Die am ungesundesten lebenden Männer sind eben doch die Gesündesten«, grinste er. Dennoch nahm er sich vor, am Ende der Hitzeperiode wieder etwas für seinen Körper zu tun und einen neuen Joggingversuch zu starten. Momentan fristeten seine Sportschuhe in der hintersten Ecke seines Schranks ihr trauriges Dasein.

»Wie weit sie jetzt wohl in der Redaktion mit der Sendungsvorbereitung sind …« Unruhig rutschte er auf der Bank hin und her. »Bis morgen Abend muss noch viel passieren. Vor allem die Frage danach, wie die Zuspielfilme aussehen sollen, bereitet mir Sorgen.«

»Jetzt halte mal die Füße still …«

Er stutzte einen Moment, dann sah er auf die Uhr. »Nach dem Krankenhausbesuch werde ich sofort wieder ins Büro fahren.«

»Entspann dich. Curt ist dabei, alles Nötige zu regeln.«

Florian verzog das Gesicht.

»Ich würde gern mit dir noch über etwas anderes sprechen …«

Er runzelte fragend die Stirn, erneut musste er niesen.

»Du könntest jetzt auch als Wasserleiche im Rhein treiben. Bitte versprich mir, dass du so etwas nie wieder tust. Mit dieser Polizeiarbeit muss Schluss sein, Florian.«

Halb vorwurfsvoll, halb um Verständnis bittend sah sie ihn an.

Er grinste. »Ich kann ja einmal nachfragen, ob sie mich bei der Kripo mit auf die Gehaltsliste setzen.«

»Florian, ich meine es ernst …«

»Lass uns ein anderes Mal darüber reden, ja?«

Sylvia Gerlach hatte ihm vor einer halben Stunde die neuesten Erkenntnisse mitgeteilt. Seit feststand, dass sie als Repräsentantin der Kripo zu ihnen in die Sendung kommen würde, sorgte sie dafür, dass er kontinuierlich auf dem Laufenden blieb.

»Die Fußspuren an der Mauer hinter Sams Haus sind eindeutig Gayles …«, sagte er.

Jana sah ein, dass es zwecklos war, seine Gedanken auf ein anderes Thema lenken zu wollen. Bis die Sendung ausgestrahlt wäre, würde er nichts als den aktuellen Stand der Ermittlungen und den Ablauf der Talkshow im Kopf haben. Sie seufzte und entschied, klein beizugeben. »Wie ist eigentlich Sabrinas Todestag verlaufen?«, fragte sie, darüber hatte er ihr noch nichts erzählt.

»Sabrina und Ron Gayle waren nachmittags in seinem Haus in der Eifel. Dort haben sie zusammen geschlafen, und zunächst schien alles noch einigermaßen unkompliziert. Er hat eine Kleinigkeit gekocht, doch irgendwann begann die Stimmung zu kippen. Sabrina hat ihm erneut schwere Vorwürfe gemacht und ihn aufgefordert, die Geschäfte zu stoppen, andernfalls würde sie die Medien informieren. Gayle hatte einiges an Ahrwein getrunken, und unter dem Alkoholeinfluss ist die Situation dann eskaliert. Es ist zu Handgreiflichkeiten gekommen. Als sie ins Badezimmer ging, um sich für die Rückfahrt fertig zu machen, hat er den Revolver aus dem Keller geholt und ihn eingesteckt. Er hat ausgesagt, es sei genau dieser Nachmittag gewesen, an dem ihm klar wurde, dass er sie töten musste. Während der Fahrt zurück nach Köln hat er sie schließlich überredet, einen Versöhnungsspaziergang zu machen, er hat ihr vorgegaukelt, die Geschäfte tatsächlich stoppen zu wollen. Sie sind dann zum *Decksteiner Weiher* gefahren. Den Rest kennst du.«

»Was hat seine Frau, Susan Gayle, zu all dem gesagt?«

»Dass ihr Mann Sabrina umgebracht hat, scheint sie nicht besonders überrascht, geschweige denn berührt, zu haben. Was die gemeinsamen Geschäfte betrifft, bleibt abzuwarten. Ich bin gespannt, wie ihr Strafmaß aussehen wird. Wollen wir hoffen, dass Sabrinas Recherchen sich belegen lassen.«

Jana stieg der Geruch von Desinfektionsmitteln in die Nase, und plötzlich musste auch sie niesen. Mit Nachdruck sagte sie: »Ich hoffe, dass sie beide lebenslänglich bekommen.«

»Das wünsche ich auch den Anwälten und allen anderen Beteiligten in Chicago und Cobán«, sagte Florian und beschloss, sich in das Thema richtig hineinzuknien, auch nachdem die Sendung längst ausgestrahlt worden war.

Jana legte ihre Hand auf seine. Die Sanftheit der Berührung tat ihm gut, und in einem Anflug von Dankbarkeit, dass es sie gab, dass sie hier an seiner Seite saß und die Erschütterungen seines Lebens mit ihm teilte, führte er langsam ihre Finger an seine Lippen und küsste sie. Es war eine Geste der Liebe wie der Ehrerbietung, und er wusste, dass genau dies die Gefühle waren, die seine Beziehung zu ihr charakterisierten. Plötzlich geisterte ihm ein Gedanke durch den Kopf. Die Idee war so verwegen wie naheliegend, dennoch war er unsicher, wie Jana sie aufnehmen würde. Im Grunde war es nicht das, was sie wollte, sondern eher ein Kompromiss. Obwohl er im Grunde seines Herzens unschlüssig war, hörte er sich sagen: »Mir gegenüber wird eine Wohnung frei. Hast du nicht Lust, dort einzuziehen?«

Dele öffnete vorsichtig die Augen. Das Licht um sie herum war gedämpft, jemand hatte vorsorglich alle Jalousien herunter gezogen. Langsam ließ sie ihren Blick schweifen und stellte fest, dass sie allein im Zimmer war. Die Wände waren in einem wohltuenden Vanilleton gestrichen, und ein abstraktes, buntes Bild vermittelte Fröhlichkeit. Neben ihrem Bett stand ein Apparat, der monoton vor sich hin piepte. Offenbar reagierte er auf Veränderungen ihres Körpers, denn wenn sie sich bewegte, nahm das Piepen an Lautstärke zu.

Dele seufzte. Sie hatte überlebt. Das Gefühl, noch auf der Welt zu sein, nicht auf dem Grund des Stroms zu liegen, erfüllte sie mit tiefem Glück. Sie erinnerte sich daran, wie jemand sie aus der Dunkelheit des Wassers nach oben gezogen hatte, zurück an die Oberfläche, und noch jetzt spürte sie den festen Griff.

Ein Arzt kam ins Zimmer. Er wollte wissen, ob es ihr gut ginge, und Dele nickte.

»Fühlen Sie sich dazu in der Lage, Besuch zu empfangen?«

Nur wenige Augenblicke später standen Luz und Gino vor ihrem Bett. Sie brachte keinen Ton heraus, als sie die beiden sah, doch Gino bemerkte, dass eine Träne ihre Wange hinunter rann.

»Alles wird gut«, flüsterte er und nach einem Moment sagte er: »Luz weiß Bescheid, ich habe ihr alles erzählt.«

Sie hob den Kopf und sah ihn und das Mädchen, das mit hängenden Armen vor ihr stand, unsicher an.

»Der DNA-Test wird schon gemacht. Gedulde dich noch zwei Wochen, dann liegt das Ergebnis vor.«

Erschöpft ließ sie den Kopf zurück in die Kissen sinken. Warum sah Luz sie nicht an?

»Vielleicht bekommst du sogar eine Arbeitserlaubnis«, sagte Gino mit einem Lächeln im Gesicht und fügte hinzu: »Die Kripo wird sich für dich verwenden, und die Medien werden einen Riesenwirbel verursachen, es könnte sein, dass das nützt. Vielleicht können wir drei sogar zusammen bleiben ...«

»Wie meinst du das?«

»Ich habe mit dem Zirkusdirektor gesprochen. Falls die Behörden Nachsicht mit dir üben, sind wir beide engagiert. Und Luz könnte bei uns sein ...«

»Ist das wahr?«

»Ja.« Gino griff nach ihrer Hand. »*Roncalli* bricht zwar in wenigen Tagen hier die Zelte ab und reist nach München, aber wir fahren einfach hinterher, wenn alles geklärt ist.«

Dele schloss die Augen und lag einen Moment ganz still, dann öffnete sie sie wieder und ihr Blick wanderte zu Luz: »Weißt du, was das bedeutet?« Aufmerksam sah sie das Kind an, das zum ersten Mal die Augen hob. »Mit dem Zirkus und Gino und mir auf Wanderschaft zu sein? Hättest du Lust, uns zu begleiten?«

Luz schwieg, doch nach Sekunden, die Dele wie eine Ewigkeit vorkamen, nickte sie. »Meine Freundinnen können mich ja in den Ferien besuchen kommen.« Nach einem Moment fügte sie mit plötzlicher Lebhaftigkeit hinzu: »Darf ich dann mit euch auftreten und jonglieren?«

Dele und Gino tauschten einen Blick, und Gino sagte: »Da werden wir zwei aber ordentlich üben müssen …«

In diesem Moment kamen Florian und Jana herein. Sie hatten den Dreien erst einmal die Gelegenheit geben wollen, allein zu sein, und daher länger als nötig auf dem Gang gewartet. Jana steckte den bunten Rosenstrauß, den sie der Guatemaltekin mitgebracht hatten, in eine Vase und versorgte die Blumen mit Wasser.

Dele dankte Florian mit heiserer Stimme dafür, dass er ihr Leben gerettet hatte, und für einen Moment glaubte er, sie wolle ihm die Hände küssen. Schnell zog er sie weg. Die Situation war ihm unangenehm, und so sagte er rasch: »Morgen bringe ich Ihnen Pralinen mit!«

Alle lachten.

»Oder meinen Sie, Sie sind morgen vielleicht sogar bei uns in der Sendung zu Gast?«

Dele lächelte. »Ich hoffe, bis dahin bin ich wieder einigermaßen fit. Die ganze Welt soll von meinem Schicksal erfahren, und wenn der Arzt nichts dagegen hat …«

Dele schien etwas einzufallen, denn plötzlich wies sie mit dem Kopf Richtung Schrank.

»Gino, schaust du einmal nach … da sind meine persönlichen Sachen drin.«

»Was soll ich dir reichen? Hier ist nur dein Kleid … nein, warte … ein Stoffbeutel liegt auch noch da … der, den du immer auf der Brust getragen hast.«

Dele nickte. »Gib ihn mir bitte.«

Gino reichte ihr den Beutel, und Dele fingerte das hölzerne Kreuz und die mit Brillanten besetzte Armbanduhr heraus.

»Ist das deine?«, fragte Gino mit runden Augen.

Ausnahmslos alle sahen Dele erstaunt an.

Sie schüttelte den Kopf. »Nein, sie gehört mir nicht. Ich habe sie vor ein paar Wochen im Zirkuszelt zwischen den Zuschauerbänken gefunden und aufbewahrt, doch nun brauche ich sie nicht mehr.« Sie hob den Kopf und blickte Florian an. »Könnten nicht *Sie* die Uhr gefunden haben und sie für mich ins Fundbüro bringen?«

Florian überlegte einen Moment, dann verbot er sich weitere Fragen und nickte einfach.

MITTWOCH, 27. JULI

Diens-Talk hatte mit dem Thema *Kinderhandel in Deutschland* einen Marktanteil von 22 Prozent erzielt, gleich nach dem Aufwachen hatte Florian die Zahl über Bildschirmtext aus dem Fernseher erfahren. Er hatte sofort Regine angerufen, und sie hatten sich gegenseitig gratuliert. Dele, Sylvia Gerlach und der Adoptionsrechtler, den sie als Talkpartner gewonnen hatten, waren hervorragende Gesprächspartner gewesen, und mit Einspielfilmen vom *Decksteiner Weiher*, aus dem *Circus Roncalli* und einem Kurzfilm über Guatemala hatten sie die Zuschauer fesseln können. In der heutigen Presse hatten sie gute Schlagzeilen bekommen, allen voran vom *Kölner Blick.* Florian hatte einen ganzen Stapel Zeitungen besorgt, in vielen wurde über das Thema berichtet.

Er und Jana hatten sich heute, einen Tag nach der Sendung, spontan freigenommen. Sie waren am vergangenen Abend noch lange mit den Kollegen an der Bar in der *Vulkanhalle* geblieben und erst spät in der Nacht nach Hause gekommen.

Als Florian nun, nach einem ausgiebigen Frühstück, zu Jana hinaus auf die Terrasse trat und sie unter dem grünen Sonnenschirm sitzen sah, fühlte er sich auf einmal froh und leicht. Dort saß die Frau, die er liebte. Sie hatte ihre Sonnenbrille ins kurze Haar geschoben und die Füße auf einen Sessel gestellt, gegen ihre Knie hatte sie eine Zeitung gelehnt, in der sie gerade las.

Sie hatte ihn kommen gehört und drehte sich nach ihm um.

»Muss ich wirklich kein schlechtes Gewissen haben, weil ich dir beim Abräumen nicht behilflich war?« Ihre Augen blitzten.

»Natürlich nicht.« Florian kam näher und grinste. »Ich habe das gern gemacht.« Das Gezwitscher der Vögel in der alten Kastanie, deren Zweige fast bis an seine Terrasse reichten, klang wie Musik in seinen Ohren.

»Kann es sein, dass du mich küssen willst?«, fragte sie und blickte von der Zeitung auf.

Er lachte und beugte sich zu ihr hinunter, und als er ihren weichen Mund spürte, fügte er hinzu: »Nicht nur einmal, schätze ich …«

Er sah auf die unzähligen Sommersprossen, die sich bei diesem Wetter auf wundersame Weise rasant vermehrten, und bevor sie etwas sagen konnte, umfasste er mit beiden Händen ihren Kopf, drehte ihn sanft zu sich, sodass sie ihm voll in die Augen blickte, und flüsterte leise: »Wenn du es wirklich willst, könnten wir gegenüber auch *zusammen* einziehen …«

Sie stutzte einen Moment. Dann glitt ein Lächeln über ihr Gesicht, und kurz darauf begann sie zu schmunzeln.

ENDE

SCHLUSSBEMERKUNG

Der Roman wurde vom authentischen Fall einer jungen Guatemaltekin inspiriert. Sie wurde vergewaltigt und ihres Kindes beraubt, doch sie hatte Glück im Unglück: Mit Hilfe einer lokalen Menschenrechtsorganisation gelang es ihr, ihr Kind zurück zu bekommen. Das war im Jahr 2007.

Bis zu diesem Zeitpunkt arbeiteten in Guatemala Adoptionsagenturen mit privaten Anwälten zusammen, für sie stellte die Vermittlung guatemaltekischer Kinder an ausländische Interessenten ein Riesengeschäft dar – nach Schätzungen verdienten die Anwälte etwa 200 Millionen Dollar im Jahr.

Der Preis für ein Kind betrug zwischen 25.000 Dollar – 40.000 Dollar, all inclusive.

Von 1997–2007 wurden nach Statistiken des staatlichen Menschenrechtsbüros in Guatemala mehr als 28.000 Kinder zur Adoption ins Ausland freigegeben. 95 % aller Kinder wurden in die USA vermittelt. Die Identität der adoptierten Kinder wurde häufig gefälscht. Viele dieser Kinder wurden geraubt oder den bitterarmen Eltern abgekauft, und einige – wie auch Luz im Roman – speziell für den Verkauf gezeugt, indem man ihre Mütter vergewaltigte. Genaue Zahlen hierzu sind nicht bekannt.

2008 trat in Guatemala ein neues Adoptionsgesetz in Kraft. Damit verband sich die Hoffnung, dass der ›Nationale Rat für Adoptionen‹ die Vorgeschichte und Identität der Kinder genauestens prüft, bevor sie zur Adoption freigegeben werden – nach Recherchen der guatemaltekischen Tageszeitung Siglo XXI und deutscher Journalisten bestehen hieran jedoch berechtigte Zweifel. Allein in den ersten 3 Monaten des Jahres 2008 wurden demnach 650 Kinder am neuen Gesetz vorbei zur Adoption freigegeben.

Die Handlung und sämtliche im Roman agierende Protagonisten sind rein fiktiv. Ebenso ist das bis nach Köln reichende Netz guatemaltekischer Adoptionsagenturen und Anwälte ausschließlich erdacht – es diente mir lediglich als Mittel zur Veranschaulichung einer real existierenden Adoptionspraxis, von der wir nicht wissen, in welchem Ausmaß sie bis heute betrieben wird.

DANKSAGUNG

Mein Dank gilt dem Lateinamerika-Journalisten Toni Keppeler, der mich mit wertvollen Informationen zur guatemaltekischen Adoptionspraxis versorgte.

Darüber hinaus danke ich von Herzen Gerd Schmitt und Susanne Pankalla für ihre kritischen Anmerkungen und weisen Ratschläge zum Manuskript, und ich danke meiner Lektorin Claudia Senghaas für das mir und dem Roman in jeder Hinsicht entgegengebrachte Vertrauen.